KB238356

수상한 식모들

제11회 문학동네소설상 수상작

수상한 식모들

박진규 장편소설

문학동네

차례

1 꿈을 갉는 쥐   7

2 책장 안에 숨은 식모들   15

3 호랑아낙 혹은 수상한 식모들   26

4 저주받은 커플홈피   37

5 무거운 그녀가 사는 법   54

6 하녀의 고백   66

7 신답동 바위   76

8 베란다   84

9 욕조   98

10 수상한 식모들에 대한 뒤늦은 재고찰   107

11 날카롭고 뾰족한 시계   119

12 식모들의 밤   129

13 슈거네이드를 든 사나이   140

14 각자의 불길한 기억   149

15 소금아이   159

16 한 층 아래에서 벌어진 일   173

183   17 지시대명사적 가족관계

190   18 그 여자의 바구니

204   19 추상화 속의 식모들

214   20 김수영과 김수영

228   21 끈이 끊어지고 칼이 떨어지면

236   22 발치에 대한 보상

247   23 거짓된 호랑아낙

263   24 식모들을 위한 영결식

269   25 식모들과 천사들

282   26 다이어트와 자동판매기

292   27 물 속의 집에서

301   28 변신 곰인형

314   심사평

320   수상작가 인터뷰 | 질주하는, 전복적인, 쾌활한 환상성 이문재(시인)

332   수상 소감

1. 꿈을 갉는 쥐

또 쥐들이 몰려온다. 나는 가쁜 숨을 내쉬다가 운동장에 완전히 뻗어 버린다. 겨울 해가 머리 위에서 맥없이 비추고 누군가는 의기소침하게 축구공을 걸어찬다. 공은 공중에서 잠시 원을 그리다가 바닥으로 툭 떨어진다.

"어, 저 새끼 자빠졌네?"

"반장, 보건선생한테 데려가라."

"아, 씨바, 이걸 어떻게 업어!"

"야, 네가 앞다리 맡아. 내가 뒷다리 들게."

아이들의 그림자가 내 몸 위로 툭툭 떨어진다.

쥐들이 어른거리는 불쾌한 옛 기억 속으로 나는 다시 가라앉는다.

"아이야, 쥐가 혐오감을 불러일으키는 까닭을 아니? 꼬리는 털이 없고 길고 가늘고 끈적하면서 습하지. 그건 깨지 못할 악몽, 피에 젖은 명주실의 감촉이란다. 그만 해. 뚝 그쳐. 가만있어. 자, 쥐가 움직이는 소리를 들어라. 쥐가 네 발로 뛰어다니며 꼬리 끝에 긴 악몽을 매달고 움직인단다. 쥐가 온다, 꿈을 갉는 쥐가 온다, 아가야."

잠시 정적. 곧바로 천장이 무너질 법한 쥐떼가 달려드는 소리가 들린다. 누군가 손을 질끈 누르고 있는지 귓구멍을 틀어막을 방도도 없다.

지방에 눌린 작은 눈을 여러 번 깜빡이며 나는 다시 현재로 돌아가려고 무진장 버둥대야만 했다.

자, 자, 침착하자. 현재의 내 자리를 기억하고 암기, 그래 암기하는 거야. 넌 할 수 있다고. 신경호.

초등학교 때부터 나는 쥐들에 대항하기 위한 방법들을 연구하느라고 바빴다. 구구단을 외우기도 했고, 눈 쌓인 언덕에 외로이 선 〈겨울나무〉나 〈도레미송〉의 동요 가사를 암기하기도 했다. 중학교에 올라간 뒤로는 인터넷 포르노 사이트의 안내원인 금발 누님들을 부르기도 했다. 누님들은 바스트 42사이즈의 가슴을 드러내곤 나를 구원하기 위해 노팬티 차림의 원더우먼처럼 나타났다. 하지만 누님들 역시 쥐들 앞에선 비명을 지르고는 다시 도망치기 일쑤였다.

너절한 착오들을 겪은 후에 나는 간결하고 말끔한 대책을 찾게 되었다. 이력서를 작성하는 기분으로 나의 자리를 명확하게 인식하기. 나쁜 기억이 한 번 휩쓸고 지나갈 때까지만 버텨라.

이름, 신경호.
나이, 만으로 열여덟. 현재 대치동에 있는 한 고등학교에 재학중.

신체적 특이사항, 백삼십 킬로그램의 고깃덩어리. 털은 별로 없는 편. 솔직히 아직 겨드랑이 털도 안 났음. 충치는 아홉 개.

정신적인 문제, 가끔 쥐가 달려드는 환청에 시달린다.

첫 경험? 있지만 그다지 기억하고 싶을 만큼 찬란하지 않음. 임포는 아님.

몸이 땅 밑으로 꺼지는 듯한 느낌에 깜짝 놀라 눈을 떴다. 침대 매트리스는 움푹 눌린 상태였다. 내 무게를 지탱하지 못하고 그대로 꺼진 게 분명했다. 나는 되도록 뒤척이는 소리가 들리지 않도록 조심해서 몸을 움직였다.

의자에 앉아 있는 보건선생이 시야에 들어왔다. 다리를 벌린 채 꾸벅꾸벅 졸고 있었다. 갈색과 검정이 섞인 체크무늬 모직 치마가 무릎 위로 살짝 올라가 있었다. 다리는 군부대 장교 출신이라는 소문답게 튼튼했다.

다행이군, 정말 다행이야.

나는 보건선생이 삼십대 후반의 아줌마인 것이 무척이나 고마워졌다. 매트리스가 푹 꺼져 얼굴을 붉힐 필요도 없었고, 무엇보다 살그머니 아래로 내려가고픈 귀찮은 유혹 따위가 없어서 좋았다.

거구의 몸집을 지닌 나에게 유혹은 귀찮은 일이었다. 유혹은 노동의 소모를 요구했다. 그것은 촉각을 곤두세워야 하고, 몸을 움직여야 하고, 땀을 흘려 셔츠를 축축하게 만들고, 악취를 풍기게 되는 과정이었다. 나는 편하게 살고 싶은 놈이었다. 그렇더라도 젊은 여선생이 눈앞에 있었다면 슬쩍 침대 아래로 내려가서 머리를 숙이고 치마 속을 들여다보는 대단한 수고를 실천했겠지만.

"선생님, 저 일어났는데요."

나는 침대에 앉아 담요를 끌어안은 채 제법 큰 목소리로 말했다.

보건선생은 손등으로 입가를 슥 문지르고는 몸을 비척대며 눈을 떴다.

"어, 그래, 깼는가? 잠깐, 어디 한번 볼까."

보건선생은 성큼 다가와서 내 이마를 짚었다. 운동과 군사훈련을 통해 다져진 굳은살의 감촉이 손바닥에서 그대로 전해졌다. 그나마 보건선생이기에 망정이지 체육선생만 되었어도 애들 몇은 뼈를 추렸을 손이었다.

"열은 없군. 이 식은땀 좀 보게. 너 왜 그런지 알아? 이게 다 비만 때문이야."

보건선생은 되돌아가서 책꽂이에 꽂아둔 파일 몇 개를 뒤적거리기 시작했다.

나는 몸이 찌뿌드드해 목을 좌우 위아래로 움직이다가 침대머리 위로 난 창을 보게 되었다. 보건실 내부의 스팀 탓에 유리창은 뿌옇게 흐려진 상태였다.

"너 딱 체형을 보니까 태어날 때부터 우량아였겠구나. 너 낳을 때 엄마 고생 좀 했겠다."

"선생님, 무슨 말씀. 저 아기 때 별명이 치와와였거든요."

"치와와?"

"애가 너무 볼품없이 마르고 눈만 퀭해서요."

"치와와? 전혀 상상이 안 되는데."

"솔직히 말하면 저도 그래요."

표지와 내지가 누렇게 변색되기 시작한 앨범에 사진 몇 장이 남아 있긴 했지만 어릴 때 일이란 운동화를 빨고 난 뒤의 비눗물처럼 아련하기만 했다.

아직 열여덟밖에 안 되었지만 내 또래 애들도 다섯 살 이전의 일들은 까맣게 잊고 살아간다. 기억난다 해도 불쾌한 것들뿐이었다. 아버지에게 두들겨맞고 발가벗겨져서 쫓겨나거나, 혹은 마루에서 떨어져 머리통이 찢어진 따위의 일들. 그래서 부모들은 다 큰 자식들을 보고 좌절하게 마련이었다. 아이들은 부모와 눈을 마주치고 옹알이하고 까르르 웃어대던 때의 일은 기억 못 한다.

나도 다섯 살 이전의 기억은 너무 까마득해서 당최 보이지가 않는다. 다만 이상하게 아른거리는 한 여자가 있긴 한데, 검은 보자기를 뒤집어쓴 듯 손과 양팔만 나타났다 사라졌고 얼굴과 몸은 가물거리기만 했다. 하지만 전체적으로 선이 가늘고 손가락에 매듭진 곳이 없으며, 검고 긴 털도 보이지 않으니 분명 여자의 손이기는 했다. 그리고 쥐들이 달려들기 전에 항상 들려왔던 여자의 목소리도 생생하다.

"여기 있다. 중고생을 위한 비만 탈출 프로그램."

보건선생이 파일에서 홍보전단 하나를 꺼내 내밀었다. 교육청과 보건소에서 공동으로 주최하는 청소년을 위한 비만 탈출 식이요법 캠프였다. 전단에는 푸른 무용복을 입은 여자애가 원색의 훌라후프를 양손으로 쥐고 생크림 요정처럼 생긋 웃고 있었다. 다리는 살짝 꼰 포즈였고, 허리는 너무 가늘어서 꽃다발의 손잡이 부분이 연상되었다.

"선생님, 제가 언제쯤 이런 여자애의 알몸을 관찰하고 안을 수 있을까요?"

"뭐?"

순간, 눈앞에 보건선생의 주먹이 들어왔다.

"아, 제 말은 그게 아니라요, 그러니까……"

동정심 유발이 필요했다.

"그러니까, 저같이 뚱뚱하고 코도 납작하고 못생기고…… 그런 놈이 이렇게 예쁜 여자애와 사랑을 할 수 있을까, 라는 질문인 거죠."

"걱정 말아라. 여자가 남자의 외모만 보고 좋아하는 줄 아니? 여자는 그렇게 단순하지가 않아."

"네, 여자들은 모두 복잡하군요."

나는 전단지를 받아들고는 고개를 푹 숙였다. 발기시에도 페니스가 십 센티미터 미만이라는 말은 차마 할 수가 없었다. 누구나 심각한 고민은 혼자 삭여야 하는 법이니까. 하지만 아무리 삭이고 또 삭여도 삭일 수 없는 것들이 있다. 그러니까 나 같은 열여덟 소년에게도 품고 있는 근원적인 '한'이 있었다. 어쩜, 그 한이 나를 비만으로 이끌었을지도 모르는 일이었다. 욕구불만은 곧장 지방질과 탄수화물과 당분으로 위안받으니 말이다. 나는 전단지를 반으로 접으며 곰곰이 생각해보았다.

그건, 바로, 그거였다.

"선생님……"

"왜, 또 여자에 대해 궁금한 게 있으면 물어봐도 좋아."

사실 보건선생을 보고 여자에 대한 궁금증을 떠올리기란 쉬운 일이 아니었다. 최소한 내 기준에선.

"아니, 그런 건 아니구요. 선생님, 저기 실은 모든 게 쥐를 통해서 생겨난 문제인 거 같습니다."

"쥐?"

나는 최대한 침착한 목소리로 실수하지 않으려 노력하며 내가 겪어온 상황들을 설명했다. 몇 군데 이해가 가지 않는 구석이 있는 눈치이긴 했지만 보건선생은 의외로 내 이야기를 경청해주었다.

"그러니까 말이다, 쥐 때문에 가위눌림 비슷한 증상에 시달리거나, 가끔 기절까지 한다 이 말이구나?"

"네."

"녀석, 사내자식이 체격에 맞게 놀아야 할 것 아냐?"

보건선생은 고개를 들고 호탕하게 웃었다. 아담의 상징이 없는 게 이상해 보일 정도였다. 그러나 어쨌든 이 관계는 좀 개선될 기미가 보였다.

"잠깐만, 그래 이유는 대략 짐작이 간다."

"네?"

"오늘 있잖아, 집에 가서 식구들에게 한번 물어보렴. 범인은 식구 중에 한 명일 거야. 대학 다닐 때 아동심리학 강의를 들은 적이 있다. 아마, 네 기억 속의 그 여자는 실제의 사람이 아닐 거야. 식구들 중 한 명일 텐데, 노끈을 가지고 쥐꼬리라고 널 놀렸을 게 분명해. 너는 그 일에 심적인 충격을 받은 거지. 하지만 가족들을 폭력의 대상으로 인식하기를 스스로 거부했을 거고, 그래서 그 거부당한 존재가 가족 아닌 미지의 여성, 혹은 환상으로 각인된 거지."

"오호……"

쥐떼가 몰려오는 환각에 시달리는 열여덟의 청소년을 바라보는 삼십대 후반 독신 여성의 새로운 견해였다.

하지만 그건 우리 가족을 잘 모르고 하시는 말씀이었다.

"선생님, 전 그럼 이만 올라가보겠습니다."

"그래, 그 전단 꼭 챙겨가렴. 그리고 가족들하고 대화로 문제를 해결해보도록. 아무리 사소한 것일지라도 어린 시절의 상처란 치유하기 어려운 법이거든."

나는 간단히 목례를 했지만 보건선생은 인사도 받지 않고 손걸레를 들고 유리창에 뿌옇게 서린 김을 닦기 시작했다. 겨울 햇빛이 곧이어 쏟아져내렸고 보건선생의 뒷모습에 그림자가 졌다. 어디서인가 많이 본 듯한 풍경.

창문을 닦던 여자의 손, 그리고 그 목소리.

이제, 우린 끝났어. 네가 도와주는 수밖에 없어.

"아, 식모."

"뭐?"

보건선생이 고개를 돌렸다.

"선생님, 죄송하지만요. 잠깐, 아까 그 자세 다시 취해주시면 좋겠는데요. 네, 네…… 엉덩이는 뒤로 좀 빼주시고요. 분명 그 여자의 모습이 아른거렸습니다. 선생님, 쥐를 흔들던 여자는 우리 가족이 아니었어요. 바로, 식모, 우리집의 식모였다고요!"

걸레가 나를 향해 빠른 속도로 날아와 내 얼굴에 정통으로 명중했다.

2. 책장 안에 숨은 식모들

집안에 남자가 셋이나 되었다. 형이 가출하지만 않았어도 넷이었다. 하지만 이삿짐을 싸기 위해 동원된 인력은 달랑 나 혼자였다. 초등학교 삼학년인 동생은 수학 영재스쿨에서 저녁 늦게까지 수업을 들었다. 아버지? 아버지는 늘 그러하듯이 컴퓨터가 있는 내 방에서 나올 생각을 안 했다.

"내일 포장이사 부르면 되지, 내가 왜 이런 작업에 동원돼서 노동력을 착취당해야 돼? 디립다 억울하네."

나는 수입 접시들을 신문지로 겹겹이 싸며 투덜대었다. 엄마는 그걸 받아 비닐 포장을 덧댄 박스 안에 쌓았다.

"이게 얼마짜린데 그놈들을 믿니? 혹시 깨먹으면 어쩌려고. 아니, 스리슬쩍 빼돌리고 나 몰라라 할 수도 있어. 그래봐라. 속만 펄펄 끓지,

누구한테 따져? 구시렁거리지 말고 손이나 빨리 놀려. 열두시 안엔 끝내야지."

팔십년대 중반 아버지가 한창 건축 자재 사업으로 잘 나갈 때 엄마는 기고만장했다. 우리집에 있는 고가의 수입품들은 대부분 그때 들여온 것들이었다. 엄마는 도깨비시장을 두루 다니면서 백화점으로도 들어오지 않는 식기류 따위를 긁어모으다시피 했다. 지금은 유행에 뒤처져 옷장 구석에 처박혀 있지만 어깨에 뽕이 들어간 팔십년대 풍의 여성용 정장도 여러 벌이었다. 아버지는 아버지대로 서울이 온통 자기 땅이라도 되는 양 자가용을 몰고 다니며 돌아다니는 걸 즐겼다. 어쨌든 팔십년대는 이모저모로 과시의 시대였다. 그런 버릇이 남아서인지 아버지는 아직도 해질 무렵에는 베란다에 쪼그리고 앉아 노을을 바라보는 걸 즐겼다.

"한강 다리에서 바라본 저녁놀 죽였다. 꿈이 없는 잔챙이들이 알 턱이 없지. 그때, 서울은 태양의 도시였다."

물론 식구들 중 그 말에 집중하는 사람은 아무도 없었다. 시뮬레이션 하녀 게임에 빠져들기 시작하면서부터 아버지는 식구들로부터 외면을 당해왔다.

반면에 엄마는 아직도 돈암동 구식 양옥집에서 대치동 아파트로 이사하던 날의 감동을 잊지 못하고 있는 게 분명하다. 나는 기억한다. 이사 전날 친척이란 친척, 친구란 친구 온통 전화를 돌려 이제 구십년대에는 강 건너에 새 세상이 올 거라고 재잘대며 떠들던 목소리가 아직도 귓가에 아주 쟁쟁댄다.

"엄마, 그때 전화했던 친구분들은 뭐 해? 지금 서울 어느 곳에서 생활 터전을 마련했나? 우리보단 나을라나?"

"낸들 아니. 얼마 전에 경애인가가 위암으로 죽었다고 전화 오긴 했더라만."

엄마는 박스 안에 그릇을 집어넣다 말고 분홍 매니큐어가 벗겨진 손톱을 이빨로 깨물었다. 그러고는 대뜸 신경질적인 목소리로 말했다.

"친구란 건 잘난 척할 때나 필요한 거 같아. 이제 와서 내가 뭐 생색 낼 게 있다고 연락을 하겠니."

엄마는 잠시 두 손을 깍지 긴 채 가랑이 사이에 집어넣고 아파트 실내를 둘러보았다. 시공한 지 이십여 년이 지난 대치동의 아파트는 결코 말끔하다고는 할 수 없었다. 리모델링을 미룬 지 오래여서 천장에는 습기가 찼고, 낡은 전선의 유령들처럼 곰팡이가 길게 엮여진 상태였다. 화장실도 좁은데다가 변기마저 낮아서 아침마다 일보기도 힘들었다. 하지만 얼마 전까지 이 단출한 아파트가 엄마에겐 희망의 신전이었음에 분명했다.

건축 자재 사업이 부도가 나고 피라미드 회사에 들어가서 가진 돈 모두 날리고, 이제는 게임 속 하녀와 호흡하며 집안 돌볼 생각을 않는 아버지. 그 아버지에겐 이미 예전에 정이 떨어진 지 오래일 테고 기댈 곳은 오직 재개발을 기다리는 이 아파트와 천재 소리를 듣는 늦둥이 동생밖에 없었다.

엄마는 시댁에 병문안 갈 때마다 늦둥이 동생을 무릎에 앉혀놓고 자랑하기 바빴다.

"어머님, 얘가 큰 인물이 돼도 될 거라고요. 얼마나 대단한 태몽이었나 몰라요. 내가 예전에도 한번 말했지만…… 폭포가 쏟아지는 어마어마한 바위계곡이었어요. 제가 거기서 목욕을 하고 있는데, 글쎄 지렁이 두 마리가 꼬물꼬물 기어오는 거 아니겠어요. 어머, 징그러워라, 이러고 있는데요. 세상에, 웬일이래? 모락모락 연기가 피어오르더니 오색찬란 용 한 마리가 치솟아서는 나한테 덥석 달려드는 거 아니겠어요? 너무 놀라서 입을 벌리고 깜짝 놀라 깼는데, 어쩜 그게 태몽인 거 있지요!"

시어머니는 이 영특한 손주의 머리 한번 쓰다듬어주기도 어려운 지경이었다. 중풍으로 전신마비가 되어 입이 돌아간 채로 이부자리에 누워 있는 게 전부였기 때문이었다. 그런 시어머니 앞에서 자식새끼 자랑하느라 여념 없는 며느리라니, 우리 엄마도 대단하긴 했다. 할머니가 풍으로 누워 있던 일 년여 동안 엄마는 매번 그 짓을 계속했다. 하지만 워낙 할머니와 엄마 사이에는 몇십 년이나 지속된 으르렁거림이 있었다. 그 냉전은 뿌리를 들추어보면 썩은 무처럼 구질구질했다.

물론 요약본에서는 다분히 휴먼 다큐멘터리 냄새가 난다. 엄마는 주위의 반대를 무릅쓰고 아버지와 결혼했다. 빌미는 뱃속의 아기였다. 무슨 이유에선지 결혼 직후 첫 아이는 유산되었고 그후 형을 낳을 때까지 오 년이라는 제법 긴 인고의 세월이 있었다.

자식된 도리로 눈물이 날 법한 이야기기도 하지만 그 속내를 들여다보면 그럴 마음은 싹 가셨다. 엄마와 할머니, 그리고 아버지 사이에 벌어졌던 우리 집안의 복잡다단했던 과거사들은 그다지 멜로 드라마 같지만은 않았다. 오히려 사기와 협잡의 역사에 가까웠다고, 부끄럽지만 말할란다. 내가 요약본밖에 모를 거라고 생각하겠지만 나도 귀는 뚫려 있었다.

할머니가 세상을 뜨던 날 모든 사람들이 엄마와 할머니 사이의 협잡과 반목을 도마 위에 올려놓고 다져가며 밤을 새었다. 모두들 내가 잠들었을 거라 여겼겠지만 나는 몽땅 다 듣고 말았다.

어쨌거나 우여곡절 끝에 엄마는 형과 나를 낳았지만 둘 다 기대에는 못 미치는 것들이었다. 형은 일곱 살 때까지 천재 소리를 들었지만 그후로는 그저 오줌도 제대로 못 가리는 골목대장에 불과했다. 나도 별볼일 없는 편이었다. 오직 아이엠에프가 터지기 몇 해 전 뒤늦게 본 버블 베이비 막내만이 엄마의 기대치를 한껏 높여주고 있었다.

별로 정이 안 가는 녀석이었지만 막내는 제법 투자가치가 있었다. 세 살 무렵 신문을 또박또박 읽어 주위 사람들을 놀라게 하더니 두 달 만에 영어와 구구단을 독파하셨다. 피라미드에 빠져 한창 넋이 나가 있던 아버지도 막내 앞에서는 이빨이 환히 드러나는 웃음을 짓고 얼렀다. 하지만 아버지의 기쁨은 그리 오래가지 못했다. 안타깝게도 막내가 아버지를 거부하는 초유의 하극상이 벌어졌기 때문이다.

"솔직히 정말 안 믿겨. 내가 여기까지 어떻게 버텼는데. 어떻게 다시 그곳으로 가니? 남들은 이사 가도 공기 좋고 살기 좋은 분당으로 간다는데. 나도 다른 집 엄마들처럼 부동산이나 알아보는 건데. 저 인간 믿고 산 내가 등신이다."

엄마는 양손에 하나씩 쥐고 있던 희망의 떡 두 개 중 하나를 내려놓은 셈이었다. 집안에 일하는 사람이 없어 전전긍긍하면서도 재개발을 기다리며 아파트는 팔지 않았다. 하지만 부동산 정책이 바뀌는 바람에 이제 아파트를 쥐고 있어봤자 별 도움이 안 되는 상황이었다. 더구나 대한민국에서 천재는 구십구 퍼센트의 노력보다는, 그만큼의 돈이 좌우하는지, 영재교육 비용도 만만치가 않았다. 엄마는 결국 아버지를 거실로 내쫓고 안방에 드러누워 고민하던 끝에 눈물을 머금고 강을 거슬러올라가 마장동의 한 아파트로 옮기기로 마음먹었다.

"너무 실망하지 마. 연어도 회귀본능이 있듯, 우리집의 역사도 마찬가지가 아닐까란 생각이 드네."

엄마는 내 말을 무시하고 쌩하니 일어서선 안방으로 들어갔다. 나는 독일제 접시 하나를 신문지로 싸다가 베란다로 나갔다. 초겨울 바람이 으슬으슬했다.

아, 맞다!

나는 다시 식모를 떠올렸다. 이제 그녀의 직업은 분명히 기억이 났지만 얼굴은 아직 검은 베일에 가려 있었다. 그래서인지 식모의 전형적인 이미지에 장례식장에 참석한 여자의 얼굴이 겹쳐졌다.

우리집에서 마지막까지 일했던 식모는 칠 년 전쯤 떠났다. 잭슨파이브 시절의 마이클 잭슨처럼 머리카락을 볶은 육십대의 할머니였다. 줄무늬 폴로셔츠를 자주 입었고 바지는 몸뻬바지 아니면 복숭아뼈 바로 위까지 내려오는 남색 바탕의 꽃무늬 치마였다. 할머니 옆으로 가면 항상 오래된 수세미에서 풍기는 주방세제 냄새가 나곤 했다.

"어여, 우리 장군님 왔네. 사이다에 설탕 타줄까? 아니면 도넛 만들어 줄까나."

변명의 기회가 주어진다면, 내 비만의 일등공신은 그분이셨다.

하지만 보건선생의 뒷모습을 보고 떠올린 식모는 할머니가 아니었다. 우선 손부터가 너무 달랐고 귓가에 들렸던 목소리도 노인 특유의 가래 끓는 음성과는 거리가 멀었다.

어쨌든 그처럼 친절하던 할머니도 끝이 좋지는 않았다. 아버지 사업이 최종 부도가 나자마자 할머니는 두 손을 탁탁 털고 나갔다.

"그 꼬라지나 내 꼬라지나 그기 그거 아닌가? 내가 여기서 뭘 더 바라겠는가?"

"참, 할머니 너무하시네요. 그 동안 아무리 일 부리는 사람이었지만 제가 시어머니 모시듯 깍듯이 대접해드렸는데요."

할머니는 앞치마에 대고 힘껏 코를 풀었다.

"하이고, 그렇게 시어머니 모시면 바로 소박감이지. 그나저나, 오늘까지 일한 몫은 쳐줘야 쓰겠지?"

엄마는 그날 자기 전에 두통약을 세 알이나 삼켰다.

나는 다시 거실로 돌아와 안방으로 들어가려다 곧장 내 방으로 들어갔다. 아버지는 여전히 하녀 시뮬레이션 게임에 열중하고 있었다.

"공부하러 들어왔냐?"

"아, 아버지 아니에요. 그냥 앉으세요."

마우스 옆에 놓인 재떨이에는 구겨진 담배꽁초가 수북했다.

재떨이를 비울 때마다 엄마는 '죽어라' 와 '뒈져라' 를 후렴구처럼 반복했다. 담배꽁초가 아버지의 분신이라도 되는 양 여기는 눈치였다. 내가 보기에도 둘 사이에 닮은 점이 있기는 했다. 거무튀튀한 얼굴, 약간 굽은 등, 무엇보다 온몸에서 풍겨나는 패배한 자들만의 무기력한 찌든 내.

사실 내 쪽에선 아버지 덕에 방 안에서 대놓고 담배를 피워도 현장을 들키지 않는 한 들통날 염려가 없어 좋았다. 방 안엔 워낙 니코틴과 담뱃진 냄새가 가득했으니까.

아버지는 오랜만에 나와 마주 보고 앉았지만 막상 할말이 없는지 손톱으로 연신 뒤통수만 긁었다.

"저기, 아버지 말이죠, 식모, 그러니까 우리집에 젊은 식모가 있었나요?"

아버지는 잠깐 눈을 찡그렸다.

"하녀 말이냐?"

"뭐, 그렇게 말씀하셔도 되고요."

"아, 돈암동 양옥집에 있을 때 젊은 애 하나가 있긴 했다. 스무 살 좀 넘었을라나. 네가 다섯 살 되기 전이었는데, 뭐, 별로 예쁘지는 않았고. 나이는 어린데 너무 펑퍼짐해서…… 아줌마 태가 좀 났지."

문제는 해결되었다. 쥐를 가지고 날 협박한 사람은 그 식모였단 뜻이었다. 하지만 그 까닭이 뭔지는 여전히 미지수였다. 어쩜 엄마의 변덕 탓에 일자리를 잃어 홧김에 그따위 복수를 했는지도 모를 일이었다. 오래된 집에서 쥐를 잡기는 쉬운 일이었을 테니까.

막내동생이 집에 들어와서야 엄마는 안방 문을 열고 나왔다. 방 안에서 내내 울었는지 눈가가 좀 부어 있었다. 엄마는 막내가 보여준 수학 문제집을 그저 감탄 어린 눈길로 보았다. 막내는 천재라는 특성에 걸맞게 글씨도 악필이셨다. 어찌나 대단하신지. 엄마는 막내의 저녁을 먹인 뒤에 다시 이삿짐 싸는 일을 시작했다.

"아들아."

그릇을 넣은 박스를 테이프로 밀봉한 후에 엄마가 나지막하고 다정스러운 어감으로 불렀다. 놀랍게도 아들이란 호칭은 나에게만 부여되었다. 형은 그놈 내지는 그 새끼였고, 막내에게는 온갖 미사여구가 다 들러붙었다. 나만 간단히 아들이었다.

"왜?"

"실은 이게 내가 가지고 나가는 유일한 사치품이야. 옷은 유행이 지나서 아무리 비싼 거라도 못 입을 거 같고, 보석은 팔아치우다보니 모조만 남았단다. 아파트 값이 거기는 훨씬 싸니까, 그리고 전세로 들어가는 거니까 당분간 생활비야 어떻게 되겠지만."

엄마는 자리에서 일어나 넓지 않은 거실을 배회했다. 거실이 좁아진 데는 자리를 차지하고 있는 큰 소파나 장식장, 책장 탓도 있었다.

"이제는 턱없이 부족하고 슬픈 삶이 이어질 거야."

엄마는 『소공녀』의 주인공 세라 같은 포즈를 취했다.

"어쩜 직접 내가 몸으로 뛰어야 될지도 모르고. 식당에서 일하거나 남의 집 살림이라도 맡아줘야 하는 일까지 생기면 어쩐다니. 이제야 겨우 주부습진도 나았는데."

엄마는 우리 형제들이 엄마의 전직을 모르는 줄로 착각하고 있었다. 막내는 몰라도 형과 나는 알 건 다 알았다. 엄마는 열 살 정도 되는 어린 나이 때부터 할아버지 집에서 식모 생활을 했다. 그러니 그 집에서 십 년 넘게 일한 후 아홉 살 차이인 아버지와 결혼을 말했을 때 할머니가 길길이 뛴 것도 이해가 안 가는 바는 아니었다.

"그래도 먹고살려면 손에 물 묻히는 방법밖에 없지. 누가 이렇게 참혹한 오십이 될 줄 알았겠니. 끔찍해서 돌아가실 지경이다, 난."

엄마는 기운이 없는지 책장에 등을 기대었다.

"그나저나 저건 어쩔 건데?"

나는 손가락으로 엄마가 기대어 있는 책장을 가리켰다. 유리문 안에는 동화책 전집이나 백과사전류 따위, 혹은 『한반도의 대역사』 『한국문학대계』 등등 주로 양장본으로 된 책들이 빼곡하게 꽂혀 있었다. 엄마가 그릇이나 가구로 허영을 채웠다면 아버지의 대리만족은 전집류의 책들이었다.

"아, 이거! 이거, 뭐 팔아도 얼마 안 되고 그냥 버리고 가야지, 뭐. 짐만 되잖아. 솔직히 너나 나나 언제 책 읽고 살았니? 폐지니까 누가 주워가겠지."

나는 약간 섭섭한 마음이 들었다. 그래도 내가 한글을 깨치기 전까지 틈틈이 책을 펴놓고 엄마가 읽어주었던 기억이 났다. 우리 가족에게도 그런 시절이 있었던 거다. 그리고 그후로도 종종 나는 책장의 책들을 한두 권씩 읽어보곤 했다. 물론 몇 장 읽다가 졸려서 다시 넣어두긴 했지만 말이다.

"나 어렸을 때 그 일 기억나시나?"

엄마가 주방으로 가서 냉장고를 열다가 고개를 뒤로 돌렸다.

"왜, 내가 아주 어렸을 때니까 한글도 미처 몰랐을 때거든. 아마 이 집이 아니라 돈암동 집이었는데 엄마가 마룻바닥에 나 앉혀놓고 동화나 백과사전 읽어주고 그랬던 거 말이지."

"아들아, 나 그런 적 없다."

"엄마, 그럼 식모는 아나?"

나는 냉장고에서 생수를 꺼내 벌컥벌컥 들이켜는 엄마에게 물었다.

"야, 내가 그 할멈 생각하면 이가 갈려. 그 이야기는 갑자기 왜 꺼내."

"아니, 그 할머니 말고. 왜 우리 돈암동 살 때 젊은 식모."

"무슨 소리야! 우리가 그때 무슨 식모를 써?"

엄마는 물컵을 테이블에 올려놓고 안방으로 들어갔다.

나는 방으로 들어가 잠이나 청하려다 책장 앞으로 다가갔다. 벽 한

면을 거의 다 차지하는 책장은 제법 우리집 거실을 기품 있어 보이게 하는 힘이 있긴 했다. 이제 내일이면 이 책장 안의 책들은 모조리 폐지가 될 터였다. 내 유년기가 그렇게 무너지는 것 같아 마음 한구석이 휭해졌다.

그래, 내 책의 장례식은 내가 치러주자.

나는 빈 박스 몇 개를 더 챙겨왔다. 책들의 관으로 쓸 박스였다. 그리고 책들을 하나하나 빼서 박스에 담기 시작했다. 물론 박스에 던져넣기 전에 책표지를 하나씩 확인해보는 예의를 갖추었다. 소란스러운 소리를 듣고 엄마가 방문을 열고 내다보았다.

"어이구, 잘 하는 짓이다. 내일이면 일하는 사람들이 알아서 치울 텐데. 하여튼 먹는 건 왕창 먹으면서 엉뚱한 데 힘만 쓰는구나."

엄마가 뭐라고 하건 묵묵히 책들을 박스 속에 던져넣었다. 그러다 성경책을 한 권 발견했다. 엄마는 한때 열심히 교회를 다녔다. 하지만 아버지가 사업에 실패한 뒤로는 하느님 보기가 망신스럽다며 교회에도 발길을 끊었다.

"이거, 성경책인데 버려요?"

"됐다, 내가 지금 와서 누구한테 기도를 하겠니."

엄마는 쾅 소리가 나도록 문을 닫고 들어갔다.

나는 성경책도 박스 속에 넣었다.

두번째 책장을 정리하다가 수첩 하나를 발견했다. 처음에는 아버지가 쓰던 수첩인 줄 알았다. 나는 아버지가 한창 잘 나갈 때의 수입이 얼마나 되었는지 알아보려고 수첩을 펼쳐보았다. 하지만 그 안에는 숫자들 대신 식모가 숨어 있었다.

3. 호랑아낙 또는 수상한 식모들

들어가며

호랑아낙 또는 그를 이어간 수상한 식모들의 역사는 그 자체가 수상함은 물론 피와 단죄, 순교를 동반해온 기록이다. 그 이야기들은 문자로 씌어지지는 않아서 그녀들의 역사는 입에서 입으로 전해졌고, 그들의 모임은 서울의 좁은 다리 아래나 빈민촌의 어떤 지역에서 비정기적으로 이루어졌다. 따라서 규모나 활동 등에 대해 규정하기가 쉽지는 않다. 더구나 호랑아낙들은 집단으로 몰려다니는 일은 거의 없었고 혈혈단신 오로지 홀로 활동했다. 서로간의 접촉도 개인적이고 은밀했다. 심지어 호랑아낙끼리도 서로를 몰라보고 사나운 눈길을 나누는 경우도 종종 있었다고 한다. 서로의 손바닥을 살펴보기 전에는, 백두산의 호랑아낙이 한라산의 호랑아낙을 알기가 그리 쉬운 일이 아니었을 것이다.

이런 연유로 해서 어떤 역사학자도 호랑아낙이나 수상한 식모에 관해 언급하지 않는다. 극단적으로 말하면 그런 여인들이란 존재조차 하지 않았다고 무시한다 해도 별 무리가 없다. 하지만 그들은 한국사의 이랑 사이에 숨어 식칼을 들고 있던 조용한 테러리스트들이다. 물론 우리 주변의 모든 식모들을 수상한 식모들로 규정하는 것도 어리석은 짓이다. 오히려 순수하게 입에 풀칠하기 위해 서울로 상경해 식모가 된 이들이 거의 대다수이다. 하지만 분명 호랑아낙의 전설을 이어받은 소수의 수상한 식모들이 이 땅에 있었으며, 전임자에 의해 교육되고 길러지기도 했다.

과거 호랑아낙들은 한국사회의 부와 명예를 독식해온 집단(왕조, 탐관오리, 다수의 뻔뻔한 양반이나 귀족계급)에 대해 은밀하게 대항하는 모습을 보여왔다. 호랑아낙의 정신을 이어받은 우리 수상한 식모들은 의도적으로 부르주아 가정에 잠입하여 그들의 위선을 까발리고, 가정을 해체시키는 역할을 떠맡아왔다.

나는 어쩜 수상한 식모들의 마지막 세대인지도 모른다. 나는 우리들의 구전되어온 역사와 활동들을 감히 기록으로 남길 어마어마한 계획을 진행중에 있다. 물론 이것 역시 구전된 강령에 의해서는 금지된 행동이다.

종이 위에 글을 남긴 자, 먹물이 굳어가듯 몸이 돌이 되어 산산이 부서지리니……

내 추측으론 이런 강령이 이어져내려온 것은 지난 긴 역사 동안 몇 차례에 걸쳐 호랑아낙들이 지배집단에 의해 참수당해왔기 때문이 아닌가 싶다.

뒤에 자세히 언급하겠지만 호랑아낙은 연산군을 폐위시키는 일에 참여하기도 했고, 지방 탐관오리의 악행을 고발하는 데 일조하기도 했다. 그러나 그녀들이 도드라졌을 시에는 늘 참수나 능지처참이 이어졌다. 말 그대로 그 여성들은 찢어발겨져서 죽임을 당했다. 때로는 죽창에 꽂힌 파리한 얼굴이 마을 입구에 세워지기도 했다. 아마 검고 탐스러운 긴 머리채는 대나무 아래로 흘러내렸겠지. 그리고 그 머리카락을 타고 핏물이 뚝뚝뚝 떨어졌을 것이다. 사람들은 부정한 피를 욕했다. 평범한 아낙들은 그 얼굴에 대고 침을 뱉거나, 혹은 돌을 집어던졌다.

서방 잡아먹고, 세상 잡아먹을 나쁜 년들, 지옥에도 못 가고 이승에서 평생 썩을 년들.

까마귀떼가 살갗과 눈알을 파먹고, 파리가 구더기를 슬어 그 형상이 일그러질 때까지 호랑아낙의 얼굴은 처참히 모욕당했다. 소수를 제외하고 어떤 계급적 방패막이도 없었기에 감히 지배계급을 능멸했다는 괘씸죄가 적용된 것이다. 슬픈 역사다.

나는 구로동의 한 다리 아래에서 언약한 피의 맹세를 아직 잊지 않았다. 불에 달군 날카로운 식칼로 그은 상처. 내 생명선에는 호박씨를 빼닮은 흉터가 선명하게 남아 있다. 손바닥을 자세히 들여다보지 않으면 알 수 없지만 그것은 늘 내가 수상한 식모였다는 사실을 일깨워준다.

하지만 나는 강령을 어기는 일에 대해 죄책감을 느끼거나 수치스럽지는 않다. 호랑아낙, 그리고 수상한 식모들의 역사를 훑어보면 알겠지만 그들은 원래 일탈의 대가였다. 우리는 롤러스케이트를 탄 마녀처럼 언제나 자유로이 위치를 조정해왔다. 강령이라는 선을 그어놓고 그 선을 고무줄로 삼아 삶을 가지고 놀다 새로운 영역으로 뛰어넘었다. 축지법을 쓴다는 전설이 남아 있는 호랑이들처럼 말이다.

그런 연유로 해서 호랑아낙들의 역사에는 수많은 직업, 사상들이 따라붙게 됐다. 그들 중 어떤 여인들은 점을 치기도 했고 어떤 이들은 동학운동에 참여했으며, 천주교 신자로 비밀리에 활동하다 순교하기도 했다. 초야에 묻혀 이러저러한 술수와 비방과 약초학, 마법을 연구한 여인들도 많았다. 그것들은 어떤 방식으로든 후대의 수상한 식모들에게 전승이 되었다고 보여진다.

어쨌든 나 또한 이제 강령들과 교본을 엮어 이 연대기를 만들려는 일탈을 해보려 한다.

내가 이 주요 강령을 어긴 이유는 한국사회가 조금씩 변모하고 있는 것에서도 연유를 찾을 수 있다. 대한민국에서 참수와 학살의 역사는 서서히 긴 비극을 끝내고 무대 뒤로 사라지는 중이다. 죄 없고 선량한 이들의 유골로 이루어진 거대한 무대인 무덤만 남기고서 말이다. 그 위를 탱크가 짓밟아서 아스팔트로 깔아뭉갠다. 서울이라는 기이한 도시는 사람들의 너덜너덜해진 육체를 양분 삼아 유달리 빨리 성장한다.

구십년대로 막 접어들기 직전인 현재, 이제 지배계급의 화신인 망나니가 휘두르던 참수용 칼은 지배자가 아닌 모든 개인에게 양도되어간다. 하지만 그들은 그 칼의 용도를 몰라 그저 어리둥절해할 뿐이다.

나는 예언한다.

필히 십 년 안에 자살자의 수는 급속도로 증가하리라. 그들은 외로움과 소외감을 견디지 못해 거대한 망나니 칼을 들고 자정에 춤을 추다 결국 스스로 목을 베고 말리라.

그 시대에 수상한 식모들은 과연 어떤 모습으로 변모할까? 거기까지는 나의 영역이 아니라고 생각한다. 아마 내가 이 글을 다 마칠 무렵쯤에야 겨우 그 방을 엿보게 되지 않을까? 그 방에는 이제 생을 거의 마감하기에 이른 우리의 마지막 수상한 식모가 숨을 막 거두고 있을 것이다.

호랑아낙 신화

내가 전해 들은 이야기는 대략 이렇다. 피의 맹세를 하며 호랑아낙의 신화를 전해 들었을 때 나는 그 이야기가 지닌 섬뜩한 공포와 기묘한 유머감각에 상처의 고통도 잠시 잊은 채로 푹 빠져들었다.

수상한 식모들의 첫 이야기는 단군신화와 맞물린다. 곰과 호랑이가 환웅에게 빌어 굴에서 마늘과 쑥을 먹으며 버틴 이야기는 누구나 알고 있다. 곰은 약속한 날짜를 다 채우고 결국 아름다운 여인이 되어 고조선의 시조 단군을 낳았다.

하지만 호랑이는 마늘과 쑥만 먹는 나날을 견디다 못해 결국 굴 밖으로 뛰쳐나오고 만다. 수상한 식모들의 시조는 바로 이 호랑이다.

호랑이는 굴을 빠져나오자마자 온 산을 뛰어다니며 온갖 동물들을 다 포식한다. 토끼, 다람쥐, 고라니 등등. 과식한 탓에 배가 땡땡하게 찬 호랑이는 지독한 갈증을 느끼지만 주위에는 작은 샘물 하나 보이지가 않는다. 더구나 갑작스런 포식으로 위장은 쓰려오고, 호랑이는 그만 정신을 잃고 언덕 아래로 데굴데굴 구르고 만다.

너무나 운이 없게도 언덕은 가시나무 천지였다. 호랑이의 몸뚱이에는 온통 가시가 박히고, 사지는 자갈에 긁혀 온몸이 상처투성이로 변한다.

호랑이가 비틀대며 당도한 곳은 다행히 샘가였다. 호랑이는 몸을 일으켜 목을 축이려고 샘 가까이 다가간다. 그러나 샘에 얼굴을 비춰보곤 자기 몰골에 경악해서 뒤로 물러서고 만다. 이어 밀려오는 후회.

지금쯤 곰은 아름다운 여인으로 태어났겠지. 그리고 환웅과 결혼했겠지? 이렇게 짐승의 숨만 쉬고 있는 나는 뭐람.

타는 듯한 갈증이 엄습했지만 호랑이는 물을 거부했다. 대신 맑은 샘물에 비친 상처투성이 몰골을 움직이지 않고 바라보았다. 며칠이 지나자 상처마다 파리들이 알을 슬기 시작했다. 이제 호랑이의 얼굴과 몸통은 온통 구더기들로 들끓었다. 때로 잔바람이 불어 물수제비가 자연스레 생기면 몸뚱이는 산산이 부서졌다 다시 추악한 몰골로 되돌아오곤 했다. 그럼에도 호랑이는 석상처럼 절대 그곳을 뜨지 않았다.

구더기는 호랑이의 살을 파먹으며 자랐다. 정신이 혼미해지다가 통증이 또 밀려와 호랑이는 다시 눈을 번쩍 뜨곤 했다. 그러던 어느 날, 이내 다 자란 구더기가 붉은 파리가 되어 호랑이의 몸뚱이에서 우우 날아올랐다. 멀리에서 보면 호랑이의 몸에서 거대한 핏물이 솟구치는 장

관으로 보였을 터다.

호랑이의 몸에서는 진물이 줄줄 흘렀고, 얼룩덜룩한 무늬는 검붉게 변했다. 호랑이는 그렇게 생의 질긴 줄이 끊어지는 거라고 여겼다. 그제야 호랑이는 동굴에서 나온 것이 차라리 잘 된 건지도 모른다는 생각을 어렴풋이 하게 됐다.

이제 이 허약한 맹수는 눈이 멀었다. 하지만 통증은 여전히 새로웠다. 볼 수는 없었지만 호랑이는 자기 몸뚱이에서 토끼가, 다람쥐가, 고라니가 연달아 빠져나가고 있음을 통증으로 감지했다. 이어 뜨겁고 붉은 밤이 지나가고 이어졌다. 온몸에 열이 오르고 살갗이 모두 벗겨져나갈 듯이 아팠다. 보름달이 뜨면 통증이 밀물이 되어 온몸을 쓸고 지나갔다가 그믐이 되면 다시 좀 나아지곤 했다. 그렇게 열 달의 시간이 무럭무럭 지나갔다.

따스한 빛이 머리맡으로 쏟아졌다. 햇빛은 예전보다 더 따가웠지만 그만큼 더 포근하기도 했다. 호랑이는 눈을 떴다. 해가 보였다. 호랑이는 자기 몸을 어루만졌다. 살갗은 매끈매끈하고, 검고 윤기 나는 긴 머리카락이 쇄골 아래까지 늘어져 있었다. 사람으로 태어난 것이었다. 호랑이, 아니 젊은 여자는 놀라서 주위를 둘러봤다. 넓은 천조각처럼 호랑이 가죽이 널브러져 있었다.

여자는 호랑이 가죽을 여며 옷으로 만들어 입고 산을 내려갔다. 사람들은 그 여자가 입은 옷을 보고는 '범녀'라고 불렀다.

범녀는 사람들을 이끌고 다니며 사냥하는 법과 노래하는 법을 가르쳤다. 춤을 가르쳐주기도 했으며, 산에서 자라는 약초가 무엇인지 알려주기도 했다. 또 버려진 여자아이들을 산으로 데려가 자기 수양딸로 키

우기도 했다. 사람들은 범녀를 따랐으나, 알 수 없는 모함을 당해 범녀
는 마을에는 다시 접근하지 못하고 산에서만 머무는 운명에 처했다.

왜 범녀가 수상한 식모들의 시조가 되었을까? 나는 단군신화의 의미
에 관한 몇 가지 연구자료를 살펴보았다. 제일 설득력 있는 해석은 곰
토템 부족과 호랑이 토템 부족 중 전자가 지배권을 얻게 되었다는 가설
이었다. 그렇다면 범녀는 지배당한 호랑이 부족의 리더쯤 되지 않았을
까? 그녀는 그후에도 지배집단에 항거하는 어떤 자세를 보여줌으로 해
서 집단에서 축출당하고 산으로 내쫓겼던 건 아닐까?

집단에 속하지 못하고 배회하고 소외된 여인들의 삶. 그곳에서 우리
수상한 식모들의 씨앗도 발아하였으리라.

이후, 조선시대 말엽까지 그녀들은 범녀, 혹은 호랑아낙이라는 이름
으로 불리게 된다. 수상한 식모들이란 명칭은 일제시대가 되어서야 생
긴 명칭이었다.

수상한 식모들의 구체적인 연대기

범녀신화가 있긴 하지만 그녀들의 본격적인 활동 이력을 파악하려는
시도는 무모하다고 할 수밖에 없다. 앞서 말한 바와 같이 호랑아낙들은
체계를 갖춘 집단이 아니다. 그렇다고 사당패처럼 무리를 지어 다니며

재주를 보이는 것도 아니었다. 그들은 각기 다른 자기의 신분을 방패로 삼아 본모습을 감추고 지배계급을 농락했다. 호랑아낙의 신분은 대부분 참수당할 때에나 세상에 드러났다.

다만 구전되어오는 이야기에 따르면, 민란이나 학살 혹은 혼란이 일어날 때마다 호랑아낙들이 늘었다고 전해지기는 한다. 지아비 혹은 가족들이 몰살당한 경우에 갈 곳을 잃은 어린 여아나 부녀자들 중 몇몇이 호랑아낙의 길에 들어선다는 것이다. 물론 그들을 이끄는 것은 기존에 몰래 활동하던 호랑아낙들이다.

주로 입이 무겁되 겁은 없으며, 딸린 식구가 없는 여인들이 호랑아낙으로 뽑혔다. 그 '범녀'들은 구전되어오는 호랑이 신화를 듣고, 또 선대 호랑아낙들의 활약상을 듣고, 그들 특유의 비방까지 전수받는다. 어떤 비방의 재주를 가지느냐는 어떤 선지자를 만나느냐에 따라 달라지는 일이다.

조선 영·정조 시대는 호랑아낙의 수가 현저히 줄어들었던 시기였다. 이것은 조선시대의 짧았던 영화와도 맞물려 있다고 여겨진다. 이 시기에 범녀들은 다시 산으로 들어가 혼자 굴에 숨어 생을 보냈다. 그 까닭은 이러하다.

몸에 벌레 슬어, 얼굴까지 무너지고 사지가 스러지면, 검은 넋으로 피어나 세상에 재를 어루만지게 되니……

호랑아낙들은 죽어서 천상에 올라가는 것이 아니라 구천을 떠돌기를 기원한다. 사는 동안 열심히 기도하면 그들은 죽어서도 약한 이들을 보살피는 수호신이 될 수 있다고 믿었다(그들 중, 아예 몇몇은 단골네가 되기도 했다). 하지만 그들이 물 좋은 깊은 산자락에서 평생 수도만 할 수도 없는 노릇이었다.

짧은 황금기를 보내고 조선은 패망의 길로 들어선다. 그러자 전국에서 호랑아낙의 수는 다시 급격하게 불어나게 된다. 때마침 일어난 동학혁명에 참여한 여인들 중에 꽤 많은 수가 호랑아낙이었다고 구전되어 내려온다.

당시만 해도 호랑아낙들은 신분을 떠나 다양한 계층에 두루 존재했는데, 어떤 이들은 왕실의 궁녀나 상궁으로 살았던 것으로 전해진다(연산군 폐위시에 재빠른 역할을 했던 이들이 대부분 왕실의 호랑아낙들이었다. 또 광해군을 도왔던 이들도 대부분 왕실의 호랑아낙이었다고 한다). 사대부 부인들 중에도 호랑아낙이 있었다. 물론 그녀들에게 호랑아낙의 신화와 삶을 전한 것은 주로 노비나 상인, 광대패 출신의 천인 호랑아낙들이었다. 상대적으로 행동이 자유로웠던 하층민 호랑아낙들은 양반 가문이나 왕궁의 호랑아낙들의 밀서를 가지고 발빠르게 움직이곤 했다.

그렇다면 '수상한 식모들'이란 호칭이 본격적으로 사용된 건 언제부터였을까? 그것은 일제시대부터 서서히 우리들 입에 붙게 되었다. 그 무렵 조선을 지탱하던 신분사회는 몰락했다. 하지만 신분 사이의 경계는 더욱 분명해졌다. 이 단단한 신분의 경계를 만들어놓은 것은 바로 자본이었다. 자본은 어떠한 법도보다도 더 강력하게 신분 사이의 교류를 끊어놓았다. 이제 계급과 계급 사이에서 활발히 움직이던 호랑아낙의 움직임은 점점 둔해지고 말았다. 강건한 호랑아낙도 자본의 힘 앞에서는 무릎을 꿇고 말았다. 여러 계층에 존재했던 호랑아낙들의 수가 나날이 줄어드는 게 그 증거였다. 결국 그나마 활발하게 활동했던 소수의 식모들만이 겨우 호랑아낙의 전통을 이어갔다. 그리고 한국전쟁을 겪으면서 호랑아낙은 아예 전설로만 남고, 수상한 식모들이란 이름을 지닌 새로운 집단이 발생하게 되었다.

수상한 식모들은 호랑아낙과는 달랐다. 우리들은 새로운 지배계층으로 등장한 부르주아 가정에 잠입하기 위해서 새로운 전략을 구사해야 했다. 그래서 우리는 더 은밀하고 조심스럽고 요사스러워졌다.

수상한 식모들은 어깨를 웅크리고 고개를 숙여 이글이글 타는 눈을 감춘 채 부르주아의 가정집으로 들어간다. 하지만 그들의 손에는 호랑이의 이빨만큼이나 날카로운 식칼이 쥐어져 있다.

4. 저주받은 커플 홈피

이사 가기 전날 밤, 거실에 있던 책장에서 오래된 수첩이 하나 발견되었다. 안에는 '호랑아낙 또는 수상한 식모들'이란 기이한 제목이 적혀 있었다. 나는 수첩에 적혀 있는 짤막한 글을 보고서야 알게 되었다. 왜 식모가 쥐를 들고 나를 협박했는지 말이다.

식모가 나를 협박한 이유는 계란 프라이 요리처럼 너무나 간단했다. 한마디로 제정신이 아니었던 거지. 때 아닌 호랑이 타령이 웬 말인가? 엄마는 그런 식모를 존재조차 없는 여자로 만들고 싶었을 터였다. 망각은 의지만 있으면 원래 손쉬운 법이다. 태연한 얼굴로 돈암동 시절의 끔찍한 상황을 잊는 일이 어렵지는 않았을 거였다. 하지만 직접 피해를 입은 당사자의 입장은 좀 다르다.

쥐에게 습격받은 내 충격은 너무 거대해서 내 삶의 사이렌 달린 가시면류관이 되었다. 안 좋은 기억은 가끔 가다 피처럼 찔끔찔끔 이마로 흘러내리고, 그것이 눈에 들어가면 환각이 일어나고 귀로 들어가면 환청이 발생한다.

이런 불행한 원인 탓에 내가 비만인이 된 거라고.

나는 이사 간 집에서 혼자 계란 두 개를 넣은 라면을 끓여먹으면서 그런 회한에 잠기곤 했다.

어린 시절의 정신적 외상은 어떤 방식으로든 해소가 되어야 한다. 오줌싸개로 놀림받던 형은 결국 주먹질로 억압을 때려부셨다. 막내동생은 이제 막 초등학교에 들어갔지만 영어회화 테이프를 듣고 방정식과 함수를 풀면서 스트레스를 해소하는 게 분명했다. 내 동생이지만 솔직히 정말 변태 같은 인간이다. 어떻게 그런 짓을 하면서 삶의 활력을 얻을까? 아마, 그놈은 나중에 커서 여자와 침대에서 한바탕 당길 때도 젖가슴과 배꼽, 엉덩이에 네임펜으로 영어단어를 써놓고 줄줄이 외울지도 모른다. 그러고도 남을 싹수가 상당해 보인다.

반면 초등학교 때부터 나는 끝없이 먹고 또 먹었다. 제육볶음을 담은 접시의 바닥이 깨끗해지도록 핥고 또 핥았고, 밤에는 몰래 찬장에서 설탕 봉지를 꺼내 밥숟가락으로 퍼먹었다. 이 사이에 끼는 빡빡한 육질, 목구멍과 혓바닥이 녹을 듯한 당분이 이 암울한 세상의 버팀목이자 구세주였다.

안타깝게도 자신의 구세주였던 대치동 아파트를 포기해야 했던 엄마는 이사 오자마자 풀이 팍 죽어 방 밖으로 잘 나오지도 않았다. 우울증이라도 생긴 모양인지 하루 종일 침대에 드러누워 앓는 소리만 연속이었다.

"수안보로 신혼여행 갔을 때가 요즘 자꾸 생각나. 그땐 세상이 내 앞에 깔려 있는 아라비아 양탄자인 줄 알았지, 뭐니. 나는 맨발로 사뿐사뿐 밟으며 미스 코리아처럼 걸어가면 될 줄 알았다."

언젠가 용돈이 궁해 방문을 열고 들어갔더니 그런 소리나 떠들어댔다. 그 말의 숨은 의도는 뻔했다. 제법 돈이 쫀득거리는 집에 시집가서 두 발 뻗고 잘 살 줄 알았다는 이야기였다.

"아들아, 나 숨이 막힌다. 숨이 막혀서 나 이 집에선 못 살겠다. 무슨 아파트가 이렇게 좁아터진 거니?"

엄마는 목이 늘어난 티셔츠의 앞부분을 그러쥐며 탄식했다.

"대치동이나 여기나 실평수는 거기서 거기야, 좁기는 뭐가 좁아?"

우리가 이사한 곳은 마장동 근처에 위치한 아파트였다. 겨울방학이 시작되었고 졸업식까지는 학교에 나갈 일도 없어서 나는 별로 불편하지도 않았다.

"어쩜 넌 말을 해도 그렇게 마음에 안 드는 소리만 골라 하니? 야, 나가라. 꼴도 보기 싫으니까."

엄마는 만만한 게 나여서 두부 보듯 했다. 깔아뭉개든 밟든 별다른 죄책감이 없는 그런 대상이 누구에게나 한 명씩 있어야 하는 법이다.

마장동으로 이사 온 지도 한 달여가 지났고 다소 따분한 날들이 이어졌다. 나는 간식을 먹다 지치면 소화도 시킬 겸 침대에 누워 '호랑아낙 또는 수상한 식모들'을 읽곤 했다.

미쳐도 아주 체계적으로 이성적으로 대범하게 돌았군.

터무니없는 내용임에 분명했지만 읽을수록 재미는 쏠쏠했다. 오히려 너무 짧다는 사실이 아쉬울 뿐이었다. 아마 그녀는 뒷부분을 채우기 이전에 쫓겨났든지 아니면 자기가 미쳤다는 걸 스스로 깨달았든지 했나 보다. 나는 쥐를 들고 어린 나를 협박했던 식모를 자비롭게 용서하기로 마음먹었다.

내가 비만아가 된 건 아줌마 때문이거든. 스트레스가 몽땅 지방으로 바뀌었어. 응, 그러니까 어떻게 좀 해봐. 어때? 옷이라도 벗고 내 다리 밑에서 기어다니면서 오럴 섹스라도 하면 용서해주지.

가끔 식모에 대한 상상은 에로틱한 붉은빛을 띠는 경우도 있었으나 살짝 발기가 되다 다시 풀이 죽고 말았다. 그것은 아버지가 하는 하녀 시뮬레이션 게임만큼이나 시시한 상상이었다.

그러다 졸리면 푹 퍼져서 잠을 잤다. 흥미로울 것도 지루할 것도 없는 나날이었지만 만족스러웠다. 아랫배가 가려우면 손톱으로 긁는 나날이었고 만사가 태평했다. 그날도 선잠에 빠져 있는데 휴대폰이 울렸다. 나는 침대에서 일어나 뒷머리를 긁적이다가 전화를 받았다.

휴대폰에 뜬 발신자 번호는 선재였다.

"자기, 자기 오랜만이네. 내 생각 많이 했니?"

"뭔 일이냐?"

"뭐야아, 나 삐쳤어. 오랜만에 던진 전화거든. 그런데 날리는 멘트가 고작 그거야?"

나는 선재의 순정만화 여주인공을 닮은 가느다란 목소리가 부담스럽기 그지없었다. 블루베리를 얹은 찐빵 같군.

덩치에 안 어울리게 목소리만 롤리타라서, 원.

그래도 수험생 시절 거의 왕따 수준의 나를 외롭지 않게 도와준 애가 바로 선재였다. 아버지 세대가 단란주점에서 아가씨들 젖가슴을 주무르며 즐겨 흥얼대는 노래처럼 '우리 만남은 우연이 아니'었다. 단 그것은 우리의 바람이 아니라, 타인들의 바람이었다. 더불어 비극과 치욕의 역사이기도 하다. 잊기엔 너무한 나의 운명이었다.

"오늘 어때? 시간 좀 내라, 응?"

"문자로 보내지. 겨우 그 말 하려고 전화 했냐?"

"내가 애자야? 열이면 열 문자는 씹는 주제에."

"내가 문자 날리는 걸 열나 귀찮아하거든."

사실, 문자 보내는 일은 내게 나이답지 않게 귀찮기만 했다. 휴대폰 버튼은 작은 반면에 손가락은 너무 두꺼워서 메시지 하나를 보내면 등 뒤로는 땀이 줄줄 흘렀다. 발톱 깎는 일이 고행이라면, 문자메시지 보내기는 수행이었다.

"어쨌든, 이따 한시야. 강남역, 알았지?"

"아이씨, 거기까지 가는 거 무지 귀찮거든. 우리집 이제 마장동이라니까."

"밥 사줄게."

"그래, 그럼."

열한시였다. 냉장고에서 대충 뭣 좀 꺼내먹고 나가면 딱 알맞을 시간이었다. 거실로 나가니 무슨 일인지 엄마가 머리를 질끈 동여묶고 청소기를 돌리는 중이었다.

"갑자기 아침부터 무슨 청소?"

"노인네 납신단다. 책잡히지 않으려면 별수 있니?"

엄마가 청소기를 끄고는 한숨을 길게 내쉬었다.

"이미 버린 떨거지들, 뭘 보려고 오신답니까?"

나는 식탁으로 자리를 옮겨 의자에 걸터앉았다. 나도 한숨이 턱 나왔다.

"낸들 아니. 미운 놈 쫄딱 거덜났으니 떡 하나라도 던져줄지."

아버지 사업이 호황이었을 때만 해도 할아버지와 엄마의 관계가 이렇게 최악은 아니었다. 물론 할머니와 엄마의 관계야 결혼 이후부터 주욱 장마전선이었지만.

풍으로 할머니가 쓰러진 뒤 엄마는 일 주일에 한 번은 꼭 시댁을 방문했다. 그 정성에 할아버지는 탐탁지 않게 여겼던 며느리를 다시 보게 되었다. 물론 할아버지가 안방으로 직접 들어가지 않았기에 그랬을 거다. 아직도 막내동생을 무릎에 앉혀놓고 풍으로 앓아누운 시어머니 앞에서 튀어나오려는 웃음을 참던 엄마의 모습이 생생했다.

"어머님, 너무 걱정 마세요. 곧 일어나시겠죠. 희망은 가져봐야죠."

입이 심하게 돌아갔다 싶은 할머니는 눈만 부릅뜰 뿐 어떤 맞대응도 하지 못했다. 엄마는 그 앞에서 막내 자랑을 하거나 혹은 짧은 반바지를 입은 채 하얗고 긴 맨다리를 주무르곤 했다.

막내는 워낙 어려서 모르겠지만 나는 두 여자 사이에 오갔던 신경전을 고스란히 지켜본 증인이었다. 할머니는 나중에 몸을 모로 돌려 엄마를 외면하려 했지만 풍 환자에게는 그마저도 쉽지 않았다.

"그나저나 오늘 뵈니 아버님은 아직 정정하세요. 염색도 안 하시는데 뒷머리가 아직 칠흑 같더라고요. 밤마다 석불 같은 마나님 옆에 두고 얼마나 적적하실까?"

하지만 복수의 끝은 거기서 막을 내리지 않았다. 할머니가 세상을 뜬

후에 진정한 보복이 이어졌다.

할머니가 한을 품었는지 아니면 산소에 문제가 있었는지 아버지 사업은 족족 내리막길이었다. 부도나기 직전에 아버지는 어떻게든 회사를 살려보려 할아버지 유산에 미리 손을 대려 했다. 하지만 사람 좋게 생긴 할아버지는 솜털만큼도 덜어주지를 않았다.

"어제 꿈에 네 어미가 나타났다. 그러더니 곳간 열쇠를 입에 물고 고개를 절레절레 흔들더구나. 원, 어찌나 굳건하고 다부지던지, 눈까지 부릅뜨고 있어서 내 얼마나 놀랐는지 모르겠다."

"아이고, 망할 놈의 노인네, 심성도 모질지. 죽어서도 자식새끼들 앞길이나 가로막고, 저승사자 갓이나 붙잡고 바람이나 날 노인네."

"어디서 그런 상스러운 소리를 입에 담아? 너도 출신은 어쩔 수가 없나보다."

점잖은 할아버지도 이럴 때는 꼭 엄마의 출신을 들먹였다. 엄마는 찢어지게 가난한 집에서 태어났다. 그래서 열 살이 되자마자 식모살이를 시작했다. 머리도 똑똑하고 영특한 어린 엄마를 할머니는 꽤 예뻐했다고 한다.

그러던 중 엄마의 입지가 올라간 건 할아버지의 외도 때문이었다. 할아버지가 그 집 젊은 식모와 바람이 났다는 걸 엄마가 할머니에게 낼름 고해바쳤던 거다. 그 덕에 엄마는 주인집 마나님인 할머니에게 더욱 귀염받는 존재가 되었다. 친어머니의 사랑보다 마나님의 애정이 더 극진했다고 한다. 어휴, 이 옥구슬처럼 귀여운 것. 내가 너를 수양딸 삼으면 얼마나 좋을까? 마나님의 격려하에 식모 생활을 하면서 검정고시까지 보게 되었을 정도였다. 그러나 그 정겨운 분위기가 평생 가지는 못했다.

엄마는 열여덟에 아버지의 아이를 가지게 되었고, 할아버지를 닮아 우유부단의 극치를 달렸던 나의 부친께선 차마 울먹이는 식모아이를 버리지 못했다. 거기에 엄마의 외모도 한몫하긴 했다. 비록 식모였지만 당시에 잘 나가던 배우 문희를 닮은 제법 촉촉한 눈매를 소유한 마스크였으니까.

우여곡절 끝에 결혼에 성공하긴 했지만 내리막길은 거기가 끝이 아니었다. 아이를 유산한 뒤 이어지는 온 집안의 폭격, 집에서 당장 나가라는 협박. 전두환 대통령의 애정 탓에 미국으로 내쳐졌다는 흉흉한 소문이 돈 여배우 같은 삶이었다. 엄마는 그때 이혼당하지 않기 위해 큰 눈을 불쌍한 사슴마냥 동그랗게 뜨고 아버지를 쳐다보아야 했다. 그 덕에 형을 낳은 후로 만성 결막염에 시달리게 된다. 하나 내리 자식 셋을 낳은 후에도 할머니는 여전히 엄마를 며느리로 인정하지는 않았다. 여덟 남매 중 젤 귀염받았던 막내아들과 주인집의 사랑을 독차지하던 식모 계집애가 결혼을 계기로 집안의 구박덩이가 되었다.

할아버지에게 거절당한 이후 엄마는 명절 때도 시댁이라면 학을 떼고 돌아누웠다. 제사는 아예 우습게 여기고 콧방귀를 뀌었다. 누구 좋으라고 젯밥을 먹이냐는 거였다.

"잘 됐네. 이왕 세상 떴으니 그 잘난 주둥이 안에 거미줄이나 팍팍 치라고 하세요."

그 덕에 아버지 역시 형제들 사이에서 따돌림을 당했다. 물론 친척들이 아버지를 따돌렸던 데에는 다른 이유도 있었다. 사실 제사는 핑계라면 핑계였다. 아버지가 태양의 왕 파라오를 꿈꾸며 한창 피라미드에 빠져 있을 때였다.

선재는 강남역 뉴욕제과 앞에 점퍼 주머니에 손을 넣고 서 있었다. 흰색 오리털 점퍼를 입고 있어서인지 백화점 앞에 세워둔 거대한 눈사람 모형처럼 보였다.

선재는 추운 날씨에도 불구하고 배스킨라빈스31 아이스크림을 먹고 있었다. 하긴, 원체 심장이 뜨거운 여자애였다.

우리는 점심은 간단하게 패스트푸드로 때우자고 하고 근처 버거킹으로 들어갔다.

"오빠, 저기 있잖아요. 와퍼세트 두 개 하고요. 아, 치킨너겟 하나 추가로 부탁해요. 아, 그리고 치킨 샐러드도요."

사람들의 시선은 나와 선재를 향해 있었다.

젠장, 쳐다볼 테면 쳐다들 보라고. 우리는 학교에서도 인정받았던 공식 커플이니까.

선재와 나는 구석 테이블로 가서 자리를 잡았다. 나는 걸어오느라 갈증이 났기 때문에 콜라부터 반쯤 비웠다.

"오랜만이다, 그치?"

우리 학교는 한 학년에 총 12반까지 있었다. 나와 선재는 한 번도 같은 반이 된 적은 없었다. 하나 서로에 대한 소문은 익히 들어 알고 있었다.

남자 뚱보와 여자 뚱보. 우리는 수돗물을 가득 채운 욕조에 한 달 동안 불린 한 쌍의 테디베어였다.

"야, 너네 한번 사귀어보지 그러냐?"

"큭큭, 야 오늘 매점에서 네 깔치 봤다."

나는 그즈음 반에서 왕따를 당해서 상당히 소심한 성격을 가지게 됐다. 다트판이 된 채 하루하루를 견디는 기분은 더러웠다. 간식으로 먹던 달짝지근한 호두파이가 없었다면 나는 자살했을지도 몰랐다. 실제로 스트레스 때문에 몸 여러 곳에 땀띠 같은 종기가 생기기도 했다. 나는 혹 에이즈가 왕따로 인해 생길 수도 있는지 네이버 지식인에 물어보기까지 했다.

정작 사건이 터진 건 커플홈피 때문이었다. 누군지 모르겠지만, 어쩜 몇 명이 조직적으로 행동한 걸 수도 있지만, 누군가 인터넷상에 나와 선재의 커플홈피를 개설한 것이다. 그러고는 우리 학교 전교생을 대상으로 익명의 메일을 보냈다.

신경호와 유선재의 러브러브 돼지우리. 그들의 엽섹 현장 몰카를 보러 오시오!

홈피 내용은 더 가관이었다. 누군가 인터넷상에 떠도는 뚱남뚱녀 커플의 포르노를 캡처해서는(당연히 그런 흔치 않은 필름은 유럽 쪽 동영상이 많았다) 포토샵을 이용해 얼굴 부분만 나와 선재의 사진으로 바꾸어놓은 것이다. 결국 나는 평생 만날 일이 없을 거라 여기던, 아니 만나고 싶지 않았던 선재와 대화를 나누게 됐다. 직접 우리 반으로 찾아온 건 선재였다.

"안녕, 네가 바로 신경호니?"

순간 아이들은 경악의 야유를 보냈다. 체구와 달리 선재의 목소리는

가냘프고 여렸다. 나중에야 알았지만 선재는 초등학교 때 동요대회에
서 입상했고, 중학교 때까지 합창단에서 소프라노를 맡았다고 했다. 결
국 체중이 불어나 맞는 유니폼이 없어 합창단을 그만둬야 했지만.

"잠깐 할말 있으니까, 오늘 수업 끝나고 교문 앞에서 만나자."

나는 고개를 끄덕였고 이내 아이들이 책상을 마구 두드리며 휘파람
을 불기 시작했다.

"키스해! 키스해!"

그날 우리는 학교 근처 분식집에서 만두를 사이에 두고 마주 앉았다.

"너도 알지?"

나는 고개를 끄덕이긴 했지만, 말은 하지 않았다. 하루 종일 죽고만
싶은 기분이었다. 하지만 또래 여자아이 앞에서 눈물을 흘리는 건 사내
가 할 짓이 아니었다.

"그래, 그 기분 나도 자알 알아. 나도 하루 종일 더러워 죽는 줄 알았
어. 그렇다고 우리가 이렇게 넋 놓고 있을 수만은 없잖아?"

"그, 그렇지…… 그거야."

나는 만두 하나를 입에 집어넣었다.

"내 생각은 그래. 오늘 내가 우리 학교 애들한테 단체메일 보낼 거야.
누군지 모르지만 당장 홈피를 폐쇄하지 않으면 명예훼손으로 고발할
거라고 말야. 이래 보여도 우리 집안에 법조계에 빵빵한 친척들이 있
거든."

"하……"

"나 혼자 해결하려다가, 너도 피해자니까 우선은 만나봐야 할 것 같
았어."

잠시 둘 사이에 침묵이 흘렀다. 우리는 묵묵히 만두만 집어먹었다. 나는 괴롭히던 아이들의 머리통을 떠올리며 어금니에 힘을 주었다.

"그런데 말야, 저기……"

선재의 목소리 톤이 한 옥타브가량 낮아졌다.

"어, 왜?"

"우리가 그렇게 역겨운 존잴까?"

"……"

"저기 넌 궁금하지 않아?"

"뭐?"

"여자하고 자는 거."

나는 사레가 들려 거푸 기침을 했다. 선재가 물컵을 건넸다. 나는 말은 하지 못하고 고개를 끄덕이고 물컵을 받았다.

"아, 궁금하구나."

"아…… 그렇다기보다 이건 자연적인 반사작용으로, 물론 여성과의 성적 경험은 아직 없었지만……"

"아니, 됐고. 사실은 나 궁금해졌어. 그 홈피의 사진은 끔찍했지만, 과연 우리 모습이 그렇게 끔찍할까? 직접 한번 해보고 싶었어. 오늘 집에 아무도 없거든."

선재에게 매력을 느낀 건 아니었지만 구미가 당기긴 했다. 어쨌든 여자는 여자이니까. 나는 몇 번의 망설임 끝에 그녀의 제안을 받아들였다.

선재네 집은 신축한 지 얼마 되지 않은 아파트였다. 다소 긴장되긴 했지만 식탁 위에 차려진 밥상을 보고는 다소 안정이 됐다.

식사시간은 꽤 더뎠다. 합의를 보기는 했지만 서로 쑥스럽기는 매한

가지였다. 결국 우리는 냉장고에서 맥주 한 캔씩을 꺼내서 마시기로 했다. 오랜만에 술이 들어가니 얼굴은 금방 달아올랐다. 그러고 나니 몸이 한결 가려워져서 미칠 지경이었다.

샤워한 지 얼마나 됐던가?

"저기, 아무래도 내가 먼저 씻는 게 낫겠지?"

"그래, 욕실은 저쪽으로 가면 돼. 안에 비누랑 수건이랑 다 있어."

나는 뻘쭘하게 일어서서는 욕실로 재빨리 들어갔다. 욕실 안은 꽤 넓은 편이었다. 나는 옷을 벗어서 젖지 않게 변기 위에 올려놨다. 그리고 욕조 안으로 들어가 몸을 적셨다. 비누를 집어 몸을 닦으려다 샤워젤을 쓰기로 했다. 로즈마리 향이 나는 수입품이었다.

뜨거운 물로 씻으면서 나는 커플홈피의 사진을 떠올렸다. 전혀 자극적이지 않았다. 이번에는 벌거벗은 선재의 나신을 떠올려봤다. 약간 발기가 되려다 말았다. 다음에는 선재의 목소리를 지닌 여자와의 폰섹스를 연상해봤다. 그나마 그게 제일 나았다.

"그래, 눈을 꼭 감는 거야. 목소리만 들으면 된다고."

나는 샤워를 끝내고 수건으로 몸을 닦았다. 항문과 사타구니 등 살이 겹치는 부분은 좀더 세심하게 물기를 없애야 했다. 그리고 사각팬티 하나만 걸쳐입고는 교복바지와 상의를 품에 안고 바깥으로 나갔다. 작은 스탠드를 제외하고는 불이 꺼져 있었다. 선재는 샤워타월만 걸친 채 소파에 앉아 있었다. 나는 놀라 뒤로 넘어질 뻔했다.

"안방에도 욕실이 있거든."

"아……"

나는 고개를 끄덕이며 그 자리에서 머뭇대다가 선재 옆자리에 앉았다. 곁눈질로 보니 똑같은 비만이라도 확실히 여자와 남자의 살은 달랐다. 내가 엎어놓은 수제비 반죽처럼 보인다면 옆에 있는 선재는 꼭 애드벌룬 인형 같았다.

신이 남녀를 따로 만든 이유가 있긴 하군.

"음, 확실히 여자는 다리에 털이 별로 없구나."

내가 꺼낸 말은 고작 그거였다.

"아침마다 면도해, 슥슥."

선재는 혼자 웃다가 쑥스러운지 그만두었다.

"어떡할까, 우리?"

선재의 그 나긋나긋한 목소리에 내 성기 끝이 단단해졌다.

우리는 합의를 보진 않았지만 어느새 서로의 몸에 걸친 천쪼가리를 벗겨주고 있었다. 그리고 포옹을 하고 키스를 하려다 멈칫했다. 나는 몸을 틀어 선재의 몸 위로 올라갔다.

"저기…… 잠깐, 잠깐 숨이 막혀서."

선재가 나를 살짝 밀어냈다. 나도 같은 말을 하고 싶었지만 차마 그러지는 못했다. 짧은 스킨십이었지만 우리 몸뚱이는 땀으로 흠뻑 젖어 있었다. 그래서 그런지 습진이 생긴 곳이 또 가려워졌다. 그러나 아직 제대로 안아보지도 못한 여자 앞에서 사타구니를 벅벅 긁을 수는 없는 노릇이었다.

우리는 벌거벗은 채 서로 거리를 두고 떨어져 앉았다. 잠시 또 침묵. 등 긁는 소리, 기침하는 소리. 나는 우리 맞은편에 대형 거울이 있다는 걸 그제야 알았다. 집채만한 검은 덩어리 두 개가 우리와 마주 보고 있었다. 선재가 갑자기 자리에서 일어나 거실 조명을 켰다.

"어, 이게 뭐 하는 짓이야? 불 꺼!"

나는 깜짝 놀라서는 다급히 팬티로 몸을 가렸다.

"내 몸이 선악과니? 나를 만진 후에 부끄러워하다니."

선재는 대답하지 않고 거울 가까이 다가갔다. 그리고 손짓으로 나를 불렀다. 나는 팬티를 입을까 말까 고민하다가 그냥 벌거벗은 채로 뚜벅뚜벅 걸어갔다.

"너, 네 몸을 자세히 본 적 있니?"

"아니……"

나는 고개를 숙였다. 뱃살에 가려 성기는 보이지 않았다. 나는 처진 배를 움켜쥐고 대형거울에 비친 나를 봤다. 그것은 살덩어리였다. 그리고 쓰레기더미였다. 거울을 통해 선재가 날 곁눈질하는 게 느껴졌다. 이미 내 성기는 풀이 죽어 있는 모습이었다. 페니스는 허벅지의 살 속에 쏘옥 묻혔다.

"너무 실망하지 마. 모든 남자들이 이렇게 작은 사이즈를 가지고 있지는 않아. 나중에 대단한 놈을 만나면……"

선재가 갑자기 풍선 같은 자기 아랫배 위에 손을 얹고 깔깔대며 웃었다.

"아니, 난 그걸 본 게 아니었어. 그게 아니라 습진……"

"습진?"

"응, 많이 가렵지?"

"어, 너도 아는구나. 여름 되면 허벅지와 허벅지가 맞닿는 곳에서부터 사타구니까지 땀이 차서 미치겠다니까."

"파우더 발라봐. 내가 쓰는 게 있는데…… 잠깐만."

선재는 잠시 자기 방으로 들어갔다. 나는 서 있는 게 힘들어 거실 바닥에 잠시 주저앉았다.

"자, 선물."

선재가 아직 랩핑되어 있는 파우더를 건넸다.

"고마워."

"어찌 됐든 자기가 지닌 몸이라면 소중히 다룰 필요가 있는 거야. 그러기 위해선 자신감 회복이 우선이라고. 자, 파이팅!"

하이 소프라노의 목소리를 듣고 기운이 솟아, 나는 선재와 만난 뒤 처음으로 이를 드러내고 웃었다.

"아, 있잖아. 우리 거울 앞에서 재연해볼래?"

나는 무슨 말인지 잠시 이해하지 못했다.

"우리 홈피에 있던 사진들 말야."

나와 선재는 인터넷 커플홈피상의 사진을 떠올리며 대형 거울 앞에서 이런저런 포즈들을 취해봤다. 거울 속에서 우리는 포르노 속의 인물들처럼 욕망에 들떠 헐떡였다. 반면 실제의 우리는 그저 키득거리고 있을 뿐이었다. 그럼에도 불구하고 어느새 내 성기는 팽창해 있었다. 우리는 준비한 콘돔을 사용하고 실제 삽입까지 시도해보았으나 잘 되지는 않았다. 결국 나와 선재의 손을 함께 이용해 자위를 하는 선에서 일을 끝냈다.

"아무래도 난 네 취향이 아니야, 그치?"

선재가 휴지로 내 몸을 닦아주며 물었다.

"그런가……"

"얘는, 미안해할 필요 없어. 실은 나도 마찬가진데 뭐."

선재의 하이톤의 웃음소리가 거실에 울려퍼졌다.

다음날 커플홈피는 사라졌다. 하지만 우리는 학교에서 자주 만났다. 나와 선재가 사귄다는 소문은 이제 교내에 파다하게 퍼졌다.

나는 이제 아이들이 왕따를 시키건 말건 상관하지 않았다. 그건 그냥 거울에 비친 나의 이미지일 뿐이었다. 나의 실체는 아니었다. 나는 다시 중학교 때처럼 유쾌해졌고, 말도 많아졌다.

5. 무거운 그녀가 사는 법

버거킹 안은 시끄러워서 수다를 떨 만한 장소가 못 됐다. 나와 선재
는 스타벅스로 자리를 옮겼다. 나는 카페라떼를, 선재는 카페모카를 주
문했다. 치즈케이크와 티라미슈도 추가로 주문. 우리는 의자 네 개가
세팅된 테이블에 자리를 잡고 앉았다.

나는 이사중에 발견했던 수첩에 관하여 떠들었다. 더불어 그 안에 적
혀 있던 호랑아낙과 수상한 식모들에 관한 사항들도.

"좋아, 그럼 나도 수상한 식모가 되고야 말겠어."

선재가 양 주먹을 불끈 쥐었다.

"뭐?"

"나 진짜 파출부가 될 거라고."

"갑자기 무슨 파출부야?"

"사연이 길다면 꽤 길지."

선재는 대학 입학이 결정된 뒤에 혼자 유럽여행을 떠날 계획이었다. 수능시험을 보고 이만하면 됐다 싶어 자기 계획을 알렸지만 의외로 부모의 완고한 반대에 부딪쳤다. 반대 이유는 혹시라도 외국인 남자의 꼬임에 넘어가 순결을 뺏길지도 모른다는 거였다. 갑자기 웬 순결? 선재 부모의 의견은 이러했다. 외국인은 동양인 여성과 글래머를 좋아한다. 선재는 두 조건을 모두 충족시킨다. 따라서 위험도가 훨씬 증폭한다는 주장이었다. 부모의 어이없을 정도로 눈먼 고슴도치 사랑이었다. 그럼, 뱃살은 애교살이란 소리냐고!

선재는 며칠간의 단식투쟁으로 부모와 합의점을 찾았다. 즉, 선재가 비행기표 값만 벌어오면 나머지 여행경비는 보태주겠다는 것이었다. 아마, 그들은 워낙 동작이 굼뜬 딸내미에게 그런 식의 언질을 주면 당장 여행을 포기할 거라 생각한 게 뻔했다. 하지만 부모의 기대치와 자식의 실제 행동 방향이란 늘상 대단한 편차를 보이게 마련이다. 선재의 예에서 알 수 있듯이 부모들은 늘 뒤통수나 발등을 조심해야 한다. 자식이란 언제든 믿는 도끼가 될 수 있는 법이니까. 어쨌거나 선재는 다음날 즉각 인터넷을 뒤져가며 아르바이트 자리를 찾아나섰다고 했다.

"너도 알잖니. 우리 같은 몸집이 지니고 있는 핸디캡. 부피가 커 행동하는 데 제약을 받잖아. 사람이 우글거리는 패스트푸드점에서 왔다 갔다하다가 이것저것 엎지르거나 않으면 다행이지."

"그래서 차선으로 파출부를 택했다는 거야, 뭐야?"

"그건 아니고. 어차피 서빙 아르바이트처럼 시시한 거 백날 굴러봤자 돈도 짜고 그래서 애당초 관심도 없었어."

선재가 처음 찾아간 곳은 북창동의 한 단란주점이었다. 하지만 사장을 만나지도 못하고 카운터 주변을 청소하던 또래의 삐끼에게 붙들렸다. 삐끼는 아예 선재를 막아서고 들여보내주질 않았다.

"미친년! 야, 아저씨들 눈은 장식용 단춘 줄 아냐? 생각을 해봐라. 여기 오는 아저씨들 잘 나가는 샐러리맨들도 꽤 많아. 백마에서 흑마까지 번갈아가며 타본 아저씨들이 수두룩한데 뭣 하러 토종 돼지 타고 놀겠냐?"

왁스로 숱 많은 머리카락을 뻣뻣이 세워올린 삐끼는 대걸레 자루 끝에 턱을 괴고 한심하다는 투로 말했다.

다음으로 선재는 인터넷에서 원조교제 상대를 물색했다. 캠 각도를 조정해 약간 통통한 베이비 페이스를 만들고, 서클렌즈를 착용해 눈동자도 강아지 눈알마냥 귀엽게 만들었다. 물론 선재는 포토샵을 쓸 줄 아는 지혜를 갖춘 아이였다. 그리고 한국전력공사에서 일하는 사십대 남자를 만났다.

초겨울임에도 불구하고 남자는 커피숍에 앉자마자 손수건을 꺼내 이마에 진득한 땀을 닦아냈다. 숱 없는 머리카락은 땀에 젖어 이마에 달라붙었다. 선재는 상대방이 말을 꺼내기 전까지 분홍색 펄 립스틱을 바른 입술을 조금씩 오므리며 바나나주스를 마셨다.

"그게, 도저히, 안 될 것 같다."

"네?"

"내가 이런 일은 처음이거든. 그런데…… 너 보니까 우리 마누라가 눈앞에 아른거려서 도저히 안 되겠다."

"딸내미가 아니라요?"

“우리 딸은 늘씬해. 고등학교 졸업하면 모델학원에라도 보내려고 한다.”

다음으로 선재는 몰카를 전문 제작하는 업체와 선이 닿았다. 그들은 선재의 캠 사진과 전화 목소리를 듣고는 즉석에서 오케이 사인을 보냈다. 구로동의 한 여관촌 앞에서 접촉이 이뤄졌다. 선재는 그들의 요구에 따라 교복 차림으로 나갔다. 아직 고등학생임을 강조하기 위해서는 교복 벗기는 장면이 필수라고 했다. 속옷은 프릴이 화려하지 않은 흰색이나 핑크색이 좋다고 언질을 주었다. 삼십대 초반으로 보이는 남자 두 명이 선재를 기다리고 있었다. 외모에 어울리지 않게 유행 지난 바람머리를 하고 있었다.

“너냐?”

담배를 피우던 남자가 인상을 확 구기며 말했다.

“네…… 목소리 듣고도 모르세요?”

“아이, 젠장! 걸려도 더럽게 걸렸네.”

“제 목소리 듣고 특 에이급으로 쳐주시겠다고 할 땐 언제고?”

“야, 우리가 맹인용 몰카를 만드는 게 아니거든?”

“아, 씨발! 요새 기집년들은 예의를 시궁창에 버리고 다니나.”

“아저씨들 어떡할래요? 저 시간 없거든요.”

몇 번의 경험 아닌 경험 숙달로 선재는 더 뻔뻔해졌다고 했다. 오히려 짜증을 내며 그들에게 시비를 걸 지경이었다.

“아, 웃기네 진짜. 순진한 고등학생 꼬셔놨으면서 슬슬 발이나 빼고 말이야. 그럼, 달고 다니지를 말던가.”

“허, 애 좀 봐라? 너 말이 자꾸 헛발질한다! 야, 솔직히 툭 까놓고 말해서 네가 덥석 물었지, 우리가 애걸복걸 매달리길 했냐, 니 교복치마 밑으로 손가락 하나라도 넣어봤냐!"

"어쨌든 난 알바 뛰어서 돈 벌어야 하니까 책임져요. 경찰에 신고하기 전에."

그들은 자기들끼리 쑥덕거리다 약간의 다툼이 일기도 했다.

"너 그러니까 지금 돈 때문에 우리한테 연락한 거냐?"

"그럼요. 내가 아저씨들하고 한가하게 쎄쎄쎄라도 하고 싶은 줄 아세요?"

"저기, 우리가 다른 일 하나 소개시켜줄 수 있는데…… 그건 얼굴 안 보고 목소리만 보거든."

그렇게 사내들의 소개로 선재가 일하게 된 곳이 채널 큐라는 프로덕션으로, 각종 성인 음성 서비스를 제작하는 곳이었다. 선재는 소파에 앉아서 사장과 이야기하는 내내 곁눈질로 녹음실 안을 쳐다봤다고 했다. 그곳은 공간과 시간으로부터 차단된 어떤 공간처럼 보였다고 선재는 떠올렸다. 선재는 녹음실에서 오디션 끝에 채널 큐 사장에게 발탁되었다.

"그래서 그 일을 죽 해오고 있어."

"도대체 뭘 녹음해?"

"혹시, 사십대 오십대 중장년들에게 인기를 끌고 있는 하녀 시뮬레이션 게임이라고 알아?"

하녀 시리즈는 최근 중장년 남성과 노총각들을 중심으로 인기를 끌고 있는 게임이었다. 프린세스 메이커와 비슷한 컨셉이지만 좀더 노골적이고 은밀한 성인용 게임이었다. 우선 플레이어는 자기 캐릭터를 유부남(사장님)과 노총각(오빠) 중 하나로 정한다. 그리고 하녀를 들인다. 하녀는 처음에 청소와 요리만을 담당한다. 얼굴 표정도 도도하기 그지없다.

게임 플레이어는 선물과 용돈을 공급하고 적당히 냉정한 척하며 하녀를 꼬드긴다. 나중에 하녀는 플레이어와 사랑에 빠지고 모든 요구를 다 들어주는 경지에 이른다. 방해자는 마누라, 꽃미남, 성병 등이다. 다행히 국민 정서를 고려해서 에이즈는 없다. 만일 마누라에게 들키면 하녀는 곧장 사라져버린다. 마누라에게 들키지 않기 위해서는 다양한 거짓말 전략이나 의무방어전이 필수다. 한편 하녀 주위에서 맴도는 꽃미남을 비롯한 젊은 남자들도 주의해야 한다. 꽃미남을 퇴치하는 방법은, 주먹으로 갈기거나 전쟁포로에게 하듯 항문을 강간하는 방법, 두 가지였다. 의외로 후자를 택하는 사람들의 숫자가 더 많았다. 너무 잘 해주다가 돈만 빼앗기고 하녀가 도망가는 수도 있었지만, 옵션으로 하녀와 맞고 게임을 칠 수도 있었다. 어쨌거나 그 게임의 라스트는 바로 하녀의 마음을 빼앗고 그 동안 준 용돈까지 빼앗아 내쫓은 다음 새 하녀를 들이는 것이었다.

선재가 하는 일은 간단했다. 각 시나리오 설정에 맞는 하녀의 목소리를 녹음하기만 하면 됐다.

사장님, 왜 저에게 이런 일을 시키나요? 사장님, 기운내세요. 사장님은 아직 매력이 넘치세요. 사장님, 이제 오빠라고 불러도 될까요? 사장님, 저를 데려가주세요. 사장님, 빨래하게 속옷 좀 벗어주세요. 사장님, 자꾸 이러시면 소리지를 거예요.

"하, 놀라워라. 그러니까 너희 아버지가 내 목소리와 연애중이란 거야?"

선재는 뭐가 신기한지 큰 소리로 되물었다.

"야, 연애는 무슨 연애야. 그냥, 전자오락 중독이지."

"너네 아버지한테 사인 하나 해줄까? 내 팬이라면서."

"관둬라, 관두자. 그런데 갑자기 파출부 일은 왜 나서는데? 지금 하는 일만 해도 비행기 서너 번은 타겠구만."

선재는 안방 넓이의 녹음실에서 하녀 목소리를 내다보니 그 일에 푹 빠지게 됐다. 그 녹음실은 하녀 시뮬레이션 게임에 등장하는 가상의 하녀 선재가 관리하는 공간이었다. 그러다보니 호기심 많은 선재는 가상의 세계가 아닌 실재 세계를 다루고 싶어졌다. 바로 하녀의 위치에서 말이다. 우리가 커플홈피의 세계를 선재네 집 거실에서 재연했듯이 말이다.

"아니나 달라. 인터넷을 뒤져보니까 파출부 전문 소개업체가 있더라고. 다른 곳은 다 회사 있는 동네가 꼬질해 보이는데, 여기만 강남에 있더라고. 바로 이 근처 빌딩 사무실이야. 지난번엔 퇴짜를 맞았지만……오늘은 또 이야기가 달라질지 모르지."

"퇴짜?"

"만 스무 살 이상만 지원할 수 있다고 했는데 나이 속이는 걸 깜빡했지 뭐야. 그래서 내가 애걸복걸했지. 집안에 돈 버는 사람이 오빠밖에 없는데, 오빠가 곧 군 입대를 한다, 제발 사정 좀 봐 달라, 공장에서 일하려고 해도 너무 면적을 넓게 차지한다고 받아주지 않는다……"

"그러니까 오빠를 만나봐야겠다 그러디?"

"아니, 끝까지 안 된다고 그랬는데 그냥 너 데리고 가서 한번 더 붙어

보려고. 도와줄 거지?"

역삼 가정인력센터는 외한은행 맞은편 골목 깊숙한 곳에 위치한 건물에 자리하고 있었다. 대로변에 위치한 빌딩들과 달리 다소 추저분한 외형이었다.

삼층에 있는 가정인력센터 출입문은 철제라서 실내를 들여다볼 수는 없었다. 소심한 지원자라면 문 앞에까지 왔다가 다시 돌아가고 싶어지는 그런 문이었다. 하지만 선재는 몇 번의 퇴짜에도 불구하고 생활설계사 아줌마처럼 당당하게 문고리를 비틀었다.

"안녕하세요, 저 또 왔는데요."

책상 하나와 테이블, 소파 장식장 하나가 사무실의 전부였다. 그리고 구석에 신문지로 덮어놓은 종이 무더기들.

"그러게요, 이렇게 또 만나네요."

붉은 빛깔이 도는 갈색으로 염색한 늙은 여자가 안경을 추켜올리며 우리를 쳐다봤다. 안경은 돋보기였다. 화장으로 감추긴 했지만 나이를 속일 수는 없었다. 푹 꺼진 볼은 물론이거니와, 수습할 수 없는 주름 탓에 여자는 산산이 부서진 사과파이 조각 같았다.

"소장님, 여기는 우리 오빠예요. 닮았죠?"

선재가 내 팔짱을 다정하게 꼈다.

"불우한 가정환경에서 자란 사람들치고는 다들 체격이 좋군요."

"그게 바로 가난 호르몬의 증거입니다. 환경이 어려울수록 신체는 최대한 열량을 체내에 저장해두기 위해서 노력하죠. 저와 여동생은 빈곤의 증거를 가지고 있는 셈입니다."

내 말이 끝나자 세 사람 사이는 다시 침묵. 소장은 잠시 돋보기를 통해 나를 뚫어지게 쳐다봤다.

"소장님, 저희 여기 좀 앉을게요. 커피는 안 주셔도 돼요. 지난번에 보니까요, 여기 커피 싸구려더라고요."

선재가 소파에 앉자 나도 따라 앉았다. 갈색 깅검체크의 낡은 소파는 앉자마자 쥐 울음소리 같은 걸 내며 푹 꺼졌다. 나는 경미한 현기증을 경험했다. 혈관 어디에선가 콜레스테롤이 바리케이드를 치고 피의 흐름을 방해하고 있는지도 몰랐다.

가정인력센터 소장은 종이컵에 커피믹스를 붓고 냉온수기에서 뜨거운 물을 받아 커피를 탔다. 분위기를 보아하니 직원이라고는 달랑 소장밖에 없는 것 같았다. 커피를 한 모금 마시더니 소장은 우리 맞은편에 앉았다. 주름 없는 일자형 모직 스커트는 딱 무릎 아래까지만 내려왔다.

"이름이 뭐라고 했더라?"

"선재, 유선재요."

"선재 학생, 우리가 학생을 못 미더워하는 건 아니에요. 다만 우리에겐 나름의 규칙이 있고 우린 그걸 준수해야만 합니다. 지난번에 말했듯이 규칙이란 한번 어긋나면 밑도 끝도 없는 나락으로 꺼지게 되는 것이니까요."

"소장님, 하지만 예외란 게 있는 거잖아요. 저희 사정도 좀 봐주시면 안 될까요? 엄마는 집을 나갔고요, 아빠는 암 투병중이세요."

"내가 또하나 충고하고 싶은 건 삶은 이벤트가 아니라는 거예요."

돋보기 너머로 보이는 소장의 노안은 꽤 날카로웠다.

"삶은 운명적이고 불가항력적인 사건에 대한 자발적이고 생존적인 대항입니다. 일부러 싸우려고 설불리 뛰어들지 말아요."

소장이 돋보기를 다시 한번 들어올렸다. 그 짧은 찰나 나는 그녀가 곁눈질로 나를 잠깐 바라보는 걸 느꼈다. 나는 짧게 목례를 해주었다.

"그리고 선재 학생, 내가 기억하기론 지난번엔 어머니가 암 투병중이었고, 아버지가 가출을 했다고 했는데요?"

선재는 아무 대답도 못 했다. 옆에 앉은 내가 보기에도 저따위 허술한 거짓말론 먹히지가 않는 상황이었다. 선재의 문제는 세상을 너무 만만하게 본다는 데 있었다. 나나 선재나 타인보다 표면적이 조금 넓을 뿐이었다. 몸무게 하나로 세상을 깔아뭉개기란 쉽지 않다.

나는 팔짱을 긴 채 속으로 비웃고 있었다. 어차피 선재의 전략은 거짓말이 아닌 뻔뻔한 태도였다. 무기를 골라도 한참 잘못 고른 셈이었다. 선재가 좀 당황스러웠는지 몸을 꼬자 낡은 소파에서는 다시 끼익끼익 하는 소리가 들렸다.

그 순간, 더이상 속으로 맘껏 웃을 수가 없었다. 몸 여러 곳에서 다시 열꽃이 피기 시작했다. 누군가 다가오는 중이었다. 천장에서 뭔가가 한참을 뛰어다녔다.

"흥, 그쪽도 실은 이중생활 아닌가요?"

갑자기 선재가 목소리 톤을 높였다.

"솔직히 말해봐요. 소장님은 수상한 식모를 모집하고 있는 거죠? 부르주아 가정에 침투시켜 평온한 가정을 해체시킬 테러리스트를 모으고 있는 거잖아요. 물론 제가 숨긴 내력이 문제가 된 거겠죠. 그래요, 저는 어려움 따위 모르고 자랐다고요. 그렇다고, 제가 수상한 식모가 될 수 없는 건 왜죠?"

원장은 입을 벌렸다. 황당했겠지.

선재는 이제야 뻔뻔함으로 밀고 나가기 시작하는 모양이었다. 그러나 나는 온몸이 가렵고 숨이 가빠오기 시작해서 더는 지켜보기가 힘들었다.

"혹 소장님은 두려운 건 아닌가요? 내가 수상한 식모들 사이의 이중간첩이라도 될까봐서 말이지요. 아, 물론 그런 가능성이 없다고 말하지는 않겠어요. 저희 집안으로 말하자면 우선 법조계 쪽으로 많은 사람들이 포진해 있죠. 이런 소규모 영세기업 따위 맘만 먹으면 손톱으로 개미 한 마리 죽이듯이 뭉갤 수도 있다고요."

내가 마지막으로 본 건 원장의 입술이었다. 모든 주름이란 주름은 다 모인 듯 뵈는 그 붉은 입술. 하지만 이내 쥐떼가 우르르 몰려왔고, 다시 거친 물살이 쏟아졌고, 나는 이 순간을 넘기기 위해 머릿속으로 내 프로필을 암기하기 시작했다.

나, 신경호. 아버지, 하녀 시뮬레이션 게임. 엄마, 최근 우울증. 형, 여전히 도피중. 막내, 변태로 성장할지 모름. 수상한 식모, 쥐를 가지고 노는 이상한 여인.

물살이 지나가고 눈을 떴을 때 나는 소파에 길게 누워 있었다. 두 여자, 소장과 선재가 나를 내려다보고 있었다. 입 안을 가득 채운 텁텁한 촉감은 마른 수건 탓이었다. 누군가 혁대 버클을 풀어놨고 발기된 성기의 형태가 고스란히 면바지에 윤곽을 남겼다.

"미안, 간질발작인 줄 알았어."

선재가 내 입에서 수건을 빼줬다.

“그런 거 아냐.”

나는 다급하게 혁대 버클을 채우려 했지만 뱃살 때문에 한 번에 성공하진 못했다. 나는 거푸 숨을 들이켜야 했다.

6. 하녀의 고백

작곡가이자 여공들에게 노래를 가르쳐주고 있는 동식. 그는 아내와 두 자녀를 거느린 행복한 가장이다. 큰딸이 소아마비 탓에 잘 걷지 못하긴 하지만 이 가정은 겉으로 보기엔 무척이나 평화로웠다. 아내는 부업으로 바느질을 해서 세간을 늘리고 당시로서는 고가품인 텔레비전을 구입하기도 한다. 하지만 아기를 가져 피로에 지친 부인의 노고를 덜기 위해 식모 한 명이 이 집에 고용되면서부터 집안 분위기는 달라진다.

동식을 짝사랑하는 여공의 소개로 집에 들어온 어린 식모는 늘 웃음기 없는 무표정한 얼굴로 집안을 배회한다. 베란다에서 몰래 담배를 피우거나 쥐를 맨손으로 때려잡기도 하고, 동식에게 피아노를 가르쳐달라고 떼를 쓰다가는 맘대로 건반을 두드리기까지 한다. 식구들은 당황한다. 동식 가족의 대화는 언제나 따뜻했고 서로를 바라보는 얼굴 속에는 자애로움이 넘쳤다. 동식 역시 아이들을 위해 카레라이스를 만들어 주는 신식 가장이었고, 잘 걷지 못하는 딸을 위해선 다람쥐를 사주기도 한다.

자, 열심히 이 다람쥐처럼 달려보는 거다. 응, 알았어, 아빠.

빙글빙글.

하지만 가족들은 가끔씩 터져나오는 식모의 발작적인 웃음에 짓눌려 말 못 할 께림칙함을 경험하게 된다. 그들은 짓눌린 밥알 같은 불편함을 처음 느낀다.

한편 식모를 소개시켜준 여공 경희는 동식에게 피아노 레슨을 받는 학생이기도 했다. 경희는 동식의 처가 아이들과 함께 처가에 가 있는 동안 찾아와서는 사랑을 고백한다. 동식은 한 집안의 가장이라는 위치 때문에 그녀를 거부한다. 그러나 경희가 울먹이며 떠난 후 동식은 아쉬운 입맛을 다시고, 멀찌감치 서서 그 모습을 지켜보던 식모가 다가온다. 흐리고 비가 오는 날이었다.

식모는 그후 동식의 주위를 맴돈다. 이미 비 오는 날의 관계로 말미암아 아기까지 가지게 됐다. 동식은 상황을 회피하려 무진장 애쓰다가 결국 부인에게 모든 사실을 고백한다.

부인은 식모를 따로 불러 제발 부탁이니 아이를 지워달라고 눈물로 호소한다. 하녀는 그 말에 따라 이층 계단에서 뛰어내린다. 그녀의 창백한 얼굴, 검고 긴 머리카락, 드러난 맨다리, 쏟아지는 흑백의 피.

막상 유산을 하자 이제 동식과 부인은 하녀를 치워버릴 생각만 한다. 귀찮은 존재가 되어버린 것이다. 이제 식모는 앙심을 품고 물에 쥐약을 타서 동식의 아들에게 먹인다.

아들까지 잃었지만 부부는 혹 식모가 밖으로 나가 모든 사건을 떠벌릴까 더욱 전전긍긍한다. 자신들의 단란한 가정이 한낱 환영에 지나지 않았다는 사실이 외부에 알려질까 두려웠던 것이다. 이제 주도권은 식모에게 넘어간다.

식모는 동식의 처가 되길 원한다. 드디어 부부가 되어 동식과 한 방을 쓰게 된 식모. 그러나 이 남자가 자기를 진정 사랑하지 않는다는 사실을 알고는 동반자살을 요구한다. 함께 극약을 마신 식모의 팔을 뿌리치고 동식은 아내에게 힘겹게 다가가 죄를 뉘우치며 생을 마친다.

잠시 캄캄한 화면. 죽었던 동식이 부인과 함께 안방에서 담소를 나누며 앉아 있다. 여전히 집안은 화기애애하다. 부인은 신문을 읽다가는 한숨을 쉰다.

"결론적으로 교양과 인격이 있는 남자가 하녀에게 유혹된다는 것이 이해 못하겠어요."

"그게 남자의 약점이야! 높은 산을 보면 올라가고 싶고, 깊은 물을 보면 돌을 던지고 싶고, 여자를 보면 원시로 돌아가고 싶어."

"듣기 싫어요. 원시가 뭐예요. 솔직히 남자란 야비한 동물이라고 하세요."

이때 하녀가 차를 가지고 나타난다.

"이거 봐, 지쳤으니 자리를 펴줘."

"그만둬라, 내가 하마. 이 집에 젊은 하녀를 둔 것도 범의 입에 날고기인가부다."

부인이 하녀를 밀고 밖으로 나가자, 이내 화면 속에는 동식만 남는다. 동식은 멋진 남자의 중후한 미소를 보여주고는 관객을 향해 말한다.

"하, 범의 입에 날고기란 말은 정확한 판단일지 모르죠. 남자란 나이가 먹을수록 젊은 여자를 놓고 상상하는 시간이 많아집니다. 그러니까 여자한테 걸리기도 쉽고 패가망신하기도 쉽지요. 당신도 그렇고⋯⋯ 아니라고 고개 흔드는 당신도 역시 매한가질 거예요, 하⋯⋯"

1960년에 개봉한 김기영 감독의 〈하녀〉라는 영화다. 아버지의 방에는 〈하녀〉의 DVD도 있다. 뿐만 아니라 〈하녀〉의 리메이크작인 1971년 개봉작 윤여정 주연의 〈화녀〉와 1982년에 나온 〈화녀〉의 리메이크판도 가지고 있다. 이 물건들은 아버지가 결혼할 때도 딸려왔고, 돈암동에서 대치동을 거쳐 마장동으로 이사 올 때까지 따라붙었다. 그러고 보면 하녀 시뮬레이션 게임으로 이어지는 아버지의 성적 판타지는 제법 웅장한 산맥을 형성하는 셈이었다.

물론 이런 것들은 가족간의 위계질서를 위해 손대서는 안 되는 부분이었다. 아버지도 내 컴퓨터 하드에 저장된 포르노를 임의로 삭제하거나 하지는 않으니까. 그러나 마장동으로 이사하고 짐을 풀면서 그 자료들을 발견한 사람은 엄마였다. 엄마는 당장에 아파트 단지 내 쓰레기통에 처넣고 불을 질렀다.

뒤늦게 그 사실을 안 아버지는 슬리퍼 바람으로 뛰쳐나가 쓰레기통을 뒤졌으나 '하녀'들은 이미 모두 사라진 뒤였다. 그후, 아버지와 엄마의 긴 냉각기가 이어졌다. 더구나 하녀 DVD는 영원한 품절상태였다.

둘은 각방을 쓰기 시작했다. 그 덕에 막내는 입이 이만큼이나 나와서 투덜댔다. 방이 세 개인 탓에 엉겁결에 나와 한 방을 쓰게 됐으니 말이다. 엄마는 막내를 안방에서 재우려 했지만 이제 클 만큼 컸다며 막내는 거부했다.

어쨌든 아버지와 엄마가 각방을 쓴 지 얼마 되지 않아 이번에는 할아버지가 찾아왔다.

"노인네 늙으니까 적적한가봐. 곧 우리 동네로 이사 온단다."

엄마는 예전과 달리 노인네라는 말에 쌍욕할 때 쓰는 과격한 리듬을 넣지는 않았다.

집안 공기가 미묘하게 달라지기 시작했다. 아버지는 식사시간을 제외하곤 골방에 처박혀 아예 나오지를 않았다. 가끔 귀에 거슬리는 하녀의 음성만 문 밖으로 새어나왔다. 나는 매일 선재의 목소리를 듣고 사는 셈이었다.

우리 식구들은 다들 말이 줄었다. 막내는 천재의 특성인 고독의 시기에 다다랐는지 자기 방에서 혼자 한숨만 푹푹 쉬곤 했다. 이제 막 열 살을 넘긴 놈이 하는 짓치곤 좀 꼴사나웠다. 어느 날에는 알록달록한 아동복이 걸려 있는 옷장을 들여다보며 좀약 씹은 표정을 짓기도 했다.

나 역시 좀 심란해서 말수가 좀 줄었다. 소장이 나를 기른 식모는 아니었다. 다만 쥐를 다루는 식모의 소식을 알고 있는 유일한 연락통이었다. 그리고 믿기지는 않았지만 그들은 스스로를 수상한 식모라고 했다. 소장의 말을 들어본즉, 나는 그녀들의 희생양 중 하나였다.

나는 좀 어이가 없었다. 나의 정서적 콤플렉스들이나 이상 징후가 실은 한 식모에 의해 조작된 것이었을지도 모른다니 말이다.

"허…… 기가 막혀서. 당신들이 무슨 라헬리안이나 후천성 삼신할머니도 아니고 도대체 이게 무슨 짓이냐고요, 네!"

"인정해요. 하지만 호랑아낙에서 수상한 식모들이 된 후엔 우리도

적개심이 극도에 다다랐어요. 한국전쟁중에 탄생한 수상한 식모들의 가슴엔 오로지 보복밖에 없었고. 우리는 전쟁의 피를 보고 광분해서 결국 스스로 자멸해버렸지요. 호랑이는 발 아래 있는 먹잇감 앞에서 결코 흥분하지 않는 법인데 말이죠."

"좋아요, 다 좋다고요. 그런데 이제 와서 그런 사실을 밝혀서 어쩌자는 겁니까? 나한테 무릎 꿇고 용서라도 빌겠다. 뭐, 이런 심사들인가요?"

"우리가 용서를 빌 필요는 없다고 생각합니다. 우린 우리의 의지대로 행동했을 뿐이니까요. 다만 당신은 순애를 만날 필요가 있어요."

"뭐가 반갑다고 만나요."

"그러지 않으면 너무 빨리 폭발할지도 몰라요."

"여기, 머리통 안에 시한폭탄이라도 있답디까?"

"그럴지도 모르죠. 자세한 건 순애에게 직접 물어보세요. 난 예언을 들었을 뿐 당신을 기르지는 않았어요. 한 가지 알려줄 수 있는 건, 시간이 없다는 거예요. 순애는 지금 바위가 되어가는 중이니까."

"이해가 안 되는군요. 그렇다면, 그런 문제를 왜 이제사 말해요? 왜 나를 직접 찾아오거나 하지 않았습니까."

"모든 일은 때가 있어요. 그 수많은 별이 죽은 사람들의 얼굴 위에 떴던 밤에 수상한 식모들 중 예언가가 말했지요. 누군가 바위가 되어갈 때야 비로소, 그 바위를 깨뜨리고 영원히 끝나지 않을 비문을 새길 석수장이가 나타나리라."

선재를 먼저 보내고 난 뒤에 소장은 긴긴 이야기를 늘어놓았다. 그것들이 내가 발견한 수첩 뒷부분에 적혀 있어야 할 말들이었음엔 의심할

바가 없었다.

그렇다고 이 모든 사건을 현실로 인정하긴 버거웠다. 생체실험을 당한 듯한 불쾌감 때문에 욕설이 목구멍까지 차올랐다. 쥐의 공포가 각인되도록 유아를 협박하는 건, 갓 태어난 신생아의 의사를 물어보지도 않고 포경수술을 하는 것만큼이나 끔찍한 일이었다.

나는 밤이면 혼자 계란 넣은 라면을 끓여먹으면서 투덜댔다.

"젠장, 혹시 이렇게 온몸이 부풀어오르는 것도 실은 식모들 계략 아니냐고!"

어느 날 밤, 어김없이 라면을 야식으로 먹고 새벽 두시가 넘어서야 잠이 들었다가 중간에 문득 잠이 깼다. 누군가 내 불룩한 배 위에 손을 얹고 지그시 누르는 것이었다. 나는 화들짝 놀라서는 눈을 떴다. 어둠 속에서 막내가 잔뜩 찡그린 얼굴로 나를 빤히 쳐다보고 있었다. 그리고 내 엄지손톱 두 개를 합친 것보다 작은 입술을 놀렸다.

"역겨워, 이 쓰레기들."

나는 불끈 주먹을 쥐었다. 그리고 졸린 눈을 잠깐 비비다가 이게 악몽이려니 여기고 다시 누워 곤히 잠이 들었다. 열두시가 다 되어 일어난 내 눈에 옷걸이에 덩그러니 걸려 있는 동생의 파자마가 들어왔다. 뒷부분에 프린트된 도널드 덕의 얼굴이 쭈글쭈글해져 심술궂게 보였다.

나는 주방으로 가서 냉장고에서 오렌지주스를 꺼내 입에 대고 벌컥벌컥 들이켰다.

오렌지주스 뚜껑을 닫고 냉장고에 집어넣었다. 그 옆에는 사이다 페트병이 나란히 있었다. 꺼억, 하고 자연스럽게 트림이 올라왔다. 문득 형이 생각났다. 밖에서는 쌈박질하느라 정신이 없었지만 나한테는 친절하기 그지없는 형이었다. 우리는 가끔 사이다 빨리 마시고 누가 크게 트림하나, 이런 놀이도 하곤 했다.

형의 가출은 뜻밖이었다. 사고를 많이 치긴 했지만 뒤늦게 대학에 가서 가출이라니 시류를 잘못 타도 한참 잘못 탄 짓이었다. 엄마는 경찰에 신고도 하지 않고 때가 되면 돌아오려니, 기다렸다. 하지만 맘먹고 떠난 사람이 헤헤 웃으며 금방 돌아오진 않을 거였다.

형이 가출하던 날, 나는 현관 앞에서 형과 마주쳤다. 형은 아무 짐도 가지고 있지 않았다. 손에는 그저 사이다 페트병만이 들려 있었다.

"어디 가?"

"응, 혹시 지진이 날지도 모르니까 너도 조심해, 알았지? 탄산을 마시면 용기가 나서 조금은 겁이 없어지거든. 집에 있으면 지진이 나를 찾아올지도 몰라. 그러니까 나는 먼저 간다."

그 말이 장난인 줄로만 알았다. 이상하게 그땐 전혀 눈치를 못 챘다. 평소와 달리 유독 떨리는 목소리도 그랬고, 농담이란 걸 잘 모를 정도로 말주변이 없어 주먹부터 먼저 나가는 형이 농담을 했다는 사실 자체도 의심스러운 일이었는데.

나는 형을 붙잡지 못한 게 종종 후회가 되곤 했다. 아마, 그날 내가 무척 배가 고파서 그랬는지도 모른다. 그날 따라 어느 싸가지 없는 인간이 내 도시락을 훔쳐가는 바람에 매점에서 빵과 라면으로 끼니를 때워야만 했다.

그날 오후 할아버지가 마장동 아파트 단지로 이사를 왔다. 할아버지는 거의 해가 질 무렵이 되어서야 도착했다. 혼자라 그런지 짐은 단출한 편이었다. 하긴 한 층 아래 살 텐데 세간 같은 거야 필요도 없겠지. 엄마가 아무리 할아버지와 관계가 최악이라도 젯밥도 아니고 산 사람 끼니야 매번 챙겨줄 터였다. 다만 짐 중에 신기한 게 몇 가지 있긴 했다. 바로 붓과 물감, 그리고 캔버스였다.

"할아버지, 이게 뭐예요?"

"아, 늙고 심심해지니까…… 이래저래 놀던 게 생각나서 말이다."

대대로 서울에서 쌀가게를 했던 유복한 집에서 자란 할아버지는 젊은 시절 취미로 초상화를 그렸다고 했다. 제법 재능도 있었지만 환쟁이를 폐병 환자와 더불어 동급 최강으로 혐오한 증조할아버지 때문에 결국 그림을 포기해야 했다고 할아버지는 말했다.

화구 말고도 할아버지의 짐에서 특이한 물건이 하나가 더 있었다. 〈하녀의 고백〉이란 비디오테이프가 그것이었다.

나는 집으로 돌아와 인터넷에서 〈하녀의 고백〉이란 영화 제목을 검색해봤다. 1963년 영화였다. 〈팔도 며느리〉를 비롯한 코미디 영화를 주로 만든 감독의 작품이었다.

이 영화 속의 하녀는 사이코라기보다 치밀한 요부였다. 그녀는 억울하게 죽은 아버지의 원수를 갚기 위해 의도적으로 권사장집 식모로 들어가, 권사장 집안을 파멸시키기 위한 계획을 짜낸다.

우선 권사장의 동생과 권사장의 비서를 동시에 유혹한다. 결국 둘은 불타는 질투심에 서로의 가슴에 총알을 박는다. 마지막으로 하녀는 권사장을 협박해 스스로 자결하게끔 만들어버린다.

나쁜 년들.

할아버지가 이사 온 다음날 선재에게서 전화가 왔다.

"너 아르바이트 할 생각 없니?"

"왜 시뮬레이션 게임에서 하녀의 상대가 필요하대?"

"아니, 그런 거는 아니고. 남자 호스피스가 필요한 사람이 있어. 기간도 짧고 별로 어렵지도 않을 거래. 아, 집도 가깝다. 마장동이랑 신답동이랑 가깝잖아. 우선 만나나 보고 결정은 네가 하면 되잖아. 면접비도 좀 준다니까 한번 가보기나 해. 내가 같이 가줄게."

어리석긴, 역시 거짓말은 선재의 무기가 아니었다.

"좋아, 한번 만나나 보지, 뭐. 어린애 협박해놓고 어디 잘 사나 한번 보자고."

7. 신답동 바위

마장역과 신답역은 노선은 달라도 걸어서 십 분 안에 도착 가능한 거리였다. 신답동의 반지하방에 나를 길러준 식모가 살고 있다고 했다.

나는 막상 식모가 사는 곳을 알게 되자 순순히 선재를 따라나섰다. 어차피 발을 빼기도 어려운 상황이었다. 설령 지금 만나지 않는다 해도 신답역 주위를 지날 때마다 쥐를 들고 서 있던 식모를 떠올릴 테니까.

신답동 전철역에서 내리자 오히려 더 담담해졌다. 그래, 무서울 게 뭐가 있나. 내가 들었던 황당한 사건들의 진실을 확인할 수 있는 좋은 기회이기도 했다. 나는 좋은 추궁 방법을 떠올려보기도 했다. 용서는 그녀의 변명을 들은 후에 결정할 일이었다. 최악의 경우 울분을 참지 못한 내가 그녀를 고소하게 될지도 모른다.

"솔직히 말해서 유쾌한 기분으로 만나는 건 아니라고. 난 실험실의 뚱뚱한 모르모트가 아니거든."

덧붙이자면 나는 우리 집안 남자들의 내력인 하녀 마니아도 아니었다.

"들어가기나 해. 어정대지 말고. 솔직히 너 그 아줌마 보면 욕도 못할 걸. 꼴이 아주 구려. 말이 아니야."

나는 대문 앞에 서서 초인종을 누르려다 말고 뒤돌아서 선재를 보았다. 붉은 털모자를 눌러쓴 선재가 어깨를 으쓱했다.

"궁금해서 먼저 찾아와봤어. 야, 그런데 수상한 식모의 최후가 그런 거면 나 안 해. 난 화려한 결말 쪽이 좋거든."

내가 머뭇거리자 선재가 나를 대신해서 초인종을 눌렀다.

"시뮬레이션 게임에서도 비참한 결말은 없어. 심지어 사장에게 버림받는 순간에도 하녀가 골방에서 전신마비로 죽어가는 시나리오 따위는 없다고."

초인종을 여러 번 눌렀지만 주인이 외출했는지 아무 대답도 없었다. 그러나 대문이 잠겨 있는 것도 아니었다. 우리는 마당으로 들어갔다. 담을 따라 뒷마당 쪽으로 가니 깨진 유리를 청테이프로 막은 현관문이 보였다. 창고인 줄 알았는데 그게 식모가 사는 반지하방이라고 선재가 말했다. 그 문도 잠겨 있지 않았다. 두번째 방문이라서인지 선재는 성큼성큼 안으로 들어갔다. 내가 그 뒤를 따랐다. 비만한 몸집 탓에 좁은 계단은 더 숨이 막힐 것처럼 여겨졌다.

방 안은 습하고 석회 냄새가 진하게 났다. 오래된 시멘트 포대에서 맡을 수 있는 유의 기분 나쁜 냄새였다. 벽지는 갈색으로 변색되었고 주황색의 장판은 모서리 부분이 습기와 곰팡이에 찌들어 검붉게 썩어가는 중이었다.

천장에 매달려 있는 낯선 금속성의 물체도 눈에 띄었다. 형광등이 매달려 있어야 할 자리에 붉은 비닐 노끈으로 연결된 다른 물체가 묶여 있었다. 나무 손잡이는 빼내고 쇠 칼날만 남은 식칼이었다. 천장에 매달린 식칼은 아주 약한 진폭을 유지하는 진자처럼 느리게 작은 원을 그리며 움직였다.

"드디어 돌아왔구나. 오랜만이다."

환자라고 하기엔 제법 씩씩한 목소리였다. 선재가 나를 잡아끌고 식모 앞에다가 앉혔다. 길게 기른 머리카락을 베개 위로 늘어뜨린 모습이었다. 머리카락 끝이 벽에 닿을락 말락 했다. 나이든 여자에게 그리 잘 어울리는 헤어스타일이라고 볼 수는 없었다. 게다가 몸은 비쩍 말라서 그녀는 거대한 붓과 비슷했다.

식모는 목만 옆으로 돌린 채 나를 쳐다보았다. 충혈된 눈에서 눈물이 한 줄기 흘렀다. 하지만 큰 간격이 있는 우리 사이의 사막을 메워주기엔 턱없이 부족한 양이었다. 우린 여전히 서먹서먹했다.

"경호야, 날 기억하니? 기억나?"

"아니요."

나는 뒤통수를 벅벅 긁었다.

"네 얼굴이라도 만져보고 싶은데 방법이 없구나."

짧은 관찰의 결과로 보자면 그녀가 움직일 수 있는 부분은 목과 안면 근육이 전부인 것으로 판명되었다.

"이리 가까이 와봐. 그래, 조금만 더. 내 손이라도 한번 잡아줄래?"

나는 식모의 입과 코에서 뿜는 숨결이 얼굴에 닿을 만큼 가까이 다가 갔다. 부탁대로 이불 밖으로 비어져나와 있는 손 위에 내 손을 올려놓았다. 손등에는 가죽만 남아 있었고 손톱의 형상은 일그러져서 작은 조약돌을 얹어놓은 것 같았다. 손의 촉감은 추운 겨울날 놀이터에서 만진 녹슨 미끄럼틀의 감촉과 비슷했다.

식모가 눈을 아래로 내리깔고는 이가 드러나도록 웃었다. 잇몸은 검붉게 변했고 치열도 엉망이었다.

"그렇게 동정 어린 눈으로 안 봐도 돼. 난 아직 그렇게 불행하지는 않단다. 볼 수도 있고, 냄새도 맡을 수 있고, 들을 수도 있어. 게다가 웃을 수까지 있어. 봐, 나에겐 아직 살아갈 의무가 있어."

누워서 말하는 일이 좀 힘에 겨운지 그녀는 잠시 말을 끊었다.

"종이 위에 글을 남긴 자, 먹물이 굳어가듯, 몸이 돌이 되어 산산이 부서지리니."

많이 들어본 글귀였다. 그렇다. 거실 책장에서 발견된 수첩에 적힌 글귀 중의 하나였다.

"그건⋯⋯"

"맞아, 호랑아낙들이 노하셨지. 자기들의 육(肉)에 대해 내가 떠벌리려 드니까 말야. 내 몸을 만져봤니? 나는 점점 바위로 변해가고 있단다. 내 피는 진흙처럼 엉겨붙었다가는, 결국 돌이 되어버렸지. 그게 네 앞에 있는 나야. 파묻힌 역사를 다시 꺼내려는 사람의 최후란 결국 요 모양 요 꼴이란다."

식모는 그러고도 또 뭐가 신나는지 마냥 웃어댔다.

"선재, 선재라고 했니? 미안, 자리 좀 비켜줄래?"

"알아요, 아줌마. 어차피 수상한 식모 따위 포기한 지 오래예요. 차라리 게임 속에서 화려한 하녀로 살아갈래요."

선재는 내 어깨를 툭툭 치고 방 밖으로 나갔다.

"아기 땐 뼈만 남아서 앙상했는데……"

"치와와였죠."

"맞아, 치와와였지. 내 이름은 순애란다."

어린 시절 사진이 담긴 앨범 어디에도 나와 순애라는 이름을 지닌 식모가 함께 찍은 사진은 없었다. 더구나 쥐를 흔들던 손과 내 귀에 대고 꿈을 갉는 쥐에 대해 속삭이던 모습 말고는 기억의 주머니는 텅 비어 있었다. 여전히 내가 아는 젊은 식모는 베일에 가려져 얼굴이 보이지가 않았다.

"궁금한 게 꽤 많겠지?"

"뭐, 그렇죠. 우선……"

"나도 심란하네. 어디서부터 풀어야 할지."

식모는 왼쪽 눈썹을 살짝 치켜든 채 얼굴을 찡그리고 입술을 비틀었다. 뭔가 골똘히 생각하는 모습이었지만 고무로 만든 도널드 덕 인형처럼 제법 익살스러워 보이기도 했다. 낯익은 표정이었다. 이제 두꺼운 검은 베일의 재질은 망사로 변했다. 얼굴의 윤곽과 표정이 서서히 자리를 잡아갔다.

"살이 좀더 찌고 뚱뚱했지만…… 기억이 나요."

어쨌든 갓 스무 살의 젊은 식모. 지금은 바위가 되어가고 있다는 순애씨를 난 기억해냈다. 언제나 한쪽 눈썹을 찡그리고 입술을 비틀며 골똘히 고민하던 얼굴. 그 표정을 고스란히 유지하면서 요리부터 청소까지 다 했다. 그녀는 때론 식칼을 들고 칼날에 비친 자기 얼굴을 쳐다보기도 했다.

"혹시 말이죠, 내가 아기였을 때, 소파에 뉘어놓고 책 읽어준 사람이 당신인가요?"

"아……"

순애씨는 제법 감동 먹은 표정이 되어 말을 잇지 못하고 고개를 가볍게 끄덕이기만 했다.

"내가 말을 가르쳐줬지. 너는 말을 참 빨리 배웠어."

"그 수첩, 일부러 넣어둔 거죠?"

"그래, 식모들의 밤에서 들은 예언을 난 믿었다. 그날 집에 돌아와서 수상한 식모들의 일상과 역사에 대해 기록하는 일을 그만두었지. 그건 내 일이 아니었으니까. 그 일을 할 사람은 따로 있었던 거야. 내가 어리석었어. 자신의 비문을 직접 써주는 사람은 없잖니? 이제 알겠니? 네가 여기까지 찾아와서 나를 만나게 된 그 운명을 말야."

나는 좀 혼란스러워졌다.

"뭐라구요?"

나는 손등으로 눈을 슥슥 비볐다. 감상의 선글라스를 휙 벗어던지자 추레한 방 안의 풍경이 고스란히 현실로 입력되었다. 여기 저주에 의해 나날이 바위로 변해가고 있다는 삼십대의 한 여자가 내 앞에 앉아 있다. 날 도맡아 키웠다던 이 식모는 갑자기 내가 중차대한 임무를 맡게 되었음을 공포한다.

이건 의무가 아니라 강요였다. 단지 내가 수상한 식모 밑에서 자랐다는 이유 하나만으로 그녀들의 역사를 기록해야 하다니? 나는 독후감 숙제나 위인전을 제일 싫어하는 놈이다. 아니, 그런 걸 다 떠나서 쥐에 대한 불쾌한 기억은 어쩌란 말인가? 그래, 피하지방 밑에 눌려 있던 분노가 그제야 뒤늦게 끓는점에 도달했다. 난 늘 이런 식이었다.

"그 쥐, 쥐 말이에요."

"어?"

"그렇게 날 애지중지하신 분께서 왜 쥐로 협박을 했죠?"

"솔직히 말할게. 그건 협박이나 유린은 아니야. 너에 대한 애정과 수상한 식모들의 바람과 욕심이 합쳐졌던 거지."

"간단하게 말하시죠."

"백문이 불여일견. 우선 욕실로 들어가서 수납장에 들어 있는 것 중에 아무거나 하나만 가져와. 그럼 내가 하는 말이 몇십 배는 더 쉽게 들릴 거야."

나는 자리에서 일어났다. 너무 오래 무릎을 꿇고 앉아 있었는지 다리에 쥐가 났다. 항상 쥐가 문제군. 나는 절룩거리면서 욕실로 들어갔다. 좁은 욕실에는 어울리지 않게도 커다란 목재 수납장이 설치되어 있었다.

문을 열었다. 코르크 마개로 막아놓은 작은 시험관 안에 수용액에 잠겨 있는 기이한 생물이 들어 있었다. 바퀴벌레인 줄 알고 기겁했지만 아니었다. 커다란 바퀴벌레 크기였지만 색깔은 검정과 흰색 두 가지였다. 게다가 부드러운 털로 덮여 있었다. 그것은 쥐와 닮아 있는 동물이었다. 그 기이한 놈은 용수철 모양의 긴 꼬리로 자기 몸 전체를 휘어감고 있었다.

"너무 겁먹지 마. 위험한 놈들은 아니니까."

욕실 밖에서 순애씨의 목소리가 들렸다.

나는 호흡을 가다듬은 다음 수건을 꺼내 손을 감았다. 차마 맨손으로 시험관을 꺼낼 엄두가 안 났다. 얼굴을 찌푸리고 손을 집어넣어 집히는 대로 아무 시험관이나 뽑아들었다.

수용액에 잠겨 있는 생물은 바퀴벌레 크기의 쥐였다. 둥근 귀와 뾰족한 입, 여섯 개의 기름진 수염까지 모두. 쥐는 죽은 듯 눈을 감고 있었다.

나는 그제야 순애씨가 나를 협박하지는 않았다는 걸 직감으로 알았다. 쥐는 천장에서 뛰어다니지는 않았다. 그놈은 나의 귓구멍으로 들어가서는 소란스럽게 뛰어다녔던 거다.

8. 베란다

이 시대를 버티는 현대인의 결정은 베란다에서 자주 이루어지게 된다. 지하실이 사라진 아파트에서 서재가 확보되지 않는 한 개인이 가족 관계를 벗어나 자기의 자리를 차지할 장소는 없다. 그나마 공중에 떠 있는 베란다만이 프라이버시를 보장하는 유일한 공간이 된다. 피라미드에서 굴러떨어진 뒤 아버지는 베란다로 나가 반나절을 지냈다. 그렇게 쪼그려앉아 담배를 피우고 눈앞에 펼쳐진 휑휑한 아파드 단지들을 시켜보다가 어느 날 인생의 즐거움을 선택하기는 했다. 그는 복권을 사지도 않았고, 노름에 빠지지도 않았다. 어느 날 학교에서 돌아와보니 내 방에서 시뮬레이션 하녀와 접속을 하고 있었다.

엄마는 마장동으로 이사 온 뒤부터 베란다로 나가는 일이 많아졌다. 짧은 꽃무늬 반바지를 입고 플라스틱 의자에 발을 올려놓고는 허리를 곧게 펴거나 몸을 뒤로 젖히거나 했다. 때로는 빗자루를 들고 유리문을 여러 번 쓸어내리기도 했다. 웅크리고 앉아 손톱으로 타일 바닥을 쩍쩍 긁는 날도 있었다. 식탁에 앉아 땅콩버터를 바르며 그 모습을 지켜보노라면 교육방송에서 본 일본의 현대 무용 부토가 떠오를 정도였다. 그러다 끼니때가 되면 엄마는 소반에 찌개와 밥 등을 챙겨 아래층 할아버지 집으로 내려갔다. 식구들 꼴 보기가 영 싫었는지 때로는 천재 막내가 영재스쿨에서 돌아오는 시간까지 할아버지 집에 머물기도 했다. 어쨌거나 취업 자리를 알아보거나 하지는 않는 눈치였다.

막내도 심심찮게 베란다에 출입했다. 막내는 그곳에서 수학문제를 풀고 영어 테이프를 들었다. 감기가 든다고 엄마가 말려도 막무가내였다.

"공부가 잘 돼."

초등학교 사학년에 올라간 막내는 단답형으로만 대답할 뿐 결코 미사여구를 덧붙이지 않았다. 이제 아기 때의 젖살도 빠지고 키도 나날이 커진데다 몸은 앙상하게 말라 머리만 커 보였다.

"야, 외계인 대갈장군!"

내가 장난조로 시비를 걸어도 눈을 아래로 내리깔고 무시했다. 엄마가 오냐오냐 해주니까 이게 집안 식구들을 다 물로 보고 있었다. 살찐 나는 순두부 정도로 여기겠지. 녀석을 볼 때마다 날 잡아서 몇 대 쥐어박고 싶은 마음이 절실해졌다.

엄마가 할아버지 집에 가고부터 막내가 돌아올 때까지의 시간. 그 몇 시간 동안 나는 베란다를 산책과 명상의 장소로 이용했다. 나는 베란다를 서성이면서 순애씨의 말을 여러 번 곱씹었다. 그리고 그날 본 꿈을 갉는 쥐에 대해서도.

“여기서부터 실타래를 풀자. 이게 바로 꿈을 갉는 쥐야, 알겠니?”

순애씨는 눈짓으로 시험관에 담긴 그 동물을 가리켰다.

“내 귀에 이놈이 들어갔던 건가요?”

“그래에, 너 아직도 기억하는구나.”

어림짐작이었을 뿐 그 상황들이 모조리 떠오르진 않았다. 내게 유일하게 남은 쥐에 관한 기억은 공포밖에 없었다.

“이 쥐를 부리는 재주를 이어받는 수상한 식모는 많지는 않아. 그만큼 위험부담이 큰데다가 섣불리 사용해서는 안 되거든.”

순애씨는 수첩에는 적혀 있지 않았던, 쥐를 이용한 비방에 대해 이야기해 주었다.

우선 다락이나 하수구를 뒤져 임신한 놈을 잡는다. 그리고 쥐에게만 작용하는 환각제 성분이 든 쥐오줌똥풀을 달인 물을 먹인다. 잔뜩 신경이 예민해진 쥐도 이 물만 마시면 놀랍도록 차분해진다.

환각상태의 쥐가 낳은 새끼는 성장이 덜 돼 유달리 작다. 대신 꼬리는 보통의 쥐보다 배가량 길어진다. 이중 꼬리가 긴 놈으로 몇 마리를 선별해서 쥐오줌똥풀 수용액에 담가둔다. 이제 쥐는 그 안에서만 자란다. 모든 대사작용이 환각 속에서만 이뤄진다. 성상은 더디고 일찍 멈추며 꼬리는 용수철 모양으로 변한다. 현실감각은 사라지게 되고 이 동물은 꿈덩어리가 된다. 다른 동물의 꿈을 갉아먹고, 용수철 모양의 꼬리에서 분비되는 자기의 꿈 호르몬을 다른 동물에게 전이시킨다. 타 동물은 이제 꿈을 갉는 쥐처럼 몽롱한 추상의 세계와 접하게 된다.

한편 꿈을 갉는 쥐가 자라게 되면, 수상한 식모는 다시 한번 이 쥐의 생태를 바꾸기도 한다. 애기마름풀이란 약초는 쥐오줌똥풀 환각의 해독제다. 꿈을 갉는 쥐를 애기마름풀 해독제에 담가두면 털이 하얗게 변한다. 뿐만 아니라 환각도 사라지고 꿈도 꾸지 않게 된다. 하지만 환각을 먹이로 삼고자 하는 욕망만은 변하지 않는다. 아니, 욕구는 나날이 부풀어 다른 생명체가 지닌 꿈만이 아니라 다른 감정들까지 모조리 먹어치워버린다. 용수철 모양의 날카로운 꼬리는 철퇴가 되어 생명체가 지닌 무의식의 세계까지 파괴해버린다.

"우리가 주로 쓰는 건 이 흰쥐야. 나는 이 재주를 이어받은 다른 식모들처럼 흰쥐들을 아이들 귀에 넣어야 했어. 그러면 흰쥐는 아이의 꿈만 아니라 감수성까지 모조리 먹어치우지. 결국 아이는 앙상한 고집만 남게 되고, 흑백논리의 세계밖에는 이해를 못 해. 아마, 잘은 몰라도 대한민국 사람들 중 꽤 많은 이들이 어린 시절, 이 쥐에게 무의식까지 파먹혔을 거야. 속이 텅텅 빈 수박들이 걸어다니는 셈이지."

"내 귀에 흰쥐를 넣지 않았죠?"

"너한테 넣은 건 검은 쥐였어. 쥐는 꿈을 갉고, 그 쥐의 꼬리에서 발산되는 몽롱한 호르몬들은 너에게 흡수되는 거지. 그렇게 되면 네 감수성들은 얽히고설키어서 발효되는 고추장처럼 부풀어. 우주의 빅뱅하고 비슷해지는 거야. 언어들은 논리를 잃는 대신에 지껄임만 많아지고, 색깔을 지니게 되고, 심지어……"

"심지어?"

"시간과 공간의 구성을 해체하게 돼. 쉽게 말하면 갈가리 찢겨진 역사책의 문구들이 자기들끼리 마음대로 엉덩이와 아랫도리를 내밀어서 교접한다고 할까?"

그럼, 뭐야? 제정신이 아닌 거잖아?

"잠깐, 그거 좀 문제가 있는 거 아닌가요?"

"과부하라고 볼 수도 있어. 물을 너무 많이 넣어 끓자마자 넘치는 주전자처럼. 어떤 관점에서 보면 말야. 팡팡 폭발해버릴지도 모르지. 방법은 언어를 계속 바깥으로 빼주는 수밖에 없어. 글이나 말로 외부로 유출시키는 거지. 그림일기나 짧은 연애사, 이런 거는 택도 없어. 거슬러, 거슬러서 몇천 년 전에 죽은 사람들 이야기까지 떠들어야 할걸."

"애정으로 길렀다더니 이거 완전 협박이군요."

"어쩔 수 없어. 이건 너에 대한 애정인 동시에 수상한 식모들의 욕망이었으니까. 이제 내가 말 못 하는 바위가 되어버리면 우리들 이야기는 완전히 잊혀져서 오래된 궁중요리처럼 아무도 기억하지 못하게 돼. 수상한 식모의 역사 따위는 아무도 입에 올리지 않을 테지."

"좋아요, 손가락이 두텁긴 해도 타자 속도는 어느 정도 나오니까. 순애씨가 불러주는 이야기만 그대로 적어나가면 되는 거죠? 보수도 있는 거고."

"물론 사람을 날로 부려먹진 않아. 하지만 내가 도와주긴 하겠지만 결국은 전적으로 네가 소화시켜야 하는 거야. 내가 말했잖니, 자기 비문을 스스로 쓰는 사람은 없어."

"그럼, 뭐 어떡하란 말인가요?"

"우선, 다시 네 귀에 쥐를 집어넣어야 해."

나는 시험관 안을 들여다봤다. 새끼손가락만한 쥐. 쥐는 눈도 감고 있었다. 까짓 거 우스웠다. 하지만 그 쥐들이 뛰어다니는 소리는 공포의 각인과 동일한 의미를 지녔다. 불에 벌겋게 달군 긴 송곳을 귀에 집어넣으란 말만큼이나 소름끼치는 제안이었다.

"나…… 난 못 해요. 못 한다니까요. 말이 돼야지, 원. 나보고 스스로를 고문하라는 말인가요?"

나는 등을 돌리고 앉았다. 옷이 땀에 흥건히 젖었다.

순애씨는 손 하나 제대로 움직이지 못하니까 나를 붙잡지는 못할 터였다. 잔인한 일이지만 그쯤에서 일어나야 했다. 대충 쥐와 식모에 대한 궁금증도 풀릴 만큼 풀렸다. 내 눈으로 똑똑히 괴상한 쥐의 꼴을 확인했으니. 게다가 그 쥐가 이상한 언어습관과 발작까지 만들어놨다니 그거면 충분했다.

머릿속이 폭발한다고?

그건 말도 안 되는 유치한 협박일 뿐이다. 그렇게 치부하면 된다. 식모, 나를 협박하지 마. 이제 떠나줘. 세 살짜리 꼬마와 수상한 식모가 나눴던, 우리의 지적인 로맨스는 여기서 끝내도록 하자고요. 아름답고 또 추한 여인이여.

볼일은 끝났다. 공포는 구체적 현실 앞에서 엉덩이를 내리고 무기력해지기 마련이다. 분명 앞으로는 그때 경험이 도돌이표로 돌아오는 일도 없을 거였다. 침을 몇 번 목구멍으로 넘기고 헛기침을 했다. 일어서서 뒤돌아 선 채 말만 하면 되는 순간이었다. 얼굴을 보면 약해질지도 모르니까 그냥 나와버리면 된다. 하루에 한 번씩 저녁마다 인력센터 소장이 들른다니 순애씨의 안전에 대한 걱정도 할 필요 없었다. 하지만 나는 그 자리에서 일어나지 못했다.

"사례는 충분히 할게. 그 동안 식모 생활 하면서 모아놓은 재산이 좀 돼. 넌 청년갑부가 될 수도 있어. 맘대로 네 유아기를 유린했던 죗값이라고 여겨줘."

　　베란다 너머로 하늘이 보였다. 눈이라도 쏟아지려는지 먹빛으로 잔뜩 하늘이 흐렸다. 나는 순애씨의 부탁을 수락하고 말았다.

　　무슨 일인지 막내가 일찍 집에 들어왔다. 아직 저녁 전이었다. 그때까지도 난 베란다에 놓인 플라스틱 의자에 앉아 상념에 잠긴 채 노을이 지는 풍경을 감상하고 있었다.

　　"밥 안 먹었냐? 엄마 불러줄까?"

　　나는 베란다와 거실 사이의 문을 열고 물었다. 막내는 대답하지 않고 방으로 쌩하니 들어갔다.

　　"이야, 저놈의 대가리는 버르장머리를 거름 삼아 커지나? 어떻게 나날이 버르장머리가 그렇게 상실되냐."

　　막내는 나만 무시하고 있는 게 아니었다. 아버지에게 인사하지 않은 지도 이미 오래였다.

　　나는 다시 베란다 문을 닫고 의자에 앉아 흐린 하늘을 바라보았다. 먹구름 사이로 언뜻 혈관 같은 번개가 보였던 듯도 싶었다. 옳은 선택인지 자신이 서지를 않았다. 까딱했나간 일상과 비일상이 한데 뒤섞여 뒤집어질지도 모르는 일이었다.

　　그 동안 내가 지녀왔던 미래의 모습이란 지극히 평범한 일상이었다. 선재나 아버지처럼 시뮬레이션 세상과 현실을 혼동하지도 않았다. 체중 때문에 군대야 당연히 공익근무요원이나 면제로 빠질 테고 그 시기에 적당히 공부해서 공무원 되는 것이 소망이라면 소박한 소망이었다.

딱히 끌리는 직업은 아니었지만 그냥 탈 없고 귀찮은 일 없고 위험에 빠지지 않는 직업으로는 적당하다는 생각이 들었다. 제 몸 하나 건사하기에 무거운 이 몸은 일탈을 싫어했다. 수렁에 빠지기는 쉽지만 바득바득 기어 나오려면 손톱이 빠지도록 용을 써야 한다. 무거우니까. 그리고 그 수렁 안에는 식량도 부족할 게 뻔했다. 나는 그런 잡다한 일 따위가 싫었다. 나는 사지에 나사를 박아넣은 삶을 원했다. 세끼 식사와 까탈스럽지 않게 넘치지도 않게 밤일을 치러주는 아내, 말썽 안 부리고 적당히 공부 잘하는 애새끼들. 어쩜 학창 시절부터 밖으로 나돌았던 형을 보아온 탓인지도 몰랐다.

"비켜."

갑자기 베란다 문을 열고 막내가 들어왔다. 품에는 노트와 수학 정석을 안고 있다. 수학 정석이라니? 단단한 표지를 보면 암살용으로 적당할 것 같은 책이었다.

"야, 오늘 형님 엄청나게 꿀꿀하시다."

"비키라고 했어."

"건방으로 디스코 추냐? 건방이 하늘을 팍팍 찌르는데? 존말 할 때 방으로 들어가라, 응."

"비켜!"

나는 알코올램프 위에 올려놓은 비커 같은 심정을 억누르고 막내 앞에 쪼그려앉았다. 그리고 얼굴을 험악하게 일그러뜨렸다.

갓난아기였을 때 막내는 내가 옆에만 가도 울음을 터뜨리곤 했다. 아마 내 몸집에 압도되어 그러는 게 아닐까 싶었다. 나는 그 꼴이 웃겨서 일부러 가까이 가서 놀리곤 했다. 거대한 악마가 다가온다, 짜잔. 그게 내 협박용 멘트였다.

짝.

내 두툼한 볼따구니의 살들이 순간적으로 한 곳으로 쏠렸다. 동시에 피는 머리끝까지 쏠렸다. 나는 잠시 현실감각을 잃었다. 분명 파리채처럼 얇은 손바닥과 내 두툼한 볼의 마찰음이 들렸다. 지금 내가 앉아 있는 곳이 공중에 떠 있는 베란다라고 인식하게 된 건 약 삼 초가량 시간이 지난 다음이었다.

"역겨운 쓰레기더미."

내가 들었던 욕설의 변형태였다. 분명 꿈에 들은 욕설이 사실로 확인되는 순간이었다. 나는 양손으로 막내의 어깨를 꽉 움켜잡았다. 꼬마의 얼굴은 기괴할 만큼 일그러졌다. 말라서 흉측하게 주름져버린 유전자변형 완두콩을 보는 기분이었다.

퉤웨.

이번에는 뜨듯한 액체가 코에 묻었다. 코가 납작했기에 침은 금방 두툼한 입술 위로 떨어졌다.

나는 차마 이 조그만 녀석을 주먹으로 때려잡지는 못했다. 하지만 무언가 잘못됐다는 사실만은 명명백백했다. 이 집에서 그 버릇을 고쳐줄 사람은 나밖에 없었다. 순간적으로 베란다 난간이 눈에 들어왔다. 지금 녀석에게는 정석이 아니라 일탈의 위협이 필요했다. 자기가 세계 최고가 아니라는 걸, 공포의 습격이 얼마나 인간을 초라하게 만드는지 깨닫게 해주어야 했다. 나는 녀석을 어깨에 들쳐메고는 베란다 난간 쪽으로 갔다.

"놔, 놔, 이 쓰레기야! 더러운 돼지야!"

나는 사지를 마구 휘저으며 저항하는 녀석을 베란다 난간 위로 들어
올렸다. 막내는 눈 아래 펼쳐지는 막막한 공간을 보자 큰 소리로 울어
대기 시작했다. 비명은 아파트 전체에 퍼지고도 남을 정도였다. 이제
막내는 이론적 높이와 실재의 높이 사이의 간극이 얼마나 광대한지 충
분히 이해하게 될 터였다.

"잘못했다 그래라. 손이 발이 되도록 안 빌면 너 대가리 뿌사진다."

나는 겁만 줄 생각이었다. 울부짖던 막내의 얼굴이 파랗게 질리는 모
습을 보고 내가 더 겁을 먹고 말았지만. 막내는 이내 울음마저 잦아들었
다. 나는 다급히 막내를 베란다 안쪽으로 데려와 타일 바닥에 앉혔다.

"너 한 번만 더 기어오르면 토막내버린다. 알았어, 새꺄?"

막내는 손등으로 눈을 비비다가는 중심을 잃은 맹인처럼 비척거렸
다. 그때 다급히 현관문 열리는 소리가 들리고 엄마가 베란다까지 한달
음에 쫓아와 대뜸 내 뺨을 때렸다.

"야, 네가 뭔데 내 귀한 아들을 때려? 네가 그러고도 형이냐? 이 철
없는 화상. 나가! 안 나갈래?"

나는 볼을 움켜쥐고는 뒤로 물러섰다. 생각해보니 중학교 때부터 선
생들이건 삥 뜯는 애들이건 뺨을 많이 후려치긴 했다. 살찐 사람들의
도톰한 볼이 타인으로 하여금 후려치게 만들고 싶은 욕망을 불러일으
키는 건가?

"아유, 내 새끼 많이 놀랐지? 앞으로 안방에서 엄마랑 같이 자자."

막내는 감싸안는 엄마를 떠밀었다. 그러더니 두 세 발자국 뒤로 물러
섰다.

"쓰레기들."

이 한마디만 남기고 막내는 거실을 가로질러 방으로 들어가버렸다. 엄마는 아직 품에 막내를 안고 있는 듯 잠시 손을 벌린 채 멍하니 앉아 있다가 정신을 차리고 일어섰다. 그러더니 아직 볼을 움켜쥐고 있는 내게 다가왔다.

"도대체 동생한테 뭐라고 그랬어?"

나는 그제야 엄마가 스웨터를 뒤집어 입고 있다는 걸 발견했다. 목이 돌아간 유령 같은 꼴이었다.

"대체 무슨 일을 하는 건데?"

"모르모트."

"뭐?"

"연구실에서 실험대상이 된다고. 수면 및 꿈의 작용에 관한 실험."

"좋네, 실컷 잠이나 퍼질러자고 돈도 벌고. 그 돈으로 효도나 좀 해라."

엄마는 베란다 사건 이후 더욱 초조해했다. 어떤 날은 각방을 쓰는 아버지 방에 들어가 다짜고짜 욕설을 퍼붓기도 했다. 아버지는 다크서클이 진한 눈을 동그랗게 뜨고는 아무 대답도 하지 못했다.

"아니, 어찌…… 감히…… 이런……"

"왜요? 내가 당신 집에서 일하던 식모 출신이라 하찮게 보여? 당신이나 당신 집안 인간들이나 똑같아. 자기 식구로 받아들였으면 최소한의 대우는 해줘야 하는 거 아냐? 내가 하수구에서 왔다갔다하는 쥐새끼니? 다들 날 무시하고 못 밟아서 난리지. 나는 어떻게든 살려고 악착인데."

아버지는 고개를 절레절레 흔들고 다시 게임에 몰두했다. 상대방에 대한 무시는 원래 아버지 집안의 독특한 유산 중 하나였다. 곧이어 선재의 목소리가 컴퓨터 스피커를 통해 들렸다.

사장님, 이제 무슨 말이든 들을래요. 사장님, 절 내쫓지만 말아주세요. 사장님, 저는 연약하고 못 배운 하녀랍니다.

엄마는 베란다로 나갔다. 그리고 공구함 안에 넣어둔 망치를 찾아들고는 다시 아버지 방으로 들어갔다. 엄마는 컴퓨터 스피커를 때려부쉈고 앵앵대던 하녀의 목소리는 그렇게 또 사라졌다. 그날 저녁 아버지는 용산전자상가에서 다시 스피커를 구해왔다. 방에서는 다시 선재의 목소리가 들렸다.

사장님, 저를 우습게 아는군요. 사장님, 저는 살림을 돌보려고 들어왔을 뿐이에요.

아버지는 다시 첫 단계부터 게임을 시작하는 모양이었다. 이제 곧 하녀와의 옷 벗기 고스톱 게임이 벌어질 터였다. 그 단계를 깨야 하녀를 후리는 일이 가능해진다.

엄마는 소주 몇 병을 사놓고 나를 불렀다. 내가 대작을 해주긴 했지만 영 분위기가 우울했다. 엄마는 거실에 있는 오디오의 볼륨을 올렸다. 사랑이란 두 글자는, 사랑이란 두 글자는. 패티김의 노래가 큰 소리로 들리도록 볼륨을 높여놓았다. 엄마는 단번에 술을 들이켰다.

"아들아, 솔직해지자."

"뭘?"

"너 물어보고 싶은 말 있지?"

나는 엄마에게 순애씨에 대해 말하려다 그만두었다. 좋은 감정이 남아 있을 턱이 없었다. 자기 자식 얼굴에 손톱 자국 하나만 내도 머리채를 휘어잡을 판일 텐데 귓구멍에 쥐까지 넣은 식모였으니.

"그래, 그 영감…… 너네 할아버지가 좀 엉뚱한 요구를 해왔지만, 네가 생각하는 그런 건 아니야. 알겠니?"

뭐? 할아버지가 무슨 요구를? 요구란 단어는 듣기만 해도 가슴이 울렁대며 요사스럽기 그지없는 뜻을 품은 것 같은데.

나는 그제야 엄마가 혼자 불안과 초조에 시달리는 까닭이 뭔지 대략 스캐닝되었다. 엄마는 막내의 비명을 듣고 다급히 올라오느라 스웨터를 거꾸로 입고 올라와 지레 겁을 먹은 게 분명했다. 나중에 화장대 거울을 보고서야 경악했겠지. 히스테리는 풍부한 상상력을 증폭시키는 뛰어난 호르몬 역할을 한다. 엄마는 막내의 욕설에 또 진중한 의미를 부과했을 터였다. 혼자 끙끙 앓으셨겠구만.

"실은 속사정이 있어. 할아버지가 옛날부터 화가가 꿈이었던 건 너도 알지?"

"뭐, 이삿짐에 물감하고 캔버스하고 다 있더만."

"암 말기란다. 이제 삼 개월에서 반년 남았대. 팔순 넘긴 나이에 수술해서 뭐 하냐면서 그냥 혼자 살다 유유히 간다고 그랬나봐. 아마, 잘 다니는 단골 한의원에서 치료받으시려나봐. 다행히 아직은 사지 멀쩡하고 그런가봐. 유언장 작성도 아직 안 하셨다더라고."

"그래서?"

"노인네 소원이 뭔지 아니? 나를 그림 모델로 쓰고 싶대. 민망하고 화끈거리는데 어쩌겠어. 막말로 죽은 사람 소원도 들어준다는데 시아버지다, 너. 이해하지? 그냥 서너 시간 창가에서 사십오 도로 목 꺾고 앉아 있기만 하면 되는 일이야. 파스 값밖에 더 들겠니."

"에이, 그래도 남들이 보면 좀 꼴사납잖아?"

"야, 하늘에 둘째가라면 서러워할 효자들도 주위에서 보면 꼴사나워
보이는 게 대다수다, 너."

엄마는 술 한 잔과 자기 감상에 도취되어 비틀거리며 일어났다. 그리
고 동생과 내가 쓰는 방으로 들어가려 했다. 분명 굿나잇 키스를 날릴
작정이었겠지만, 문은 안에서 단단하게 잠겨 있었다. 무슨 일인지 막내
는 방문까지 잠그고 있었다. 엄마는 늙은 애완견처럼 손톱으로 방문을
몇 번 긁다가 그만두었다. 끝까지 막내가 문을 열지 않아 나까지 좁은
소파에 누워 잠을 청해야 했다.

9. 욕조

나는 씻는 걸 좋아하진 않는다. 샤워기에서 온수가 나오기 전 찬물이 살갗에 닿는 감촉이 싫다. 육중한 몸집으로 좁은 욕실 안에 들어가 있는 상황에서는 약간의 폐쇄공포증을 느끼기도 한다. 다 제쳐두고 씻기 위해 몸을 구부리는 동작들이 버겁다. 샤워를 하다보면 지쳐서 숨을 헐떡여야 하는 경우도 많다. 그래서 나는 자주 씻지 않는다. 이내 목과 겨드랑이, 사타구니 등 살이 접히는 부분에는 땀이 고이고 냄새가 나고 곰팡이가 퍼지기 시작한다. 나는 진드기의 영원한 안식처인 더러운 솜이불처럼 변한다. 더러워, 냄새나. 당장 욕실로 들어가지 못해? 엄마가 엉덩이를 걷어찬 후에야 엉금엉금 욕실로 기어들어간다.

씻더라도 나는 샤워기를 쓰진 않는다. 주로 욕조에 뜨거운 물을 받은 다음 들어가서 십 분 정도 깔짝거리다 나온다. 욕조에 들어갈 때 바깥으로 물이 와르르 넘치는 소리는 꽤 짜릿하다.

남의 집에서 씻을 때는 차마 욕조를 쓰진 못한다. 뭐, 어차피 웬만해
선 남의 집에까지 가서 씻을 만큼 청결함에 목숨을 거는 사람도 아니니
까. 선재의 집에서 간단하게 샤워를 한 게 처음이었다. 남의 집 욕실을
써본 것은.

색달랐다. 다른 사람들의 은밀한 일상을 엿보는 게 아니라 손가락으
로 푹 찍어 맛보는 기분. 욕실은 그 집안 사람들의 삶을 바짝 졸인 딸기
잼처럼 보이기도 한다. 그때 나는 타일과 타일 틈에 기생하는 일종의
곰팡이가 되어 욕실 안을 마구 더럽히고 싶은 이상한 충동까지 일었다.
하지만 욕실 밖으로 나오자 다시 긴장해서 몸을 웅크리고 말았다.

나는 지금 또다른 타인의 집 욕조에 들어가 있다. 바로 순애씨 집의
욕조였다. 직육면체의 하늘색 욕조는 우선 너무 좁았다. 나는 다리도
제대로 펴지 못했다. 다리를 오므린 자세는 여러모로 부담스럽고 불편
했다. 우선 두터운 허벅지가 불룩 튀어나온 아랫배를 눌러서 숨이 턱턱
막혔다. 나는 몸을 뒤척이며 최대한 편안함이 느껴지는 자세를 만들기
위해 허덕였다.

"시작할 준비, 됐니?"

방에서 순애씨의 목소리가 들렸다.

"아, 한다니까요. 젠장, 한다면 하는 성미거든요."

"생각만큼 그렇게 끔찍하진 않을 거야. 어차피 꿈이란 게 현실보다
폭력적일 리가 없으니까."

"아무리 긍정적으로 생각하려 해도 수중분만 하는 기분이에요."

내가 욕조에 들어앉아 있는 까닭은 때를 불리기 위해서가 아니었다.

혈액순환을 도와 몸을 편안하게 만들기 위해서였다. 그래야 쥐가 귓구멍에 들어갔을 때 무리가 덜 간다고 했다. 더구나 쥐를 받아들일 때 아직 습관이 덜 된 사람은 민망하게도 배설물을 지릴 염려도 있다고 했다. 혹 숙변이 있는 경우는 큰 낭패를 볼 위험마저 있으니 방보다 욕조가 시험장소로는 적당하다고 순애씨가 말했다.

나는 시험관에 담긴 쥐를 쳐다봤다. 작지만 털이 기름진 이놈은 순애씨가 특별히 선택해주었다. 쥐오줌똥풀 수용액에 담겨 흡사 박제처럼 보이기도 했다. 하지만 이 동물은 꿈속에 고여 있었다. 시험관에서 꺼내 물 몇 방울을 떨어뜨려 꿈을 깨우면 이제 몸을 흔들고 움직일 터였다. 그리고 다시 환각 속으로 빠져들기 위해 타인의 꿈을 섭취하려 들 것이다. 나는 코르크 마개를 빼려다 그만두고는 물 속에 푹 얼굴을 담갔다. 미지근한 수돗물이 코와 입으로 밀려들었다. 나는 고개를 들고 한참이나 기침을 했다. 좁은 욕실 안에서 내 기침소리가 메아리가 되어 울렸다.

낮은 신음을 뱉으며 자리에서 일어섰다. 허리하고 다리가 아파서 더는 앉아 있을 수가 없었다. 온몸에서 물이 뚝뚝뚝 떨어졌다. 숨을 쉴 때마다 거대한 배가 출렁였고 머리는 띵했다. 좁은 욕실 창문으로 아직은 차갑기만 한 늦겨울 바람이 늘어와 몸이 으스스했다.

나는 빙하 위에 첫발을 디딘 아문센처럼 단호한 결심으로 코르크 마개를 땄다. 그리고 손가락에서 똑똑 떨어지는 물방울로 쥐를 적셨다. 쥐는 느리지만 굼뜨게 움직이기 시작했다. 물방울에 젖은 검은 털도 빠릿빠릿해졌다. 용수철 같은 꼬리는 그 모습 그대로 빙글빙글 돌았다. 아, 정말이지 귀여운 구석이라곤 마음먹고 찾아봐도 보이지가 않는 녀석이었다. 정붙일 구석 하나도 없는 내 동생 같은 요 쥐. 더구나 이걸 귓구멍에 집어넣어야 한다니.

불안이 다시 엄습했다.

혹 쥐가 들어간 채로 나오지 않으면 어떡하지?

순애씨는 그런 걱정은 붙들어매도 된다고 했다. 본능적으로 쥐는 구멍 바깥으로 나오게 되어 있다고 했다. 쥐들은 늘 쥐구멍 바깥으로 나오기 마련 아니냐는 거였다. 지금껏 꿈을 갉는 쥐가 귓구멍에서 나오지 않아 아이의 귓구멍에 손가락을 집어넣어 쥐를 꺼낸 사례는 없다고 했다. 그렇더라도 불안한 건 불안한 거였다. 그 정도로는 안심이 되지 않았다. 안전장치가 허술한 보호장비를 착용시키고 이렇게 번지점프를 뛰어도 죽은 사람은 없었다고 밀어붙이는 근육질 안전요원과 똑같은 불성실한 태도였다.

차라리 콧구멍에 넣으면, 꼬리를 잡아당기기가 더 쉬울 텐데.

하지만 이왕 결심했으니 여기서 미적미적해선 죽도 밥도 안 된다. 욕조에 받아놓은 물도 서서히 차갑게 식어가고 있었다.

쥐를 움켜쥐었다. 주먹에서 빠져나가려고 세차게 꿈틀거리기 시작했다. 꼬리가 손등과 팔목에 닿을 때마다 소름끼쳐 돌아가실 지경이었다. 나는 눈을 질끈 감고는 귓구멍에 쥐를 밀어넣었다.

귀에 물이 들어가면 강물에 빠진 익사자의 영혼과 접촉하게 된다. 혹은 물귀신이 호이호이 말하는 이야기를 대충은 알아듣게 된다. 이어폰을 꽂고 록음악의 볼륨을 높이면 기타리스트의 팔딱대는 혈관에 혀를 대고 있다는 착각에 빠져버린다. 귀에 날벌레 하나라도 들어가면 바퀴벌레 무리에 우우 둘러싸인 상황에 놓인다. 선생에게 뺨을 맞으면 트럭에 치인 여섯 살 꼬마가 느낀 찰나의 공황상태를 체험하게 된다.

귀에 쥐가 들어가 네 발로 뛰어다니면, 도쿄 대지진의 공포를 경험하게 된다. 이건 진짜 최악이었다.

꿈을 갉는 쥐는 좁은 귓구멍의 굴로 들어가자마자 언제 수용액에 잠겨 있었냐는 듯 미쳐 날뛰었다. 나는 이 상황을 어찌 벗어날지 몰라 욕조에서 철벅대다 결국 눈을 감고 말았다. 하지만 발밑의 지지기반이 온통 뒤집어지는 지진은 사라지지를 않았다. 나는 다시 눈을 떴다. 정말로 지각이 요동치기라도 하는지 욕조에 담긴 물도 거대한 파동을 일으켰다. 사방이 흔들리기 시작해서 나는 겁에 질리고 말았다. 눈을 감지도 않았는데 어둠이 와락 쏟아져내렸다.

어둠이 번져나갔다. 현실을 이루는 모든 체계가 화선지가 된 기분. 어둠을 만질 수 있었다. 푹신했고 굴곡이 져 있었다. 그리고 숨가쁘게 확장되어 나의 몸뚱이보다 훨씬 커졌다. 나는 어둠에 갇혔다. 눈을 뜨든 감든 이제 어둠은 묵묵히 나를 짓눌렀다. 나는 엎드린 채로 서서히 앞을 향해 기어갔다. 희미한 빛이 새어들어오고 있었다. 나는 무릎걸음으로 어둠을 만지며 앞쪽으로 움직였다. 시야가 환하게 트일수록 쥐가 뛰어다니는 수리는 줄어들었다. 마침내 굴에서 빠져나왔을 때 내가 서 있는 곳은 더이상 욕실이 아니었다.

아이의 뒤통수가 보였다. 머리카락을 바짝 치켜올려 깎았지만 공단 원피스를 입고 있는 걸로 봐서 여자아이인 건 분명했다. 아이는 맨발이었다. 저만치 떨어진 곳에 붉은 구두가 뒤집어진 채로 버려져 있었다. 아이는 몇 걸음 걷다 말고 돌부리에 걸려 넘어졌다. 무릎이 까졌을 텐데 울거나 하지 않고 툭툭 털고 일어섰다. 간간이 사람들의 비명도 들려왔다. 누군가는 울부짖기도 했다. 총성이, 희미하긴 해도 분명하게 들려왔다. 이어 총성과 흡사한, 하지만 더 둔탁한 소음이 들려왔다.

여자애와 나는 함께 걸음을 멈추었다. 우리는 함께 하늘을 바라보았다. 바람은 세차게 불고, 여자애의 원피스는 바다에 버려진 폐선의 깃발처럼 펄럭였다. 헬리콥터 네 대가 빠른 속도로 우리를 향해 날아왔다. 긴 로프가 밑으로 연결되어 있어 무언가를 끌고 오는 중이었다. 그것은 넓은 도로였다. 도로는 급작스럽게 우리 곁으로 다가왔다. 그 위에는 시체들이 즐비했다. 옷이 반쯤 벗겨진 젊은 여인들과 목과 어깨 사이가 너덜너덜해진 사내들이 폐기물처럼 방치되어 있었다.

이어 헬리콥터 안에서 베레모를 쓴 군인들이 삽 위에 올라탄 채 빙글빙글 돌면서 지상으로 내려왔다. 그들은 메뚜기떼처럼 쏟아졌다. 군인들은 도로에 착륙하자마자 삽으로 흙을 퍼 시체들을 묻기 시작했다. 여자애가 그제야 빽빽 고함을 질렀다.

여자애와 나의 뒤편으로 검은 옷을 입은 여인들이 하나둘 모여들었다. 그들은 서로 손을 맞잡고는 원을 만들었다. 어느새 나와 여자애도 그 원의 일부로 자리잡았다. 우리는 둘 다 검은 옷을 입은 그림자로 변해갔다. 우리가 만든 원은 점점 짙은 그림자가 되는 동시에 지름은 줄어들었다. 삽으로 시체들을 묻던 군인들은 잠시 당황하는 기색을 보였다. 그림자는 군인을 덮었다. 얼굴에 검댕칠을 한 군인의 붉은 눈과 나의 눈이 하나로 겹쳐졌다.

나는 입을 벌렸다. 동시에 귀 밖으로 쥐가 튀어나갔다. 쥐는 취객마냥 제자리서 빙빙 맴돌기만 할 뿐 앞으로 나아가질 못했다. 나는 순애씨가 미리 교육시킨 대로 쥐를 잡아서는 다시 시험관에 넣고 마개를 닫았다. 쥐는 온몸을 부르르 떨다가 곧 움직임을 멈추고 말았다.

나는 욕조 안을 들여다봤다. 오줌을 약간 지리긴 했지만 다행히 숙변의 흔적은 없었다.

"이 꿈을 갉는 쥐는 좀 특별해."

순애씨가 내가 들고 온 시험관을 쳐다보며 말했다.

"태어나자마자 눈을 멀게 만들어서 앞을 못 봐. 그 대신 이 쥐는 새로운 능력을 갖추게 됐어. 타인의 꿈, 그것도 무의식에 깊숙이 박혀 반복되는 꿈의 원류를 간직해서, 그것을 다른 이들에게 고스란히 전달할 수 있게 됐지."

"살아 있는 컴퓨터 디스켓이군요. 이건 누구의 꿈이죠?"

"나."

"무섭던데요."

"그 꿈의 기반은 호러영화가 아냐. 지극한 현실의 재반영이지. 1980년 5월에 광주에 살았거든. 네가 보았던 꿈속의 여자애와 똑같은 모습으로 바로 그 길 한복판에 있었어. 꼬마였던 내가 어쩌다 거기까지 갔는지는 모르겠어. 기억이 나지 않아. 잔혹한 장면이 전후의 모든 기억을 다 삼켜버렸나봐."

그 거리의 상황이 쥐를 만졌던 감촉만큼이나 생생해서 소름이 돋았다. 나는 지금껏 누구에게서도 광주 민주화항쟁에 대해 들어본 적이 없었다. 역사교과서에 나오는 부분을 설명할 때도 선생들은 대충 넘어갔고 시험문제에는 아예 출제되지도 않았다. 엄마는 시위하는 군중이 뉴스에 나오면 당장 드라마로 채널을 돌리곤 했다. 드라마에서는 한 번도 시위 장면이 나오지 않았다.

"혹시 검은 영혼이란 말, 기억나니?"

"검은 영혼이요?"

"책장에 있던 수첩에 그 비슷한 부분도 아마 적혀 있었을 텐데……"

"아, 호랑아낙이요? 수행해서 뭐 어떻게 된다는 그거 말하는 거죠?"

"맞아, 그게 꾸며낸 말이 아니라 실제 상황이었어. 너도 봤잖니? 수많은 수상한 식모들 중에 검은 옷을 입은 여인들을 눈으로 본 사람은 나뿐일 거야."

그 여인들은 얇은 검은 한복을 입고 있다고 했다. 머리에는 쓰개를 썼지만 그것마저 검은색이었다. 얼굴은 쓰개 밑으로 내려온 검은 베일에 가려 아예 보이지가 않았다. 열 명 남짓한 검은 옷의 여인들이 시체를 둘러싸자 군인들은 더는 건드리지 않고 그 곁을 피해갔다. 칼을 들고 젊은 여자를 쫓아가던 군인도 검은 옷의 여인이 막아서자 그 자리에 멍하니 서 있다가 다시 되돌아갔다. 어린 순애씨는 그 모습을 멍하니 지켜보고 있었다고 했다. 갑자기 검은 옷의 여인 중 한 명이 순애씨 가까이 다가와 손을 붙잡고 시내에서 외떨어진 집에까지 데려다주었다.

그후, 검은 옷의 여인들은 여러 번 순애씨 앞에 나타났다고 했다. 그녀 뒤를 졸졸 따라가다보면 어느새 혼자 걷고 있었다고 했다. 마지막으로 검은 옷의 여인을 따라갔을 때 순애씨는 막 보따리짐을 싸들고 무등산을 향해 걸음을 재촉하는 중년의 여자를 보았다. 수상한 식모였다.

"그때가 내 나이 열여덟이었어. 수상한 식모가 되기로 결심하고 선생님을 따라갔지."

“잠깐, 다른 사람들은 그 검은 옷 입은 여자들을 못 봤다고요?”

나는 편안한 자세로 방바닥에 누워 순애씨의 얼굴을 들여다봤다.

“맞아, 아무도 본 사람은 없었어. 그건 전설에 불과했지. 나만 본 거야. 그들은 날 알았던 거야.”

“뭘요?”

“내가 마지막 수상한 식모가 되리라는 걸 말이야.”

10. 수상한 식모들에 대한 뒤늦은 재고찰

복수의 여신들

호랑아낙과 수상한 식모들의 뿌리는 같다 할지라도 그 둘을 동일하게 여기면 치명적 오류에 빠지게 된다. 두 여인네들의 경계에는 건널 수 없는 강이 넘실댄다. 강 이쪽 편에 서 있는 수상한 식모들은 세찬 강물 건너편에서 어른대는 호랑아낙들의 신기루를 보고 그들의 삶을 어렴풋이나마 짐작할 수 있을 뿐이다.

그림자는 눈으로 읽고 이해할 수 있는 문자가 아니다. 그것은 구전된 목소리이자, 떠다니는 환각의 부유물에 지나지 않는다. 우리가 호랑아낙의 역사를 운운하는 것은 잠자리채를 들고 구름을 잡으려는 순진하고 쓸모없는 짓에 불과하다.

그렇다고 수상한 식모들의 짧은 역사를 비밀스런 구전으로 전하는
건 멍청한 개그일 것이다. 더이상 세계는 어둠을 닮은 바바리코트를 입
고 있는 비밀의 문화로 유지되지 않는다. 지하에서 불법 유인물을 등사
잉크로 찍어내던 이들이 존재하던 독재정권 시대가, 구전된 목소리의
유물을 간직한 마지막 시기일 것이다.

현재는 폭로의 시대로 접어들었다. 과거 진실한 비밀이 차지했던 자
리를 지금은 진실의 겉옷을 입은 거짓말이 대신한다. 언어와 이미지 모
두 믿을 수 없는 세계에서 사람들은 살아간다. 사람들은 구강만이 아니
라 안구에도 메가폰을 설치했다. 눈을 깜빡일 때마다 이제 이미지들은
조작되고 왜곡되지만 아름다운 곡선을 지니게 된다. 김완선의 〈가장무
도회〉 가사처럼 진실은 회색 빌딩 사이로 숨어버린 지 오래다. 부는 순
결한 흰색 드레스를 입고 자정의 파티에 참가하고 혁명은 리바이스 청
바지의 상표처럼 소비된다. 착취는 눈물샘을 자극하는 자선사업 프로
그램 선글라스에 의해 이 세상에 존재하지 않는 것처럼 보인다.

수상한 식모들과 호랑아낙 사이에 단절된 강이 있다는 사실을 알아
야 하는 까닭도 여기에 있다. 계보상 호랑아낙을 이어받았다지만, 그들
을 대한민국 현대사의 혁명의 칼을 는 여신으로 추앙하는 일은 지나친
비약이다.

수상한 식모들은 결코 성스럽지 않았고 때때로 천박하고 잔인했으
며, 요부나 창부로 매도되는 경우도 많았다. 물론 우리가 인정할 수 있
는 것은 그랬기에 그들은 독특했고 아름다워졌다는 사실 정도다.

연구자료에 의하면 수상한 식모들은 그리스 신화에 등장하는 '복수

의 여신들'과 더욱 유사하다. 타르타로스 지옥에 사는 그녀들은 친족을 죽인 중죄인이 있으면 끝까지 쫓아가 미치고 팔짝 뛰게 만들어버린다.

그리스 고전 『아가멤논』에서 복수의 여신들은 맹활약을 한다. 미케네 왕 아가멤논의 아들 오레스테스는 아버지의 죽음에 대한 복수로 어머니를 죽인다. 그의 행동은 신념에 따른 것이었지만 정상참작은 없었다. 복수의 여신들은 뱀을 풀어 달려들며 오레스테스가 가는 곳 어디나 따라붙는다. 하물며 사리사욕에 의한 친족 살인이었다면 이 복수의 여신이 어떤 행동을 취했을지 뻔하다. 살인은 복수의 여신들의 가슴에 불을 지른다. 그것은 선악을 가르는 판결의 불꽃이 아니다. 눈에 보이는 대로 집어삼키는 불길이다. 복수의 불길은 산불처럼 집단에서 집단으로 번져나간다. 그리고 한국전쟁은 거대한 소수의 사리사욕에 의한 전쟁이었을 가능성이 높다.

쩨쩨한 보복의 역사

대한민국 역사를 읽기 위해서라면 보복은 이데올로기보다 중요한 코드다. 신라시대의 골품제도부터, 고려시대의 무신정권, 조선시대의 노론과 소론에 이르기까지 사건의 본질은 항상 '보복'이었다. 그리고 그 보복은 대개 짝퉁 명품만큼이나 천박했다. 그것은 구국의 보복이 아니라 자기 안위를 챙기기 위한 시답잖은 보복에 지나지 않았다. 차라리 죽은 수컷 구렁이를 위해 선비를 공격한 암컷 구렁이의 보복이 더 눈물겨울 정도다.

물론 보복의 이유가 쩨쩨하면 쩨쩨할수록 휘두르는 칼은 거대하고 날카로워지기 마련이었다. 그래야 아무도 비웃거나 손가락질하지 못하기 때문이다. 그 결과 보복의 대상만이 아니라 그 곁을 지나가던 사람들까지 모조리, 싹쓸이로 세상을 뜬 일도 부지기수였다.

물론 폼 나는 보복들도 없지는 않았다. 대표적인 예가 조선시대 동학운동이었다. 곪을 대로 곪은 학문에 대한 보복이었고, 어리석은 지배계층에 대한 보복이었고, 지배계급의 인형에 불과한 '나'라는 개인 스스로에 대한 보복이자 자각이었다.

한편 한국전쟁으로 말미암아 한반도에는 소수 몇몇의 욕심으로 쩨쩨한 보복의 원자폭탄이 떨어지게 된다. 물론 피해는 아무것도 몰랐던 대다수의 사람들에게 고스란히 돌아갔다. 원자병으로 사람들의 얼굴이 녹아내리듯, 쩨쩨한 보복폭탄의 후유증으로 사람들은 얼굴 전체를 가리는 가면을 쓰게 된다.

그들은 말한다.

"보지 못했습니다. 듣지 못했습니다. 아무것도 모릅니다."

그들은 골방으로 숨어들었고, 마음의 문을 걸어잠갔으며, 살아남았다 해도 속이 답답해지는 화병으로 삶을 마쳤다.

또 어떤 이들은 심각한 샌드위치 공포증에 시달렸다. 위에서 누군가 총부리를 들이댈까, 아래에서 누군가 낫자루를 들이댈까 두려워 견디지를 못했다. 그들은 결국 자기보다 조금이라도 높아 보이는 이들에겐 끝없는 찬양을, 조금이라도 천해 보이면 거리낌없이 발길질을 하고 폭력을 휘둘렀다.

몇몇 소수의 사람들이 폼 나는 보복을 시도했지만, 쩨쩨한 보복의 원자탄이 떨어진 곳에서 쉽게 꽃을 피우지는 못했다.

　한편 쩨쩨한 보복과 폼 나는 보복 사이. 정확하게 말하면 중간은 아닐 테고, 어느 지점에선가 수상한 보복이 발아하기 시작했다. 일제시대부터 등장한 그 수상한 보복자들은 기존의 어떤 종류와도 추구하는 바가 달랐다. 그들의 보복은 비장미가 없는 대신 유쾌했고, 폭력적이지는 않았지만 잔인했다. 그리고 모두 여성으로 이루어져 있었다. 그녀들의 집단을 우리는 수상한 식모들이라고 부른다.

수상한 식모들의 움직임

　수상한 식모들을 한 조직으로 묶는 것은 위험천만하다. 물론 그들 사이에 공유되는 부분들은 분명 있었다. 수상한 식모들을 이끄는 지도부나 대표자가 존재했으며, 거대한 모임이 개최되기도 했다. 그날은 사년마다 돌아오는 윤달의 마지막 날 밤이었다.

　모임장소는 주로 서울의 외곽 변두리나 강변이 많았으며, 그전 모임에서 다음에 만날 곳을 미리 정하게 된다. 일단 장소가 정해지고 나면 다음 모임이 열리기 전까지 그 장소에 대해 함구하는 것이 원칙이었다. 반드시 참가할 의무가 있는 건 아니었으나 모임에 참가하지 않은 식모는 평범한 여성의 길을 가고 있는 것으로 받아들여졌다. 장소는 매번 바뀌었으므로 한 번 참가하지 않은 이들은 다음 모임에 참가하지 못했다.

수상한 식모들을 조직이라 부를 수 없는 가장 근본적인 이유는 입문 과정이 지원이 아닌 우연을 통해 이루어지기 때문이다. 호랑아낙이 '전수'를 통해 이어갔다면, 수상한 식모들은 '꼬드김'을 이용해 자신들의 입지를 넓혀나갔다. 서울역, 수산시장, 마장동 우시장, 버스터미널 등지가 수상한 식모로 픽업되는 대표적인 장소였다.

지도부의 수상한 식모들은 그 주위를 어슬렁거리며 뜻을 함께할 똘망똘망한 눈빛의 수상한 식모 후보를 물색한다. 그리고 목표를 발견하면 특유의 언변과 설득으로 꼬드긴다.

어차피 왔다 가는 인생, 한바탕 놀고 싶지 않니?

저에겐 먹여살려야 할 부모님과, 공부를 가르쳐야 할 동생들이 있어요.

그래, 누가 뭐래? 효녀 노릇도 하면서 한바탕 놀 수도 있다니까.

저보고 몸을 팔라고 하시는 말씀은……

무슨 말이야. 몸은 자기 거지. 팔긴 왜 팔아? 몸이 아니라 재주를 팔아야지.

재주요, 뭘 가르쳐주나요? 하지만 전 돈도 없고……

돈이 있어야 재주가 생기나, 재주가 있어야 돈이 줄줄이 낚이지.

그때쯤 수상한 식모는 간재주 몇 개를 보여준다. 손에서 불꽃을 일으키거나, 말린 약초를 흩날려 보라색 연기를 만들기도 한다.

이런 건 별거 아냐.

세상에, 언니를 따라가면 마법을 가르쳐주나요?

아주 대단한 마법을 가르쳐주지.

하지만 전 가난하고……

돈은 필요 없어. 수상한 식모가 되기만 하면 돼.

수상한 식모요?

그래, 어차피 자기, 식모가 되려고 올라왔잖아. 주인집 여자한테 구박받기보다는 그 집을 맘껏 흔들어보는 식모가 되는 건 어때? 우리, 인생 한번 흔들면서 즐겁게 살아보자.

한 달여간 앞서 말한 몇 가지 재주를 후보자에게 가르친다. 쥐를 다루는 비방을 배울 만한 능력이 된다고 여겨지면 약 일 년여의 심화학습이 이어진다. 그리고 모든 교육과정이 끝나면 점심때 국수 한 그릇 사먹을 돈만 쥐여주고 다시 거리로 내보낸다. 수상한 식모가 되건 거리의 창부가 되건 그후의 삶에 대해서는 어떤 도움도 주지 않는다. 독립심이 없는 것들은 결코 훌륭한 보복을 할 수 없다고 판단하기 때문이다.

수상한 식모들의 주목적은 윤택한 가정에 파탄을 일으키는 것이다. 그들은 종아리가 드러나는 원색의 치마를 입고 팽이처럼 빙글빙글 돌면서 평온한 가정에 비관주의를 불러온다. 그리고 돈과 명예만 있으면 행복하리란 현대판 기복신앙에 갖가지 혼돈을 불러일으킨다. 피를 부르지는 않지만, 불행과 우울증을 가져다주는 보복이었다.

특별한 재주가 부족한 경우는 가장 단순한 방법을 이용해 가정의 파란을 불러일으킨다. 주인집 남편과의 불륜이 그것이다. 여타의 불륜녀와 달리 수상한 식모들은 일부러 증거를 집 안 곳곳에 흘리고 다닌다. 아내가 보는 앞에서 주인집 남자의 속옷을 개키며 묘한 미소를 짓는다거나, 난데없이 값비싼 새옷을 입고 주인집 남자 앞에서 웃음을 흘린다거나 하는 식. 혹 주인집 여자의 눈치가 둔한 경우에는 임신 등의 신파적인 비극을 가장해 직접 울먹이며 털어놓기도 한다. 가장 손쉬운 방법이었지만 문제점도 많은 편이었다.

실제로 주인집 남자와 사랑에 빠지게 되면 백이면 백 수상한 식모로서의 의무를 망각하고 말았다. 결국 주인집 남자의 배신으로 쓴맛을 다시며 쫓겨난 후에는 자포자기해 종로 골목의 윤락녀가 되는 경우도 적지 않았다.

불륜이 아닌 이빨만으로 승부하는 수상한 식모들도 있었다. 온갖 풍문과 암울한 이야기를 집 안에 풀어놓는 방법이었다.

요리를 잘하는 경우에는 좀더 고차원적인 수법이 동원된다. 주인집 사람들이 먹을 국이나 찌개에 가래를 뱉는 것쯤이야 평범한 식모들이나 하는 짓이었다. 수상한 식모들은 그들의 스승으로부터 좀더 섬세한 방법을 전수받는다.

그녀들은 한 달에 한 번 정도 휴가를 받아 버스를 타고 산으로 간다. 당시만 해도 관악산이나 북한산 등 서울 인근의 산자락에도 독초들이 많이 자생했다. 앉은부채나 천남성, 박쥐나물 등의 독초를 캐다가는 자기 방에서 몰래 말려 가루를 냈다. 독초는 치사량을 사용하지 않는 한 급살을 맞을 일은 없었다. 너구나 설탕, 고춧가루, 마늘 등으로 조절하면 독초 특유의 역겨운 향도 손쉽게 감추는 게 가능했다.

주인집의 식구들은 수상한 식모의 복수로 미세한 구토증이나 통증에 시달린다. 박새풀을 섞은 경우 혈변을 자주 보게 되기에 큰 병으로 오인하는 경우도 많았다. 반면 무기력증을 불러오는 독초를 먹여 온 식구들 사이에 대화를 단절시키는 경우도 많았다. 시어머니와 며느리, 남편과 아내, 부모와 자식이 서로 소 개 닭 보듯 쳐다보게 된다. 수상한 식모는 혼자 주방에서 숫돌에 식칼을 갈며 이런 광경을 보고 희미한 미소를 날리기만 하면 끝이다.

몇몇 소수의 식모들은 가장 위험하면서도 잔인한 방법을 전수받는다. 바로 꿈을 갉는 쥐를 이용하는 방법이다. 호랑아낙 때부터 이어져 온 위험한 비방이었다. 갓 태어난 새끼 쥐를 환각을 일으키는 식물의 즙에 담가 만드는.

이 쥐들을 어린아이의 귀에 집어넣으면, 꿈을 갉아먹고 용수철 모양의 꼬리를 귀에 박아넣어 무의식까지 모조리 흡수해버린다. 그 결과 아이는 평면적인 흑백논리의 사고 외에는 어떤 가치관도 세울 수 없게 된다.

수상한 식모들의 보복

구전되어오는 전설을 볼 때 호랑아낙들은 뚜렷한 복수의 결과를 추구했음을 알 수 있다. 연산군을 쫓아내는 데 혁혁한 공을 세운 이들이나, 동학운동에 참여했던 이들의 면모를 보면 분명 혁명과 변화를 추구한 것으로 이해가 된다. 성격상 호랑아낙들의 보복은 폼 나는 보복에 가까웠다.

그에 반해 수상한 식모들의 경우에는 추구하는 보복의 방향이 뚜렷하지가 않았다. 그녀들은 어쩌면 울분을 삭이고 화병으로 고생하는 그 시대의 어머니들과 다른 방법으로 억눌린 한을 푼 여인들인지도 몰랐다.

그녀들에게 보복은 실은 쾌감에 지나지 않았을지도 모른다. 억압적인 사회 분위기와 불평등한 관계를 손맛 하나로 무너뜨리는 게 가능한 그런 자리. 비록 식은 밥으로 끼니를 때우는 식모에 지나지 않으나 화려한 가정을 손바닥에 넣고 주무른다는 생각. 거기에 연고는 있으되 조직은 존재하지 않는 리버럴한 모임이 가져다주는 짜릿한 신비감.

아마 이후에 수상한 식모들이 어이없을 정도로 쉽게 와해되었던 까닭도 개개인의 쾌락만 있을 뿐 그들만의 철학이 부재했기 때문인지도 몰랐다. 음성언어는 환상이 제거되는 순간에 삼각김밥보다도 유통기한이 짧아진다(거짓말이 그 빛을 잃는다면 누가 사기꾼에게 속아 넘어가나?).

이제 모든 구전역사의 빛이 바랜 시점에서 누군가는 전해져오는 이야기를 문자로 옮기고, 수상한 식모들의 삶을 기록해야 한다. 비록 대부분의 기록자가 그렇듯이 너절한 죽음을 맞이하게 된다고 해도 말이다.

어쨌든 수상한 식모들은 암울하고 획일적이었던 우리 사회에 흔치 않은 튀는 인물들이었다. 그녀들은 이중의 삶을 살았고, 남의 집 살림을 관리하면서도 동시에 그 가정을 파괴하는 작업을 비밀리에 진행시켰다.

그러나 결국엔 수상한 식모라는 직함을 너무나 손쉽게 내던지고 가정을 꾸리고 평범한 가정주부로 일생을 보내기도 했다. 자신들이 부리는 식모를 뻔뻔하게 구박하고 학대하면서 말이다.

하지만 그렇더라도 수상한 식모들은 순수했다. 그들 중 누구도 어떤 이데올로기를 내세워 폼을 잡거나, 사리사욕을 채우기 위해 무고한 이들을 살인하지는 않았다. 살인과 폭력은 보복이 아니다. 그것은 자기 합리화의 꼭지점일 뿐이다. 보복은 좀더 떨어진 자세에서 도도하게 눈을 내리깔고 상대의 무너진 가치관을 비웃는 것이다. 그런 의도로 볼 때 그녀들은 순수하게 보복을 즐겼다.

그렇다고 수상한 식모들의 역사에 전설이 아예 없는 건 아니다. 입증되지는 않았지만 김재규 정보부장의 집에 있던 식모가 수상한 식모였다는 설이 있다.

김재규 정보부장은 박정희 대통령에게 권총을 쏘기 전날 응접실에서 혼자 툴툴거리며 술을 마셨다. 바로 그때 식모아이가 싱긋 미소를 짓고는 차 한 잔을 들고 왔다.

"기분을 돋워주는 차예요."

그리고 한마디 더 덧붙였다.

"아저씨, 물건이 있는 사내라면 모름지기 한 번쯤은 투사가 되어야겠죠."

전설은 여기서 두 가지로 나뉘어서 전해진다. 그 식모가 치마를 위로 올렸다는 설도 있었고, 빨랫비누 냄새만 남긴 채 도도하게 치맛자락을 붙잡고 밖으로 나갔다는 버전도 있었다.

한편 식모가 가지고 온 차에 대해서는 정확히 알려져 있지 않다. 그 차의 성분이 환각제였는지, 흥분제였는지, 아니면 마음을 진정시켜 결단을 내리게 만들었는지 알 수는 없다. 어쨌든 다음날 새벽 그 식모아이는 짐을 싸서 선글라스를 쓴 채 김재규 정보부장의 집을 빠져나갔다고 한다. 그날 밤 만찬의 자리에서 무슨 일이 있었는지는 누구나 다 알 것이다.

물론 그 식모 여자아이가 누구였는지 밝혀진 적은 없었고, 또 존재
여부도 확실하게 입증되지는 않았다. 다만 그 식모아이는 호랑아낙이
아닌 순수한 수상한 식모만의 전설로 아직까지 전해져온다.

11. 날카롭고 뾰족한 시계

봄은 흐릿한 황사와 더불어 찾아왔다. 얼음은 모두 녹았지만 눈앞이 제대로 보이지 않을 정도로 많은 모래먼지가 서울 시내를 뒤덮었다. 대학 입학식 날도 마찬가지였다. 학교에 안 간 사람들도 많았는데 나 역시 그중 하나였다. 나는 그저 거실에 앉아 베란다 창문 너머로 흐린 하늘만 쳐다보며 시간을 때웠다. 엄마는 아래층 할아버지 집에서 그림 모델을 서고 있었고, 막내는 학교에서 수업을 듣는 중이었다. 아버지는 시뮬레이션 게임에서 하녀 역할을 맡은 성우의 팬 카페를 살펴보고 있을 게 뻔했다. 나는 그 목소리의 주인공이 누구인지 알고 있었지만 아버지에게 비밀을 이야기해 삶의 마지막 기쁨을 해치는 불효를 저지르고 싶지는 않았다.

대학생이 되기는 했지만 고등학교나 대학이나 별반 차이는 없었다.

나는 서울에 있는 한 대학의 인문학부에 겨우 턱걸이로 들어갔다. 입학 시즌은 북적대는 신입생들로 제법 시끄러웠다. 하지만 같은 학부에서도 끼리끼리 몇 명씩 뭉쳐다닐 뿐 다 같이 모일 기회는 거의 드물었다.

그 부류 중에는 제법 모범적인 애들도 있었다. 그들은 인문학부의 비관적인 미래를 현실로 받아들이고 영어 공부 및 다른 어학 공부에 열을 올렸다. 주로 새벽에 영어학원을 끊고 학교 강의가 끝나면 저녁시간엔 중국어나 일본어를 들었다. 그치들에게 대학 졸업 후의 미래는 짙은 보랏빛이 감도는 공포의 대상이었다. 나와 같은 반에 속했던 한 놈은 지하철역에 들어서다가 노숙자를 보고는 발작적으로 바닥에 침을 뱉기도 했다.

주머니를 채우기 위해 돌아다니는 애들도 있었다. 고등학교를 졸업하자마자 돈독이 올랐는지 과외를 비롯해 아르바이트란 아르바이트는 모조리 섭렵하는 패거리들이었다. 몇몇은 그 돈으로 벌써부터 재테크를 시작해 주식이나 부동산에 투자하기 위해 머리를 굴리고 있다는 소문도 들려왔다. 그들은 자기들끼리 다양한 아르바이트 및 창업 정보 교류에 힘쓰기도 했다.

나도 우연찮게 술자리에서 그런 분위기에 휩싸인 적도 있었다.

"경호, 넌 알바 안 뛰냐?"

"하기."

"과외? 너 사는 데가 어디라고 했지?"

"나 호스피스야."

"그거 팔힘 좋은 아줌마들이나 하는 거 아니냐?"

"오바이트 안 쏠리냐? 똥오줌 받아내고 그런 거잖아?"

"전 재산 받는 조건이라 짭짤하거든. 그리고 대소변 걱정은 안 해도 돼. 머리만 빼고 몸뚱이는 돌로 변해버렸거든."

잠시 술자리에 정적이 돌았다.

"센스 없기는. 야, 그걸 농담이라고 하냐?"

아이들은 다시 낄낄거리면서 건배를 외쳤다.

연애와 섹스에 몰두하는 애들의 수도 암암리에 많았다. 여자애들은 주로 우리 학교보다는 좀더 쌈박한 학교의 남자애들과 소개팅을 많이 했다. 어린 나이에 벌써부터 마담뚜의 입지를 선점한 것들도 캠퍼스엔 있었다. 그들의 휴대폰에는 각 대학별, 남녀별, 수준별로 그룹이 나뉘어져 전화번호가 저장되었다. 물론 내가 그 명단에 포함될 리는 없었다. 체중은 나날이 늘었고, 집안은 폭삭 가라앉았고, 페니스 사이즈는 암울했다.

하지만 아무리 내가 찐빵 같은 몸집이라도 단팥 같은 사랑의 감정이 하나도 없는 반죽덩어리는 아니었다. 대다수의 순진무구한 대학생이 그러하듯 나도 같은 인문학부의 동기를 좋아하고 있었다. 머리카락이 가늘고 몸이 야윈 여자애였다. 어느 날 노란색 스판 셔츠를 입고 왔는데 가느다란 목 아래 쇄골이 물새 날개 모양으로 도드라져 있었다. 그 후로 나는 밤마다 잠들기 전엔 손가락으로 물새 모양을 그려보곤 했다. 그리고 4월이 오기 전에 술자리에서 고백했다.

"아…… 갑자기 그런 말 들으니까 어색하네. 어쨌든 고맙게 생각할게."

인문학부의 정원은 거의 삼백 명에 가까웠다. 같은 학부 동기라도 마음만 먹으면 무시하고 피해다니는 일이 가능했다. 물새 쇄골은 그렇게 날아갔다. 나는 쓸쓸히 인천 앞바다를 거닐다가 갈매기떼를 향해 새우깡 대신 담배꽁초만 집어던졌다.

그 와중에도 나의 이중생활은 자리를 잡아갔다. 귓속으로 꿈을 갉는 쥐가 들락거렸고, 그 쥐가 묻혀놓은 수상한 식모들의 경험은 내 머릿속에서 둥둥 떠다녔다. 나는 시간과 공간이 일그러진 두 세계를 동시에 체험했다. 첫사랑의 실패로 가슴을 쥐어뜯는 대학 새내기의 모습과, 역사 속에 파묻힌 식모들의 이야기를 직접 경험하고 채록하는 냉정한 기록자. 평범한 식모이면서 동시에 수상한 식모들이었던 그녀들처럼 말이다. 나도 나날이 수상해지고 있었다.

"인천에는 잘 다녀왔니? 그렇게 그냥 포기할 거야?"

어느 날인가, 순애씨가 다짜고짜 물어왔다.

"아니, 또 어떻게 알았어?"

"밤말은 쥐가 듣는 법이지. 쥐가 말하더라."

꿈을 갉는 쥐는 순애씨의 기억을 내 귀로 옮긴다. 동시에 내 짧은 기억의 단상을 물어선 순애씨에게 옮기기도 하는 모양이었다. 나는 좀 불쾌해졌다. 한 번도 제대로 써본 적이 없긴 하지만 일기장을 낱낱이 공개당한 기분이랄까?

"아, 사람 무안하게 만드네. 이런 건 예의가 아니라고요, 아줌마!"

이느 순간부터인가 나는 순애씨에게 말을 놓게 되었다. 가끔 티격태격하긴 했지만 수상한 식모들의 삶을 기록하는 과정에서 나와 순애씨 사이에는 동료의식 비슷한 게 싹터나갔다. 우리는 내 유년 시절에 경험했을 둘 사이의 친밀감을 회복해가는 중이었다. 나는 이제 순애씨의 은밀한 부분까지 물어볼 정도였다.

"어떤 기분이유? 그 몸이 바위로 되어간다는 거 말야. 시한부 환자와 비슷한 그런 고통이겠지?"

"아니, 지금은 어떤 통증도 없어졌어. 처음엔 죽을 지경이었지만, 지금은 오히려 사람과 혼령 사이의 중간자가 되어 있는 기분이야. 나는 이제 먹지도 마시지도 않고 남자랑 자지도 않잖아? 그런데 이렇게 나는 살아 있어. 고작해야 피가 도는 건 내 얼굴뿐이지만 그래도 나는 살고 있잖아."

순애씨는 수상한 식모들 중 유일하게 친분을 나눈 인력센터 소장에게 연락을 취했고 그후 이 지하방에 누운 채로 몇 년의 세월을 보내고 있었다. 몸의 석화과정은 지독하리만큼 더디게 진행되었다. 갈증은 끊임없이 이어졌고 뾰족한 돌로 뼈와 장기를 긁어내는 고통이 이어졌다. 그리고 폐 바로 아래까지 돌이 되어버리자 통증 대신 환각이 찾아왔다. 순애씨는 그렇게 반년을 몽유의 상태로 지냈다고 했다. 다시 맑은 정신으로 돌아오자 호흡기와 머리를 제외한 모든 신체기관이 돌로 변했다는 걸 알게 되었다. 더욱 놀라운 사실은, 심장과 폐는 엄지손가락만큼 작아져서 머리로 밀려와 뇌의 일부가 되었다는 것이다.

이제 순애씨의 뇌는 두근두근 박동한다. 순애씨가 몸이 마비되기 전부터 오랫동안 조사한 수상한 식모로 살아온 여인들의 모습이 구체적으로 재구성되어 머릿속에 생생한 기억으로 남는다. 순애씨가 만나지 못한 수상한 식모들의 삶까지도 뇌는 모조리 기억한다.

"너무 놀랍다고 생각되지 않니, 나의 운명이?"

"신선이시네. 먹지도 않고, 똥도 안 싸고, 숨만 쉬고."

"그래, 불로장생만 못 하는 몸이시지."

나도 그녀도 모두 알았다. 우리의 재회는 그리 길지가 않을 거라는 걸 말이다.

예언에 따르면 언젠가 그녀의 몸은 돌이 되어 사라질 운명이었다. 하지만 예언에는 결말만 있을 뿐 시기는 나와 있지 않았다. 순애씨는 아마도 수상한 식모들에 관한 기억이 모두 전송되는 날로 짐작하고 있다고 말했다. 하지만 아직까지 수상한 식모들의 이야기는 끝이 보이지 않는 깊은 우물이었다. 매일매일 다른 수상한 식모들이 꿈속의 우물 밖으로 기어나온다. 그녀들은 꿈을 갉는 쥐를 타고 와서 내 머릿속에서 꿈틀거리다가 사라져버렸다.

이제 제법 여유가 생긴 나는 쥐를 집어넣으려고 욕조까지 들어가는 수고를 하지는 않아도 되었다. 나는 세숫대야에 물을 받아 머리맡에 올려놓고는 순애씨 옆에 나란히 눕는다.

먼저 시험관에서 꿈을 갉는 쥐를 꺼낸다. 손가락에 물을 적셔서 뚝뚝 떨어뜨리고 순애씨의 귀에 바로 집어넣는다. 순애씨 역시 그 순간에는 온갖 고통이 밀려오는지 얼굴을 찡그린다. 나는 다시 마음의 준비를 하고 그 옆에 눕는다. 오 분 정도 지나면 쥐가 기어나온다. 그 쥐를 잡아 나는 다시 내 귀에 집어넣는다.

순애씨의 기억 속에 내장된 수상한 식모들의 모습은 상당히 다채로웠다. 여러 명의 여인들이 등장했지만 꿈과 마찬가지로 단편적인 에피소드로 끝이 났다. 그녀들의 얼굴을 기억하고 차후에 시간적으로 연결시키는 작업은 고스란히 내게 달려 있었다. 더구나 순서대로 상황이 이어지는 것도 아니었다. 수상한 식모 순자가, 수상한 식모 영순이, 그 다음에는 숙희가 다시 갑작스럽게 순자가, 또 전혀 모르는 미희가……매번 누가 등장할지 전혀 짐작할 수 없었다.

때로는 몰카가 연상되는 장면들이 펼쳐지는 때도 있었다. 수상한 식모와 주인집 남자의 불륜은 그 장소도 너무나 다양했다. 어느 날은 부엌에서, 또 정원 뒤편에서, 아파트 베란다에서, 난롯가에서, 주인집 여자가 없는 사이에 안방의 침대를 차지하고 펼쳐지는 살과 살이 맞부딪치는 소리들. 인지하지는 못하지만 아마 그때의 나는 발기되어 있을 게 분명했다.

쥐가 빠져나온 다음에는 머릿속으로 정리해서 노트에 곧장 메모를 했다. 그리고 집으로 돌아와서는 수상한 식모들의 삶을 순서대로 짜맞춰 전기문을 작성했다. 순애씨의 말대로 머릿속에 맴돌던 장면들은 온갖 어휘들과 매듭을 짓고 매듭을 풀면서 술술 쉽게 흘러나왔다.

그러던 차에 경악할 법한 일이 생겼다. 꿈을 갉는 쥐를 타고 젊은 엄마의 이미지가 전송되었던 것이다. 그후 다시는 모습을 드러내지 않았지만 분명 어린 시절의 엄마였다. 엄마는 식칼을 들고 골방 앞에 웅크리고 앉아 있었다. 나는 이미지와 현실 사이의 경계를 찢는 비명을 질렀다. 영상은 일그러졌고, 쥐의 움직임이 빨라졌고, 지진이 발생했다. 순애씨의 다급한 목소리가 아주 작게 들렸다.

정신을 차려보니 고막에 상처가 나, 귓구멍으로 피가 흘렀다. 꿈을 갉는 쥐는 피에 젖은 채로 바닥에서 버둥댔다.

"빨리 시험관에 넣어."

순애씨 말에 따라 나는 쥐오줌똥풀 수용액이 담긴 시험관에 쥐를 넣었다. 녀석은 고개를 뒤로 젖히고 찌익찌익 울다가는 이내 다시 조용해졌다. 수용액에 핏줄기가 나선형으로 짧게 나타났다가는 곧 사라졌다.

그제야 귓바퀴를 타고 목까지 흘러내린 피의 촉감이 전달되었다.

"흥분하면 안 된다고 했잖니. 그러면 쥐가 놀라서 갑자기 뛰쳐나오려 버둥댄다고!"

꿈을 갉는 쥐는 환각상태에 익숙해져 자기 육체를 이탈한 상태에 가깝다. 인간으로 말하자면 일종의 유체이탈을 경험하고 있는 셈이었다. 그러니까, 귀로 들어간 후에도 몸은 고막 앞에 멈춰 있고 꿈에 관한 이미지를 실은 기운만이 다른 생물에게 스며들어 꿈을 갉아먹거나 뿌리거나 하는 것이었다.

"거기, 우리 엄마가 있던데……"

"너네 엄마가 수상한 식모라는 말이야?"

"그럴지도 모르겠어. 그런데 우리집에서 왜 쫓겨난 거야? 내 귀에 쥐를 넣다가 들킨 거지?"

"아니, 그것과는 상관없었어."

나는 기억도 안 나는 일이었지만 내가 엉덩이와 등에 화상을 입은 적이 있다고 했다. 다리미 탓이었다. 엄마는 다른 건 모두 식모에게 맡겨도 다림질은 직접 했다. 남편 옷을 다른 여자에게 맡기면 마음을 훔쳐간다는 미신 따위를 믿었던 모양이었다. 하필 내가 왜 그 다리미 옆으로 기어갔는지는 모르셨으나 그만 몸이 기우뚱해 등짝과 엉덩이가 뜨거운 다리미에 닿고 말았다. 엄마는 놀라서 비명을 질렀고 나는 태어나서 처음 겪은 지독한 통증으로 인해 폭발적인 울음을 터뜨렸을 거다. 그때 설거지를 하고 있던 순애씨가 나를 안고 욕실로 갔다.

순애씨는 나를 엎드리게 하고는 세숫대야에 소변을 보았다. 그리고 소변으로 내 등과 엉덩이를 정성스럽게 닦아내기 시작했다. 그러나 욕실 문을 닫아두는 걸 깜빡하는 바람에 엄마는 모든 광경을 보고 말았다.

"아, 진짜 찝찝하네. 내 몸에서 나는 악취가 땀내가 아니라 지린내 아냐? 근데 화상이라니 말야. 내 몸엔 흉터도 하나도 없다고."

"호랑아낙들에게서 대대로 내려오는 말에 따르면 처녀의 오줌은 상처와 염증에 특효약이지."

나는 엄마의 주변을 배회하며 눈치를 보았다. 엄마는 소파에 등을 기대고서는 리모컨으로 텔레비전 채널을 바꾸고 또 바꿨다.

"손금 봐줄까?"

"갑자기 무슨 손금? 아들, 너 그런 것도 할 줄 알아?"

엄마는 손바닥을 좍 펴서는 내밀었다. 선이 가늘고 흐린 손금이었다. 하지만 어디에도 호박씨 모양의 흉터는 없었다. 이로써 엄마가 수상한 식모가 아니라는 사실은 입증되었다. 식칼을 들고 있던 어린 여자아이는 엄마의 모습과 닮은 수상한 식모인 모양이었다.

"뭐, 수상한 식모로 살 팔자는 아니라는데?"

"너 방금 뭐라고 그랬어?"

"아냐, 농담!"

엄마는 잠시 나를 흘겨보다가 콧노래를 부르며 다시 리모컨으로 채널을 바꿨다.

엄마는 한 층 아래 있는 할아버지의 집에서 모델로 일하면서 할아버지가 세상 뜨는 날만을 기다렸다. 특별한 말이 오가지는 않았지만 그 보답으로 실질적인 유산의 무게가 달라지리라 기대하는 눈치였다.

나 역시 현재 받는 급료는 따로 없었다. 선금을 약간 받기는 했지만 수상한 식모의 기록들이 완성될 때 모든 돈을 건네받기로 약속했다.

　3월이 지나자 황사가 사라지고 드디어 진정한 봄날이 다가왔다. 바야흐로 춘곤증의 계절이었다. 학생들은 해바라기를 하러 잔디밭에 들어가 다리를 죽 펴고 드러눕곤 했다. 나도 종종 잔디밭 주변 벤치에서 낮잠을 자다 아래로 떨어져 머리를 긁적이며 일어나는 때가 많아졌다.
　한편 지하방은 바깥세상과는 달리 계절의 변화라곤 찾아보기 어려웠다. 이 좁은 방에는 진자처럼 반복해서 움직이는 시계가 하나 있을 뿐이었다. 우리는 쥐를 시험관에 넣은 다음 방바닥에 누운 상태 그대로 형광등 자리에 매달려 있는 식칼을 올려다보았다. 붉은 비닐 노끈은 끊어질 듯 끊어지지 않았다. 식칼은 작은 원을 그리며 느릿느릿 우리의 머리 위에서 맴돈다.
　순애씨의 날카롭고 뾰족한 시계. 천장의 식칼을 바라보며 순애씨는 자기의 시간을 재구성한다고 했다. 따지고 보니 방 안에는 시계도 달력도 없었다. 사지를 움직이지 못하는 순애씨 앞에서 물리적인 시간은 맥을 못 췄다.
　"기분 어때?"
　"갑자기 무슨 기분?"
　"내가 없을 때 말야, 아무도 없이 순애씨 혼자 누워 있을 때 저 칼이 떨어질지도 모르잖아."
　"머리 위로 곧장 떨어질거야. 다리만 마비됐을 때 겨우 의자에 올라가서 달아두었거든. 하지만 나는 알아, 저 칼이 떨어지는 날에 이르러서야 모든 이야기는 일단 끝이 날 거야."

12. 식모들의 밤

행주의 마력

자정 무렵, 한 여인이 행주를 손에 쥐고 주방에서 일을 한다. 하나로 질끈 동여묶은 머리카락, 보푸라기가 일어난 자주색 스웨터, 무릎을 덮는 촌스러운 길이의 치마. 형광등을 켜지 않아 으스스해 보이긴 해도 그녀의 행동에 의심받을 구석은 없다. 성실한 식모가 저녁식사 때 주인집 여자에게 욕을 먹고 눈물을 삼키다 밤새 청소를 하고 있다고 측은하게 여길지언정. 하지만 실은 그녀는 향은 없으나 홍분제 성분이 강한 독초즙을 냄비에 넣고 끓이는 중이다. 차게 식힌 다음 밥물과 찌개 국물에 섞을 계략이다.

다음날부터 그 집 가족들은 식사 때만 되면 서로 싸우기에 바쁘다.

처음엔 밥그릇이 날아가고, 다음엔 갈비가 부엌 바닥으로 떨어지고, 김치 국물은 고급 레이스 식탁보에 얼룩을 남긴다. 결국 모든 진수성찬은 한데 섞여 개 밥그릇에 들어간다. 흥분제 성분의 음식을 먹은 충실한 개는 주인남자의 허벅지를 문다.

누구도 이 사건의 배후로 식모를 의심하진 않는다. 식구들은 그저 일상의 어느 날, 너무 과도한 스트레스가 있었을 뿐이라고 생각한다. 수상한 식모는 밤에 혼자 숫돌에 식칼을 갈며 비타민 부족으로 퍼렇게 시든 잇몸이 드러나도록 웃는다. 그녀는 비타민C가 인생에 활력을 준다고는 믿지 않는다.

수상한 식모들은 대부분이 완전범죄에 성공했다. 무엇보다 보복의 모습이 도드라지게 드러나지 않으니 꼬리를 잡기 힘들다. 그들이 좌지우지하는 건 개인의 목숨이 아니었다. 그들은 한 가정의 분위기를 손에 움켜쥐었다. 식사 때 올리는 음식의 맛, 주인집 식구들과의 애매한 친분관계, 실내에 감도는 맡을 듯 맡아지지 않는 수상한 공기의 촉감.

수상한 식모의 계략하에 이 가정은 서서히 내리막길을 걷는다. 하지만 최악의 순간이 닥쳐오기 전까지 분위기 전환을 위해 식모를 내쫓는 사람은 없다. 소파와 장식보를 바꾸고 모피를 한 벌 사고 도배를 하고 애완동물을 바꾸지만, 그들은 문제가 식모에 있었음을 알지 못한다. 심장에 벌집처럼 구멍이 빵빵 뚫린 것 같은 알코올릭 상태에 이르러서야 현실을 바라보는 판단력이 생긴다. 집주인은 눈앞이 어질어질하고 사물이 두 겹으로 겹쳐 보일 때에야 비로소 수상한 식모의 본모습을 파악할 수 있다.

유리잔에 담긴 양주를 홀짝대며 주인집 여자는 부엌 천장 모서리에 생긴 거미줄을 본다. 빈틈이 보이지 않을 만큼 빽빽하게 거미줄이 엮여 있지만 거미는 보이지 않는다. 주인집 여자는 남은 알코올을 벌컥벌컥 마시고 머리카락을 마구 쥐어뜯는다. 맞은편에 식모가 짝다리를 짚고 기대어서 그 모양새를 거만하게 쳐다본다.

"그래…… 이제…… 이제야 알았어. 네 실체를 알았어. 이 년아, 내가 모를 줄 알았지? 어디서 앙큼을 떨어."

"어머, 정말요? 너무 둔한 거 아니세요?"

이 수상한 식모는 주인집 남자를 꼬드겨 관계를 가진 후에, 야식으로 발기부전을 불러오는 독초를 섞은 비빔국수를 먹이곤 했다. 결국 어떤 관계도 가질 수 없게 된 이 남자. 물론 이미 피해망상 중증에 접어든 주인집 여자는 남편이 자기 앞에서만 축 늘어진 물건을 보여준다고 믿고 있다.

"넌, 넌 말이야. 흑거미야, 흑거미. 우리집에 거미줄을 쳤어."

"머리가 어떻게 된 거 아니세요, 사모님? 전 여덟 개의 다리를 가지고 있지 않아요. 사모님보다 좋은 머리를 지녔을 뿐이지요."

"당장 나가! 꼴 보기도 싫어. 내 집에서 썩 나가! 내 행복, 우리 가족의 기쁨을 네가 망가뜨렸어."

"네, 나가죠. 하지만 거미줄은 나중에 알아서 치우시든가, 말든가 해. 이 머리통이 분유통보다 못한 년아."

수상한 식모가 나간 후에도 가정의 평화는 회복되지 않는다. 남편은 약효가 떨어질 때까지 발기부전에서 회복되지 못하고, 약효가 떨어진 후에도 정신적인 위축감 탓에 영원한 발기부전이 된다. 부인에게는 너무 긴긴 시간이었고, 이내 부인 역시 모피코트를 걸치고 나간 어느 밤이 긴 동짓날, 수상한 남자와 함께 외도의 길을 걷게 된다.

수상한 식모들은 행주의 마력을 간파했다. 행주는 사람들의 입에 넣는 음식을 담는 그릇과 직접적으로 접촉한다. 게다가 겉으로 보기엔 하얗고 깨끗해 보여도 무시무시한 세균들을 숨기고 있다. 실제로 식중독은 썩은 음식만이 아니라 비위생적인 행주에 의해 발생하기도 하는데, 다들 머리를 굴리며 상한 음식에만 원인이 있을 거라 여긴다. 혹 우유가 유통기한이 지난 건 아닐까? 밤에 먹었던 버섯무침에서 쉰내가 났던 것 같아. 똑똑하다고 자부하는 사람들조차 웬만해선 보잘것없는 행주에 혐의를 두진 않는다. 행주는 그렇게 거만한 인간들에게 엿을 먹인다.
한편으로 행주는 또다른 마력을 지닌다. 끓는 물에 넣고 삶기만 하면 다시 고운 자태를 지니고 천연덕스럽게 제자리로 돌아간다. 행주는 능수능란하게 자기 행적을 말소시킨다.

호랑아낙은 참수당할 때에 그 위치가 드러난다. 그러나 사회를 뒤집는 혁명꾼는 거리를 둔 수상한 식모들은 그 내밀함에 있어서는 호랑아낙을 능가한다. 일반적인 방법으로 그들의 행적을 파악하는 것은 말도 안 되는 일이고, 그들의 존재 자체를 증명하는 일은 솔직히 불가능하다. 게다가 평온한 가정을 차린 수상한 식모들은 얼굴색 하나 변하지 않고 과거를 부정한다.
"뭐라고요? 날 어떻게 보고 그러세요. 증거 있나요? 기도 안 차네,

진짜."

"선글라스 좀 주시겠어요? 솔직히 말하자면 그건 추잡한 일이었죠. 로맨스라곤 볼 수 없는. 주인집 남자의 끔찍한, 뱃살이 처지고 가슴이 출렁대며 흘러내리는 끔찍한 모습을 왜 내가 떠올려야 하죠? 게다가 왜 이런 누명까지 뒤집어써야 하는 거죠? 내 출신 때문에 날 무시하나요? 저는 수상한 여자가 아니에요."

따라서 그녀들의 과거를 수집하기 위해선 논리적인 방법은 전혀 쓸모가 없다. 오히려 얼토당토않은 수단들이 동원되어야 그녀들의 과거를 불러올 수 있다. 최면, 꿈을 갉는 쥐, 역사의 재구성, 진실의 알몸 위에 태연하게 거짓의 옷을 갖춰 입은, 머릿속에서 이뤄지는 무의식의 현란한 패션쇼.

수상한 식모들의 밤

수상한 식모들은 분명 체계적인 조직을 이루어 활동하지는 않았다. 하지만 동류의식까지 없었던 건 아니었다. 비록 사 년에 한 번씩 찾아오는 윤달의 마지막 날에 만날 뿐이었지만 그 모임은 그들간의 유대관계와 자부심을 한껏 북돋워줬다. 우리가 수상한 식모들의 과거를 유추하기 위해서는 그 '식모들의 밤' 안으로 몰래 들어가야 한다.

윤달은 원래 근대적인 성격을 지닌 기간이다. 달의 차고 이지러짐을 특성으로 하는 태음력에서 어쩔 수 없이 발생하는 오차. 그 오차를 메우고 있는 것이 바로 윤달이다. 옛사람들은 다른 달은 신이 창조한 방면, 윤달만은 인간이 직접 손으로 만든 이례적인 기간으로 여겼다. 따라서 윤달에는 신의 간섭이 없이 인간들 마음대로 지지고 볶을 권리가 주어졌다.

사람들은 이제 윤달이면 평소 미뤄왔던 중대한 일들을 마음놓고 치른다. 이사를 하거나, 집수리를 하거나, 수의를 마련하거나 해도 귀신이 들러붙을 염려가 없다고 여겼다.

호랑아낙 때부터 이어져온 그녀들의 모임이 이 윤달의 마지막 날에 있었던 건, 나름대로의 상징의 의미가 부여된다.

1988년에 마지막 식모들의 밤이 열렸다. 장소는 한강 뚝섬유원지 근방이었다. 이날의 행사는 어느 때보다 규모가 컸고 화려했다고 전해진다. 그도 그럴 것이 통금이 없어진 이후 두번째로 치러진 행사였고, 때마침 서울 올림픽 무드를 타고 대한민국 전체가 들떠 있는 시기이기도 했다. 아마 지나가는 행인들이 봤다면 단체관광으로 서울 구경 온 아줌마들이 주현미의 쌍쌍파티 테이프를 틀어놓고 주책부리는 모습 정도로 여겼을 게 뻔했다.

대략 오십여 명에 가까운 수상한 식모들이 모여들었다. 스승과 제자가 만나기도 했고 즉석에서 의기투합해 친구가 된 치들도 많았다. 호랑아낙의 역사를 찬미하는 간단한 식순이 있었다.

"여러분 스스로를 자랑스러워하세요. 우리는 혼돈을 출산합니다. 깃발 대신 식칼을 들고 부르주아 가정의 거짓 행복을 재료 삼아 마음대로 요리합니다."

수상한 식모들의 박수는 짧았다. 그녀들은 긴 이야기를 좋아하지 않았고 이론이나 선동에는 별 관심이 없었다. 그녀들의 관심사는 오로지 멋지고 순수한 보복이 지닌 다이아몬드 결정체 같은 아름다움이었다. 짧은 식이 끝나면 푸짐한 수다가 이어졌다.

식모들의 밤에 모인 수상한 식모들은 대개 옛날부터 이 길에 몸담아온 이들이었다. 80년대에 접어들면서 젊은 식모들이 일하는 수요는 현저히 줄어들었다. 어쩌다 갓 스무 살이 넘은 젊은 식모들이 있다고 해도 수상한 식모들이 말을 걸어오면 사이비 종교 신자들 쯤으로 오인할 정도였다.

"복수는 무슨 복수예요. 아줌마들, 무슨 이소룡 영화 찍어요? 살벌해, 정말."

그녀들은 순수한 보복 대신 전영록, 김범룡, 김승진 오빠에 열광했다.

강순애라는 식모는 그래서 이날 더욱 눈에 띄었다. 스무 살이 갓 넘은, 앞머리를 무스와 스프레이로 동그랗게 만들고 청재킷을 입은 식모가 행사에 참석하자, 아줌마들은 신기한 듯 그녀를 쳐다봤다.

"아가씨, 씹고 있는 껌은 얌전히 좀 뱉지?"

강순애뿐만이 아니었다. 이날은 식모들의 밤 사상, 처음으로 한 사내가 참석하게 됐다. 사내는 강순애의 손을 붙잡고 있었고 부들부들 떨고 있는 중이었다. 몸은 비쩍 말랐고, 눈은 치와와처럼 튀어나왔으며, 반바지 아래로 드러난 버드나무 가지 다리는 5월의 밤바람에도 휘청거렸다.

강순애와 치와와 사내아이. 이 둘의 등장으로 한창 수다가 넘실대던 뚝섬은 조용해지고 말았다.

"웬 고추를 데리고 왔노. 제정신이 아닌갑네?"

"네 지금 제정신이가? 네 왜 법규를 어기는데?"

강순애는 수상한 식모들의 투덜거림을 깡그리 무시하고는 출렁이는 강을 향해 걸어갔다. 강가에는 수상한 식모들의 회장이 앉아 있었다. 명주한복을 입고 쪽 찐 머리를 한 그녀는 다른 사람과 일절 말을 하지 않고 흐르는 강물만 바라봤다.

"아줌마, 저도 수상한 식모거든요. 뭐 하나만 물어볼게요."

수상한 식모들은 모두 술렁였다. 비단 아름다운 아가씨가 아카시아 껌을 짝짝 씹으며 회장에게 말을 붙여서만은 아니었다. 그녀가 아무 말도 하지 않고 강물을 바라볼 때 회장을 건드리지 않는 건 수상한 식모들 사이에서 이어져온 법규라면 법규였다.

"……"

"저는 쥐를 다룰 줄 알거든요. 근데 제가 이 아이 귓구멍에 흰쥐를 넣고 판단력도 하나도 없는 바보로 만들면 그게 훌륭한 일이 되는 건가요? 그게, 바로 보복의 참뜻인가요? 이 비쩍 마르고 불쌍하게 생긴 아이에게 왜 내가 저주를 퍼부어야 하죠? 수상하면 그렇게 살아도 되나요?"

회장이 손을 들어 머리를 잠시 매만지더니 뒤를 돌아봤다.

"아가야, 넌 서기 아줌마들이랑 김낀 같이 있을래?"

회장은 치와와 사내애의 머리를 쓰다듬고는 손짓으로 수상한 식모들이 모여 있는 곳을 가리켰다. 엄마 손에 이끌려 여러 번 여탕에 다녀오긴 했지만 수많은 여자들 사이에서 약간은 공포를 느끼는지 사내애는 연신 몸을 떨었다. 하지만 강순애가 어깨를 다독이자 이내 쭈뼛거리며 사람들이 우우 몰려 있는 강둑으로 걸어갔다. 회장은 강순애를 데리고 사람들이 없는 외진 곳으로 자리를 옮겼다.

"참, 고놈 얼굴에 빈티가 좔좔 흐른다. 무슨 애가 이리 복이 없게 생겼노?"

"옛다, 이걸 먹으렴. 이거 먹으면 밥맛도 좋아지고 얼굴도 하얗게 피고 몸도 좋아질 게야."

수상한 식모 중 한 사람이 약초가루를 꺼내 아이 입 속에 집어넣었다. 치와와 사내아이는 약간 칭얼거리긴 했지만 아이 어르는 숙달된 솜씨에 꿀꺽꿀꺽 가루를 삼켰다.

"아이고, 쓰지? 자, 사탕 하나 줄게."

이번에는 다른 식모가 사탕을 입에 넣어줬다.

"어떡해, 미쳤어. 이거 먹고 곧바로 다른 음식을 먹으면 평생 그것만 찾는단 말이야. 하필 왜 설탕덩어리야, 설탕덩어리."

그후, 치와와 사내애는 설탕이나 초콜릿 등 당분이 많은 간식이라면 사족을 못 쓰는 소년으로 성장하게 된다. 심지어 설탕물을 사이다에 타서 벌컥벌컥 들이켤 지경이었다. 차라리 설탕 대신 과일이나 식초를 먹였다면 차후 아이의 뼈가 유연해졌을지도 모르는 일이었다.

"이 비쩍 마른 아이는 뚱보가 될 거야."

어떤 식모 하나가 회장을 흉내내어 사내애의 앞날을 예언했다. 이 썰렁한 말은 몇 달 지나지 않아 차차 효력을 발휘한다.

뭐니 뭐니 해도 맛있는 건, 식모들의 밤의 하이라이트인 예언이었다. 회장은 수상한 식모라기보다 수상한 점쟁이에 가까웠다. 그녀야말로 호랑아낙의 후예라고 말하는 사람들도 많았다. 몸은 가냘프고 얼굴도 창백했지만 가는 팔뚝에는 호랑이 줄무늬가 새겨져 있었다. 회장은 참가자들이 적잖게 술과 수다에 취했을 무렵, 다음 윤달이 찾아오기 전까지 앞날에 대해 한 사람 한 사람, 일일이 말해주곤 했다. 하지만 그날의 행사에는 한 사람을 제외하고는 아무도 개인적인 예언의 말을 듣지 못했다.

"종이 위에 글을 남긴 자, 먹물이 굳어가듯, 몸이 돌이 되어 산산이 부서지리니. 바위가 되어갈 때야 비로소, 그 바위를 깨뜨리고 영원히 끝나지 않을 비문을 새길 석수장이가 나타나리라."

그리고 이어 다른 사람들을 위한 애매하고 짧은 말을 남겼다.

"여러분의 머리 위로 비눗방울이 내려옵니다. 향기롭고, 포근해서, 행복해질 것입니다. 단 언젠가 그 비눗방울이 더러운 빗물에 씻길 것입니다."

수상한 식모들은 수군거렸다. 미친 거 아냐? 약발이 다 됐나? 좋은 날 왜 저 지랄이고? 성급한 이들은 야유를 퍼붓기도 했다.

"사 년 후 행사장소를 바꾸지 않겠습니다. 그때까지 여러분이 수상한 식모로서 자신한다면 여기서 만납시다."

서울 올림픽 이후 한국 경제는 롤러스케이트를 타고 달렸고, 소비에트 연방이 붕괴되어 러시아와 조그만 나라들로 쪼개졌다. 사람들은 머리 위로 떠다니는 비눗방울을 봤고, 비눗방울에 비친 자신들의 모습은 화려했으며, 그것을 잡으려고 열심히 뛰어다녔다. 온몸에는 땀이 흘러 미끈덩했고 스스로 열심히 살고 있다고 자부했으며, 불행과 가난은 이제 공기방울 세제로 삶아 빤 듯 영원히 세탁된 것처럼 보였다. 하지만 피의 얼룩은 쉽게 빠지지 않는 법이다.

사 년 후 강순애는 다시 뚝섬유원지를 찾아왔다. 그러나 거기엔 산책 나온 가족들뿐 우르르 모여 있는 여인들은 없었다. 혹시나 해서 가까이 가보면 중년의 여인들만이 보였다. 돗자리를 펴놓고 고스톱을 치던 그녀들은 강순애를 빤히 쳐다보았다. 뭘 봐? 재수 없어, 쌍년. 이런 눈빛이었다. 강순애는 혼자 강둑에 앉아 강물 위에 둥둥 떠 있는 오리보트들을 오래도록 바라보았다. 보트의 내부는 텅 비었다.

이제 정말 아무도 없는 걸까?

집으로 돌아가려고 마음먹고 일어서려는데 저쪽에서 누군가 다가왔다.

"나, 당신을 기억해요. 우리가 축복해주었던 아이는 잘 있나요?"

"아니요, 나 그 집에서 쫓겨났어요. 뭐, 하지만 아이는 언젠가 돌아오겠죠. 그때가 내 제삿날이겠네."

둘은 깔깔 웃으며 밤새 술을 마셨다. 술김에 서로 입을 맞추기도 했다. 그리고 서로 연락처를 교환했다.

13. 슈거네이드를 든 사나이

어린이날을 망친 주범은 그날의 주인공이신 막내였다. 아버지는 건전한 하루를 위해 하녀 시뮬레이션 게임을 중단했다. 나 역시 지난번 일도 미안하고 해서 큰맘 먹고 엠피쓰리 플레이어를 선물로 준비했다. 엄마는 케이블 채널에서 배웠는지 직접 토끼 모양의 과자를 굽고 초콜릿케이크도 만들었다. 막내는 온 식구가 모인 자리에서 팔짱을 끼고 앉아 이 모든 선물을 냉랭한 시선으로 쳐다보았다.

"이건 뭐지?"

막내는 엄지와 검지를 사용해 거만하게 엠피쓰리 플레이어를 집어들어 보이며 물었다.

"너 바보냐? 엠피쓰리 플레이어도 모르게."

"알아. 그런데 나 음악 싫어해."

그건 약과였다. 엄마가 준비한 쿠키는 아예 맛도 보지 않았다.

"들어갈래. 공부할게."

"저기, 사랑하는 우리 천재 아들 오늘 외식할까?"

"됐어."

막내가 방으로 들어가자 우리 식구는 소파에 앉은 채 잠시 아무 대화도 하지 못했다. 나는 괜히 멋쩍어져서 접시에 담긴 과자 몇 개를 집어 먹었다. 토끼의 목을 앞니로 부러뜨리는 재미가 제법 괜찮았다. 아버지는 헛기침을 몇 번 하고는 자기 방으로 들어갔다.

"저기, 오늘은 게임 안 돼요!"

방으로 들어가는 아버지를 보고 엄마가 버럭 소리를 질렀다.

"아, 심란해서 못 살아."

"아직도 대가리랑 냉랭해?"

"잘 한다. 지 동생을 그렇게 부르고."

"뭘, 맞는 말이구만."

"사춘긴가? 요즘 애들 워낙 성장이 빠르다고는 해도."

베란다 사건을 겪은 뒤로 막내는 가뜩이나 없는 말수가 더 줄어들었다. 엄마한테 안기지도 않았고, 한 방을 쓰는 나는 태연하게 무시했다. 막내는 수학문제를 푸는 기계처럼 책상에만 앉아 있었다.

토끼과자를 몇 개 우겨넣은 나는 목이 메어 사이다를 병째 들이켰다. 입 안에 남은 과자의 단맛 탓인지 사이다가 더 달짝지근하게 들러붙었다.

아, 슈거네이드.

초등학교 시절부터 어디를 가든지 입에 군것질거리를 달고 살았다.

집으로 오면 곧장 냉장고를 열기 바빴다. 그리고 맥주컵에 사이다를 콸 콸 따르고 큰 수저로 백설탕을 퍼넣고 휘휘 저어 마셨다.

슈거네이드, 그 음료를 나는 그렇게 불렀다.

가끔은 다른 식구들에게 내가 발명한 이 음료를 권하기도 했다.

이빨이 딱풀처럼 끈적끈적, 트림은 대포소리 같다고.

물론 아무도 먹고 싶어하지 않았다. 형만 군소리 없이 마셔주었다. 슈거네이드를 마시면 트림은 웅장하고 거만해진다. 형과 내가 트림 뿜 기 시합을 한 이유도 실은 슈거네이드의 발명과 상관있을지도 몰랐다.

5월이 시작되고 대학에서 처음 본 중간고사도 끝이 났다. 동기들은 전공시험 마지막 날 밤늦게까지 교내 잔디밭에 둘러앉아 술을 마셨다. 나 역시 오랜만에 폭주하며 달렸다. 알코올은 피의 흐름을 빠르게 하는 가솔린. 알코올은 시인의 심장을 만들어버린다. 무의미하게 나열되는 언어들, 감상적으로 흘러가 낙서 이상의 역할은 못 하는 고백들, 혀가 꼬여 낭독으로 변해버리는 일상적인 대화들. 짧게 반짝이다 사라지는 물새 쇄골의 머리카락과 목덜미와 눈동자. 나는 발밑에 있는 잔디를 여 러 번 쓰다듬었다. 비가 온 적도 없는데 잔디는 축축했다.

"아, 너네 그 말 들었나?"

"아, 그거. 우리 학교 호숫가에 밤마다 이상한 기인이 나타난담서?"

"뭔 기인?"

나는 반쯤 눈을 감은 채 무거운 머리를 건들대며 아이들의 잡담을 들 었다.

"트림하는 기인, 너는 모르나?"

"뭐어······?"

아이들은 모두 나에게 집중했다. 내가 들어도 너무 큰 목소리였다.

"뭘 그렇게 놀라냐? 넌 못 봤나본데 나도 봤어. 단순한 바바리맨이 아니라니까."

아이들의 말에 의하면 사내는 알코올중독자는 아닌 게 분명하다고 했다. 뒷머리가 대걸레처럼 너절하고 면도도 하지 않은 몰골에 손톱 밑에는 검은 때가 수두룩했다. 그 손에 어울리는 건 소주병이겠지만 사내는 1.5리터 사이다 페트병을 들고 다녔다. 그게 전부가 아니었다. 호주머니 안에는 흰 가루가 담겨 있었다. 필로폰이 아닌 백설탕이었다. 사이다가 담긴 페트병에 백설탕을 집어넣고 입을 대고 들이켠 후에 교내에 있는 아무에게나 접근한다.

꺼억.

긴 트림. 위장의 악취와 양치한 지 오래된 입 안에서 나는 구취와 뒤섞여 발산되는 달짝지근하면서도 역한 이산화탄소. 추행의 손길이라도 접한 듯 비명을 지르는 여학생들. 욕설을 내뱉고 술김에 발길질 주먹질 등 군대에서 배운 모두 구타의 테크닉을 현란하게 발휘하는 남학생들. 내 평생 이런 모욕은 처음이네, 흥분을 감추지 못하고 대머리까지 천도 복숭아처럼 빨갛게 된 교수님.

악명은 금방 괴소문에게 통통한 엉덩이를 내준다. 술자리에서도 다양한 추측과 의견들이 개진되었다. 칠성사이다에 밀려 맥을 추지 못하는 세븐업의 음모 프로젝트라고 떠드는 아이들은 기인이 늘 칠성사이다만을 들고 있는 게 수상하다고 했다. 혐오감을 부추겨 반사이익을 얻는 마케팅 전략이라는 것이었다.

"흠, 우리가 모르는 환각성분이 존재한다. 그는 단지 사이다 마니아지. 하지만 웃음을 유발시키는 벌레처럼, 설탕 섞인 사이다는 트림을 멈출 수 없게 만드는 거야. 야, 돼지, 너는 어떻게 생각해?"

나는 사이다 기인이 안줏거리가 되는 내내 아무 말도 하지 못했다. 왜냐하면, 그럴 사람은, 아무래도.

다음날 강의가 모두 끝나고 나는 호수 주변을 어슬렁거렸다. 캠퍼스 커플들이 앉아서 오리에게 과자 부스러기를 던지거나 할 뿐 사이다를 든 기인은 통 보이지를 않았다.

밤늦게 집으로 돌아오니 아버지와 엄마가 나란히 거실에서 텔레비전 시청을 하고 있었다. 너무 오랜만이라 무지하게 낯설었다. 더구나 어깨에 다정스럽게 팔까지 얹고 있다니.

"우리 화해했다. 이제 게임도 끊고, 나도 진정한 가장이 되어볼까 한다."

둘은 저녁 내내 화기애애했다. 사이다 기인으로 변했을지도 모를 형의 이야기를 꺼내 판을 깨고 싶지는 않았다.

"여보, 나도 컴퓨터 좀 가르쳐주라. 내 나이 또래 여자들한테 인터넷은 기본이래요. 나도 인터넷만 알았으면 재테크 도사가 됐을지 누가 알아?"

저녁식사가 끝난 후에 엄마는 아버지가 쓰는 방으로 컴퓨터를 배우러 들어갔다. 한 시간 정도 지나고 아버지는 노트북을 안방으로 옮긴다며 부산을 떨었다.

"엄마, 그럼 나 막내 저 방으로 보낸다."

나는 방으로 들어가서 책상 위에 있는 동생 물건들을 죄다 가방에 쓸

어담았다. 그리고 영재스쿨을 마치고 동생이 집에 돌아오자마자 가방을 내던져주었다.

"마, 너 옆방으로 쉽사리 꺼지시지?"

동생은 자기 몸체만한 가방을 품에 안고서 눈을 부릅떴다.

"어쭈? 하나도 안 무서우니까 네 방으로 가서 잠자코 짜져."

나는 막내가 나가자마자 서랍에서 재떨이부터 꺼내서는 담배를 피웠다. 그간은 동생 때문에 방 안에서 흡연의 자유마저 잃고 있었다. 나는 부러 담배연기를 사방으로 뿜었다. 방에 밴 초등학생의 젖내를 그렇게라도 빼고 싶었다.

담배에 푹 절어 있는데 오랜만에 선재에게 전화가 왔다.

"나 속상해. 제2의 사이버 테러야. 이건 커플홈피 사건보다 더해."

누군가 선재가 녹음실에서 나오는 장면을 디카로 찍었다는 거였다. 그리고 팬카페에 올려버렸다. 바람이 불어 얼굴을 찡그리는 탓에 더 엉망인 사진이었다.

충격! 이게, 우리들의 우상 '하녀'?

"날 욕하는 리플들이 너무 끔찍해. 토막내서 돼지구이 바비큐를 하겠다는 말까지 있어. 지금 다들 팬카페 탈퇴하고 난리야. 도대체 내가 뭘 잘못했는데? 개떼처럼 달려든 건 지들이잖아?"

갑자기 아버지가 하녀 시뮬레이션 게임을 포기한 까닭이 짐작이 가고도 남았다.

"너무 심각하게 생각하지 말아라. 몇 달만 지나면 다들 까맣게 잊어버린다고. 그나저나 고마워서 어쩌냐?"

"뭐가?"

“네 덕에 우리 집안에 평화의 시대가 도래했다.”

화해 무드가 조성되었지만 엄마는 밤잠을 이루기 힘들었는지 자정이 다 되어 주방에 나와 있었다. 엄마는 곧장 냉장고에서 소주팩을 꺼냈다.

“그러다 알코올 중독 되지.”

가스레인지 앞에서 라면을 끓이던 나는 엄마를 보며 툴툴댔다.

우리 모자는 소주팩과 라면 냄비를 두고 식탁에 마주 앉았다. 다리 한쪽을 맞은편 의자에 올려놓고 엄마는 쪽쪽 소리나게 술을 빨았다.

“아이씨, 왜 그러냐? 아까는 화해 무드더니 왜 그래? 지금쯤 안방 문이 굳게 잠겨 있어야 맞는 거 아닌가? 아빠가 벌써 잘 안 돼?”

“참, 잘 하는 짓이다. 그게 부모한테 할 소리냐?”

“아님, 말고.”

“아들, 그냥 내 팔자 왜 이런가 고민하다보니 잠도 안 와. 세상 뜬 노친네가 손바닥에 침 뱉고 뒤통수치는 거 같기도 하고.”

엄마는 매니큐어 바른 손톱으로 누렇게 죽은 엄지발가락을 만지작거렸다.

“저기, 지금 상황이 좀 후지긴 한데…… 형 본 거 같아.”

“만났어? 어떻게 지낸다니? 난 요새 뉴스 볼 때마다 심장이 콩닥거린다. 혹시 내 아들 어디서 칼부림치는 거 아닌가 싶고.”

“아니, 저 그게 말이지.”

나는 형으로 추측되는 사이다 기인의 행적에 관해 들은 대로 말했다.

“내가 지를 어떻게 얻었는데. 일곱 살까지 천재 소리 듣던 애가 왜 초등학교 들어갈 때부터 말썽이라니.”

일곱 살?

형이 다시 오줌을 못 가리게 된 나이였다. 형과 나의 나이 차이를 계산해보았다. 내가 세 살에서 네 살 사이라면 순애씨가 우리집에 머물렀던 시기였다. 혹 나와 비슷한 경험을 형이 했는지도 몰랐다. 그제야 형이 나 못지않게 쥐를 싫어했던 사실이 떠올랐다.

"오늘따라 뭐 씹은 얼굴이다? 쫀쫀떨지 말고 불만 있으면 말해. 사내자식이……"

봄에서 초여름으로 접어들자 순애씨의 얼굴이 점점 어두운 색으로 변해갔다. 낮에는 피멍의 색이었고 해가 질 무렵에는 어두운 회색으로 보이기도 했다. 가끔 턱 수술 부작용이 생긴 환자처럼 발음이 약간씩 뭉개지는 경우도 발생했다.

"나한테 뭐 속인 거 없어?"

"전혀! 내가 말한 게 전부야. 앞으로 벌어질 일이, 어떻게 되든 나는 거짓말을 한 건 아니지."

"우리 형 알지? 일할 때 봤지?"

"똑똑한 애였지."

"혹 우리 형한테 흰쥐를 집어넣은 건 아니겠지?"

"아니, 쥐를 집어넣지는 않았다."

순애씨는 잠시 말을 끊었다.

"솔직히 말할게. 귀 안에 뭔가가 남아 있긴 할 거야."

"이제 보니 나 하나만 망친 게 아니었군."

"흥분하지 말고 욕실 수납장 맨 아래 구석에 있는 시험관을 가져와.

모든 걸 쉽게 설명할 수 있을 테니까."

나는 순애씨가 말한 시험관을 수납장 안에서 꺼냈다. 다른 것과 마찬가지로 그 안엔 수용액에 잠긴 꿈을 갉는 쥐가 들어 있었다. 다만 용수철처럼 꼬여 있어야 하는 꼬리 부분이 뭉툭했다.

"뭔가 이상하지 않아?"

"많이."

"그 쥐가 네 귀에 집어넣었던 쥐야. 그후 얼마 안 가서 죽었지만 포르말린에 담가뒀어. 그런데 그 쥐의 꼬리가 네 형 귓속에 박혀 있어. 그게 문제를 일으킨 거고."

"우리 형한테 집어넣었어?"

"아니, 네 형이 스스로 했지."

14. 각자의 불길한 기억

네 살 무렵의 나. 걸음걸이도 별로 빠르지 않고 알고 있는 세상도 넓지 않은 한 꼬마가 있었다. 나는 따뜻한 물이 찰랑대는 고무대야 안에 들어가 팔을 휘적대며 깔깔깔 웃는다. 플라스틱 앉은뱅이 의자에 앉은 순애씨는 평소와 다르게 입술을 굳게 다물고 무언가 준비를 했다. 욕실의 좁은 창문으로 오후 세시의 햇빛이 들어오는 시간. 집에 남아 있는 사람이라곤 나와 수상한 식모 단둘뿐이었다.

순애씨는 숨겨두었던 꿈을 갉는 쥐를 꺼낸다. 쥐오줌똥풀에 전 쥐, 꿈과 현실을 혼동해서 몸을 비트는 동물이 꿈틀댄다. 네 살의 나는 새끼손가락만한 크기의 그 동물, 낯선 동물을 보고 기겁해서 울음을 터뜨린다.

"그만 해, 뚝 그쳐! 자, 쥐가 움직이는 소리를 들어봐. 쥐가 네 발로 뛰어다니며 꿈을 매달고 움직인다. 쥐가 온다, 꿈을 갉는 쥐가 온다, 아가야."

순애씨는 나를 달래고, 협박하고, 어른다. 이내 용수철 모양의 꼬리를 가진 쥐가 내 귓속으로 꿈틀대며 들어간다.

"누나, 지금 뭐 해?"

무슨 일인지 학교에서 일찍 돌아온 형은 울음소리를 듣고 재빨리 욕실 문을 열었다.

"보면 몰라. 애 목욕시키잖아. 찬바람 쐬면 감기 걸리니까 빨리 문 좀 닫아."

"웃기시네. 다 봤어. 경호 귓구멍으로 꼬물꼬물 벌레 집어넣었잖아."

거짓말로 둘러대려 해봤지만 빼도 박도 못 할 상황이었다. 이미 내면의 확장이 시작된 나는 태엽 풀린 북 치는 토끼인형처럼 대야 안에서 사지를 바들바들 떨고 있었다. 따뜻한 물은 순애씨의 옷섶에 잠시 얼룩을 만들었다 사라졌다.

"딱히 방법이 없었어. 똘망똘망한 눈앞에서 도저히 못 속이겠더라. 별수 있니, 여덟 살짜리 재판관 앞에서 고백해야지. 그래도 변변찮은 어른들보다 애들이 나을 때가 있는 법이니까."

순애씨의 목소리는 단단했다.

"아니, 그래서 형은 그 말을 이해했다는 거야? 내 귀에 쥐가 들어가서 꼬물거린다는 걸?"

"전체를 다 이해하지는 못했겠지. 하지만 이미 쥐를 집어넣었으니 어쩔 수 없다는 사실은 알았겠지. 또 쥐가 박아넣은 꼬리가 너를 유린해 이탈된 행동을 벌일지도 모른다는 사실도."

유아의 외이도는 부드럽고 연하다. 꿈을 갉는 쥐는 본능적으로 용수철 모양의 꼬리에 부담감을 지녔다. 따라서 귀로 들어가자마자 꿈에 취해 꼬리를 외이도에 박고는 이빨로 갉아 끊는다. 성인의 경우는 이미 살이 두꺼워져서 그런 행동을 해봤자 큰 피해는 입지 않는다.

문제는 유아의 외이도에 박힌 꿈을 갉는 쥐의 꼬리는 아이의 성장에 악영향을 미친다는 데 있다. 물론 꼬리는 약간의 염증을 남기고 그 안에서 썩어서 없어진다. 하지만 쥐의 꼬리에 묻어 있는 몽상의 편린 호르몬이 유아의 정서불안을 유도한다. 이것은 집중력을 흐트러뜨리고 지나친 짜증을 불러오기도 한다. 혹은 순환계에 자극을 줘 야뇨증이 생기게 하기도 한다. 그 외에도 밝혀지지 않은 부작용이 있을 거라고 순애씨는 담담하게 말했다.

형은 순애씨로부터 모든 이야기를 듣고는 부탁이니 꼬리만은 제발 빼달라고 부탁했다. 사실, 순애씨의 목적은 차후에 나를 써먹기 위해서였으므로 꼬리는 불필요한 부분에 불과했다.

문제는 어떤 수상한 식모도 아이의 귀에 박혀 있는 쥐의 꼬리를 뽑은 사람은 없다는 거였다. 하지만 순애씨는 울먹이는 꼬마의 부탁 때문에 어쩔 수 없이 지금껏 어떤 수상한 식모에게도 전수받은 적이 없는 꼬리 뽑기를 해야 했다.

"시간이 없었어. 집안 식구들이 들이닥치기 전에 끝내야 했으니까. 솜을 댄 성냥을 이용해서 꼬리를 바깥쪽으로 뽑아냈지. 아마, 한 시간은 걸렸을걸?"

형은 옆에서 손전등을 들고 계속 내 귓속을 비쳐주었다. 하지만 일은 생각보다 쉽지 않았다. 꼬리는 미끈거렸고 나는 황홀한 꿈의 세계에 빠져 연신 버둥거렸다. 순애씨의 이 사이에서는 자연스럽게 쌍소리가 연발탄처럼 비어져나왔다. 어쨌든 꼬리를 뽑긴 뽑았다고 했다.

"문제는 다음이었어. 손등으로 땀을 닦느라 별 생각 없이 쥐꼬리를 넘겨준 게 실수였어."

형은 대뜸 자기 귓속에 쥐꼬리를 넣고 박아버렸다. 그리고 통증으로 얼굴을 잔뜩 찌푸리면서도 순애씨를 협박했다.

"그 조그만 얼굴로 내 양심에 자물쇠를 채운 거지. 두 아이에게 다 상처를 만들었으니, 그냥 내빼고 도망치면 내가 나쁜 년이라 이 말이지."

"그럼, 아직도 형 귓속에 남아 있단 말이야?"

"나는 설마했는데. 네 이야기를 들으니 그럴 가능성이 높은 것 같다."

"그럼, 지금이라도 병원에 데려가야 되는 거 아냐?"

"아니야, 꼬리는 이미 고름이나 염증으로 바뀌어서 흔적도 없이 사라졌을 거야. 문제는 신경계에 미치는 영향이 얼마나 오래갈 거냐는 거지."

"……"

"이제, 어깨에 힘 좀 빼지? 얼굴 시뻘게서 보기 버겁네."

"아니, 지금 그걸 말이라고 해?"

수상한 식모들의 보복 이야기를 흥겹게 기록하던 나였다. 그렇더라도 나를 제외한 다른 가족까지 피해를 당했다고 생각하자 불끈 화가 났다. 이건 문제가 좀 달랐다. 아무리 개밥처럼 보이는 가족이라도 타인이 마음대로 간섭할 수는 없는 거였다.

"미안! 우리들에게 보복은 훈련되어진 생리야."

"그게 다야?"

"하지만 쩨쩨한 보복을 하는 사람들보단 나은 인생을 살았다고 자부해."

"집단적 광기야. 이기적 족속들이고. 타인들에게 피해만 주고."

"세상 사람들은 다 누군가에게는 피해를 주고 살아. 우리가 살아 있다는 것 자체가 지구한테는 심각한 피해를 안겨주지. 아니, 어차피 우리는 서로 타인들의 정신적인 살점을 뜯어먹으면서 사는 거 아니겠어?"

"당신처럼?"

"나는 최소한 누구를 뜯어먹는지는 알아."

"……"

"내가 밉지? 그러면 빨리 이 일을 끝내시라고. 그럼 난 곧장 죽을 테니까."

"됐어, 내일부턴 형이나 찾아서 집으로 데려갈 거야."

"그런다고 해결되는 건 아니야. 어차피 회복되는 방법도 모르잖아? 넌 더더욱 우리의 일상을 기록해야 해. 내가 사라져야 너희 형이 돌아올 것 같으니까."

"뭐?"

"호르몬의 효력은 내 알 바 아니야. 하지만 한 가지 확실한 건 말이야, 내가 수상한 식모의 역사를 모두 전송시키면, 그리고 내가 죽고 호랑아낙부터 이어진 수상한 식모들이 모두 멸종한다면 말이야, 자연히 우리가 행했던 보복도 흔적 없이 사라지게 되는 거라고 나는 생각해."

나는 아무 대답도 하지 못하고 순애씨의 얼굴을 외면했다.

"확실히 알아둬야 해. 우리는 거래를 했다구. 이 일은 결국 네가 선택한 거야. 예언의 소스를 뿌려 맛을 돋우긴 했지만 운명 따위의 따분한 이야기가 아니라 생고기 같은 현실이지."

천장에 매달린 시계. 식칼은 여전히 느린 속도로 작은 원을 그리며 회전하고 있었다. 시계가 설명하는 시간관념이 대략 이해가 갈 듯도 했다. 그것은 끝이 보이지 않는 넓은 정원사의 시간이었다. 이 세상에는 분명 누군가의 죽음으로 얻는 반사이익, 누군가의 목을 제물 삼아 이루어지는 안락함이 존재해왔다. 그것은 외나무다리의 시간이었고, 좁은 만큼 살 떨리게 긴장되었으며, 앞을 가로막는 이는 누구나 걷어차야 했다. 반면 내가 겪고 있는 이 정원사의 시간은 자기를 물어뜯으며 살아가는 시간이었다. 어떤 주먹질도 하지 않고 묵묵히 걸어간다. 그러나 아무리 잔디를 깎아도 끝이 보이지 않는 넓은 정원처럼 아무리 먹어치워도 자기는 다시 살아난다. 그리고 해답은 알 수가 없다.

나의 아르바이트는 결국 중단되지 않았다. 하지만 나와 순애씨 사이는 예전만큼 살갑지는 않았다. 나는 한마디 대화도 없이 쥐를 받아들이고, 집으로 돌아와 수상한 식모들의 이야기를 만들어나갔다. 머리만 남아 있는 순애씨도 멀어진 관계를 회복하려 애쓰지는 않았다.

"세상에, 기가 막혀. 저 뻔뻔한 낯짝."

지하방으로 들어오는 구두 소리만 듣고는 인력센터 소장이겠거니 생각했다. 그런데 그 발자국의 주인공은 엄마였다.

엄마는 들어오자마자 날 쳐다보지도 않고 순애씨에게 달려들었다. 곧장 멱살을 잡고 일으키려 했지만 헛수고였다.

"저 전신마비예요. 못 일어나요."

"그래, 몸뚱이에 올라타서 뺨이라도 냅다 갈겨줄까?"

"왜 그래, 엄마! 환자 앞에서."

나는 엄마를 붙잡아 멀찌감치 떼어놓았다.

"환자? 그건 내가 알 바 아니고. 아니, 도대체 왜 우리 집안에 다시 접근한 거야?"

"제가 그 집구석에 접근해서 뭘 하겠어요?"

"웃기네. 내가 너 같은 년들한테 생판 속아 넘어가는 바본 줄 아나본데. 그렇게 만만한 년으로 보면 안 돼."

"엄마, 그럼 엄마도……?"

"아니, 내가 바로 직전에 우리집에 숨어들어온 그년을 쫓아냈다고. 내가 너네들 속셈을 모를 줄 알아?"

"맞아요, 제가 수상한 식모랍니다."

"그래, 내 그럴 줄 알았어."

"대단하세요. 어떻게 아셨어요?"

순애씨는 오히려 이 상황이 즐거운지 입가에 미소까지 띠었다. 안절부절못하는 건 오히려 엄마였다.

"궁금해? 오줌으로 화상 씻었던 거 기억해? 예전에 우리집에 있던 수상한 년이 하는 짓을 고스란히 따라 하더라고."

우리집? 우리집에 식모라고 해봤자 순애씨와 마이클 잭슨 머리 할머니가 전부였다.

나는 그제야 꿈을 갉는 쥐가 물어다주었던 풍경을 재구성할 수 있었다. 칼을 든 꼬마는 엄마가 분명했다. 엄마가 칼을 들고 오르던 계단, 그 옆에 걸려 있던 명화들의 모사화도 생생해졌다. 벽난로와 이층으로 오르는 계단, 흔들의자. 그래 흔들의자도 풍경의 일부였다. 나는 흔들 거리는 의자에 누군가를 앉혀보려고 노력했다.

카디건을 걸치고 베레모를 쓴 중년의 사내가 의자의 주인이었다. 흑백사진 한 장과 꿈을 얽는 쥐가 전달한 풍경들이 겹쳐졌다. 할아버지 집에 있는 낡은 앨범에서 구경했던 옛 집의 풍경이 그 위에 다시 얹혀졌다.

"한 번만 더 우리 식구들이랑 얽이면 그땐 끝인 줄 알아. 아들아, 가자!"

엄마가 내 손목을 잡아끌며 말했다. 하지만 몸무게 세자릿수가 넘는 나를 끌고 간다는 게 어디 쉬운 일이겠나?

"안 가. 아직 할 일 남았어."

나는 거대한 와불처럼 방바닥에 엎드렸다.

"나도 안다. 네가 수상한 식모 운운할 때 뭔가 수상하더라. 어쨌든 내가 컴퓨터 열고 아빠 시켜서 다 지우라고 시켰다."

"네?"

나는 고개를 돌려 순애씨를 쳐다보았다. 여전히 담담한 얼굴이었다.

"안 가요. 여기 일 끝마치기 전엔 안 갈 겁니다."

"그래, 그럼 맘대로 해. 대신 집에 들어올 생각일랑 아예 말아라."

엄마는 휙 뒤돌아서 방 밖으로 나갔다.

"어쩌려고?"

순애씨가 물었다.

"오늘은 좀 쉬자. 아직 저 뾰족한 시계가 떨어질 것 같진 않은데, 뭐."

그날부터 나는 순애씨의 집에 들어앉게 되었다. 때마침 여름방학이 시작되어 학교에 갈 일도 없어졌다. 인력센터 소장이 낡은 노트북을 가져다주어서 작업에 속도가 붙었다. 예전 자료들은 노트에 일차적으로 정리를 해놓아서 다시 작성하는 데 별 무리는 없었다.

내가 머무는 시간이 길어지면서 지하방에 조금씩 내 흔적들이 남기 시작했다. 욕실부터 먼저 티가 났다. 수챗구멍에는 짧은 돼지털 같은 머리카락이 쌓여갔고, 타일에는 얼룩이 생겼으며, 수건에서는 묵은 고기 냄새가 났다. 그 흔적들은 서서히 방까지 기어들어왔다.

순애씨 역시 이런 변화를 눈치챘지만 불쾌하게 여기거나 하지는 않았다.

"내가 몰랐던 걸 최근에 깨닫고 있어."

수상한 식모의 일상사 중 중요한 부분을 정리하던 날 순애씨가 말했다.

"몸이 돌로 변하면서 사람의 체취까지 몽땅 사라졌지. 네가 여기 살게 되면서 뒤늦게 사람에게서 냄새가 난다는 걸 깨달았어."

"내가 몸집이 이래서 좀 땀이 많아요."

"그런 의미가 아냐. 통증이 사라진 지 오래, 움직이지 않은 지도 오래지만 정신이 말짱하다보니 내가 보통 사람이 되어 있는 듯한 착각에 종종 빠졌거든."

"아, 그러고 보니 깜빡했군요. 머리부터 가슴까지 몽땅 돌이시죠. 단단한 갑옷을 입은 귀부인이셨군요."

"그래, 내 평생 이렇게 팔자 좋게 누워본 건 첨이라니까. 그런데 좀 겁이 난다. 머리까지 돌이 되고 나면 어떻게 될까? 숨도 못 쉬고, 말도 못 하고, 뇌가 돌이 되고…… 그럼 결국 그건 뇌사일까?"

"또 알아, 산소호흡기를 쓰면……"

"그런데 말이야, 그래서 말인데……"

나는 다시 타이핑을 시작했다. 이제 처음으로 정리가 끝난 수상한 식모 이야기를 쓸 차례였다. 호랑아낙과 수상한 식모들 사이의 중간자 역할을 했던 김염옥의 전기였다.

"응, 말해."

"최소한 내 머리에라도 피가 돌 때 세상을 뜨는 게 좋지 않을까? 그게, 내 마지막 바람인데, 들어줄래?"

장마가 시작되기 전날이었다. 나는 반지하방의 욕실에서 샤워를 하다 놀라고 말았다. 겨드랑이에 거뭇거뭇하게 털이 돋아났다. 남들이 중학교 때 경험하는 현상이 대학에 입학한 이후에야 발생한 거였다. 나는 손으로 숱이 적은 구불구불한 털을 움켜쥐었다가 다시 놓았다.

15. 소금아이

1938년 늦은 밤, 염전에 한 갓난아기가 버려졌다. 여린 살갗은 짠물에 절어 금세 쪼글쪼글해졌다. 새벽에 자지러지는 울음을 들은 여인 둘이 염전에 왔다가는 아이를 등에 업고 달래 데리고 갔다. 총총 떠 있는 새벽별 빛에 염전은 환하기만 했다. 검은 한복 차림의 여인들이 걸을 때마다 치맛자락 아래로 흰 고무신이 드러났다. 여인들은 야산 자락의 오두막으로 아이를 데려가 쌀뜨물로 염분에 전 몸을 씻겼다. 다음날 점심 무렵이 되자 아이는 다시 뽀송뽀송한 살갗으로 되돌아왔다. 오두막지기 여인은 아이를 업고 떠나는 여인을 배웅하며, 등에 업힌 여자아이의 이름을 지어주었다.

"소금밭에서 얻었으니, 염옥이 어때? 소금구슬."

김염옥. 마지막 호랑아낙이 키운 수상한 식모였다.

수상한 식모들이 이끌어온 역사의 물꼬를 트려면 반드시 김염옥을 언급해야만 한다. 김염옥은 호랑아낙과 수상한 식모들 사이에 건널 수 없는 강을 연결하는 다리였다. 그러나 이미 다리의 발판은 습기로 인해 썩어 문드러졌고, 아무도 발을 디딜 수 없는 지경에 이르게 되었다.

김염옥은 또래의 뻔뻔한 수상한 식모들처럼 호랑아낙의 기억을 노리 개처럼 가지고 놀지 못했다. 아마도 열댓 살 무렵에 재주를 전수받은 다른 이들과 달리 수양딸처럼 호랑아낙에게 길러졌기 때문인지도 몰랐다.

생쌀을 씹어 잘게 부숴 끓인 암죽으로 김염옥을 기른 호랑아낙 최씨는 무(巫)의 재능을 이어받은 여인이었다. 한국 무속화를 보면 호랑이는 늘 사이드로 등장한다. 흰 수염을 기른 신선이나, 송승헌 눈썹의 최영 장군, 도교의 상징으로 자주 쓰이는 흰 구름을 타고 내려왔을 삼신 등이 메인을 차지한다. 대개 무속인들은 이 메인을 차지하는 거대한 인물들을 몸주로 받아들인다. 여기서 일반 무속인과 신기가 있는 호랑아낙의 차이가 드러나게 된다. 무속화 속에선 소품에 불과한 호랑이를 몸주로 받드는 사람들이 있다는 이야기다.

그렇다고 신기 있는 호랑아낙들이 호랑이 울음을 흉내내거나 하는 기이한 짓을 하지는 않았다. 몸주가 들어오면 돼지나 닭의 날고기를 찾았다는 소문이 있긴 했지만 확인된 건 아니었다. 그저 이들은 호랑이 특유의 감각으로 앞날을 예언할 뿐이었다. 이들의 예언은 장황한 부연 설명 없이 단 한 줄이었다. 곧 죽네, 미리 수의나 마련해놔. 호랑이들이 죽은 짐승과 산 짐승의 냄새를 기가 막히게 구분하는 것처럼 이들의 점 괘는 주로 죽고 사는, 혹은 망하거나 흥하는 문제에 속해 있었다. 명성

황후가 시해되기 전날, 호랑아낙 여럿이 모두 한양으로 몰려와 궁궐 앞에서 통곡을 했다는 이야기가 전해지기도 한다. 군졸들이 창을 디밀어 호랑아낙들을 몰아내고 궁녀들이 그 자리에 소금을 한 바가지 뿌렸다.

비단 사람의 목숨이 오가는 냄새만 기막히게 맡는 건 아니었다. 한일합방이 이뤄지기 며칠 전부터 정신이 반쯤 나간 호랑아낙 몇몇은 가슴을 그러쥐고 경복궁 주위를 기어다니며 통곡하였다. 최씨의 양어머니가 그중 한 사람이었다.

하지만 뛰어난 예지력을 지녔음에도 신기가 있는 호랑아낙들은 그다지 인정을 받지는 못했다. 오히려 동종업종의 무속인들이나 다른 재주를 지닌 호랑아낙들 모두에게 무시당하는 경우가 많았다. 무속인들의 입장에서 신기 있는 호랑아낙은 무가도 안 외우고 굿도 못 하는 사이비에 지나지 않았다. 그들 입장에선 이단인 셈이었다. 그리고 어차피 모든 호랑아낙들은 '홍' 과는 거리가 먼 부류들이기도 했다. 일반적인 호랑아낙들의 입장도 별반 다르지 않았다. 조선시대 여러 계급의 사람들이 단골네들을 무시해왔던 인습을 그대로 받아들였다.

호랑아낙 최씨는 염옥을 얻었던 그날부터 이 아이 역시 같은 길을 가게 되리라는 걸 알았다. 다른 재주들은 익혀야 했지만 신기는 타고나는 것이었다. 호랑이를 몸주로 모시는 몸이라고 해서 다르지는 않았다. 어미의 자궁 안에 있을 때부터 이미 반쯤은 호랑이에 물린 아이, 그 아이는 낳아준 부모와는 인연이 없는 몸이었다. 어미가 출산 후에 기력을 잃어 죽거나, 아니면 원치 않는 아이로 한길에 버려지는 일이 태반이었다. 그리고 그 호랑이에 물린 자국을 인연으로 새 어미를 만나게 됐다.

염옥은 여섯 살 때부터 호랑이 꿈을 꾸기 시작했다. 이미 예상했던 일이었으므로 호랑이가 꿈에 등장한 사건 자체는 별다를 게 없었다. 다만 그 등장이 다른 신기 있는 호랑아낙들과는 전혀 스타일이 달랐다. 최씨의 경우는 염옥의 나이 때 불호랑이가 자주 꿈에 등장했다. 커다란 횃불처럼 이글이글 타고 있는 호랑이가 최씨에게 다가왔다. 최씨는 종종 호랑이의 콧김이 목덜미에 닿을 때의 진저리쳐지는 기분에 대해 염옥에게 떠들어대곤 했다. 평생을 비구니처럼 수절했던 최씨에게 호랑이 콧김은 유일한 성적 엑스터시였는지도 몰랐다.

이토록 정열적이었던 최씨의 신몽에 비해 염옥의 것은 스산하기 그지없었다. 우선 염옥은 산골이 아니라 대로변을 걸었다. 그 길이란 모양새가 대개 어둡고, 음산하고, 때로는 곡하는 소리가 희미하게 들리기도 했다. 염옥은 그 길을 따라 걷다가 호랑이의 가죽을 보게 된다. 염옥은 그 물건을 주울까 말까 고민하다 그냥 지나친다. 몇 걸음 더 가자 좀더 작은 호랑이의 가죽이 있다. 염옥은 품에 품었던 물병을 꺼내 그 가죽에 들이붓는다. 호랑이 가죽에 점점 살이 붙는데, 나중에 보니 몸뚱이는 여우로 변해간다. 이내 여우는 캉캉, 울음을 울며 염옥의 주위를 맴돌다가 멀리 사라진다. 그리고 다시 어떤 동물인지조차 알 수 없는 시커먼 가죽과 마주하게 된다.

염옥은 자기 신몽에 관해 심각하게 말했다. 최씨는 그 말을 귀담아듣지 않았다. 며칠 동안이나 밥도 제대로 들지 못하고 서울 방향으로 고개만 모로 돌렸다. 이마와 콧잔등에는 굵은 주름이 화상 자국마냥 자리잡을 정도였다.

"이제, 죽었구만."

"누가 죽어요, 어머니?"

"여기 조선 땅에 한번 더 피고름이 흐를 것 같다."

그해 여름에 일본군이 떠나고 한반도는 해방되었다. 그날 최씨는 표정이 밝지 않았다. 오히려 사방에 단풍이 들 때까지 방에 틀어박혀 더운 여름에도 솜이불을 덮고 부들부들 떨었다.

"곧 피가 비처럼 주룩주룩 내릴 텐데 뭐가 좋아서 저러고들 있데."

사람들이 한창 들떠 다들 뭔가를 새로 시작해보려 하던 때였다. 염옥도 그해에 입문 의식을 치렀다. 그녀는 더이상 소금아이가 아니라 호랑아낙이었다. 하지만 신기 있는 호랑아낙은 손금에 호박씨 모양의 문양을 식칼로 새기지 않았다. 대신 다른 표식을 몸에 만들었다. 양 팔뚝에 세 개씩 호랑이 줄무늬를 새겨넣었다. 그 과정은 고통스러웠다. 불에 달군 바늘로 상처를 만들고 거기에 검은 염료로 색을 넣었다.

호랑이 줄무늬를 얻게 되었다고 바로 몸주가 들어오는 건 아니었다. 호랑이 신을 받기 위해서는 더욱 길고 긴 수행과정이 남아 있었다.

첫 수행은 흔히 황천잔치라고 불렀다. 긴 여름을 방 안에 틀어박혀 있던 최씨가 정말 오랜만에 마을로 내려간 것도 이 잔치 음식을 준비해야 했기 때문이었다. 닭, 돼지, 소의 내장 등이 필요했다.

"흉흉하네."

최씨가 한 짐 가득 생고기를 짊어지고 오두막으로 돌아오며 한 말이었다.

"뭐가요, 어머니?"

"왜 이렇게 더운가 했더니 마을 위에 해가 두 개나 떴어."

"에이, 어머니도. 저 놀리려고 그러는 거죠? 어떻게 해가 둘이 되어요."

"너는 저 해를 제대로 쳐다본 적이 있느냐? 아직 눈이 부셔서 보지를 못하지. 하지만 범신이 들어온 우리 호랑아낙들은 똑바로 본다. 해가 둘일 때도, 셋일 때도 많았다. 하지만 사람들은 그저 날이 덥다고만 여길 뿐 해 둘이 머리카락이 서로 엉켜 있는 계집애들 꼴로 있는 걸 모르는 거야.”

최씨는 목이 말랐는지 염옥이 계곡에서 길어온 물을 벌컥벌컥 들이켰다.

“그러니 사람들이 어쩌지를 못하고 다들 인심이 흉흉해져선…… 얘, 자꾸 긁지 말아라. 덧난다.”

염옥의 호랑이 줄무늬에선 이상하게 자꾸 고름이 흘렀다. 그 고름은 첫 입문식을 끝낸 후에도, 염옥이 수상한 식모들의 회장이 된 후에도 멈추지 않았다. 어떤 강력한 항생제도 그 누런 고름을 멈추게 하지 못했다.

최씨는 양딸의 수행을 위해 열심히 고기를 삶았다. 원래는 날고기를 먹어야 했지만 식중독으로 죽는 이들이 많아 삶는 것으로 대체되었다. 물론 고기의 핏물은 빼지 않았고, 양념은 어느 것도 넣어서는 안 되었다.

고기라곤 명절 때나 되어야 조금 구경하던 염옥은 어린 나이에 눈이 뒤집히고 말았다. 상다리 위에 차려진 닭고기, 돼지고기, 소고기 수육을. 염옥은 끝없이 짐승의 고기를 탐했다. 뼈만 남을 때까지 모든 음식을 다 먹어치워야 하는 게 규칙이었다. 고기를 남긴 아이는 몸주를 받지 못하고 수양어머니로부터도 쫓겨나게 됐다. 그런 아이들은 길거리에서 걸식이나 하다가 까마귀밥이 되기 일쑤였다.

식도 바로 아래까지 짐승의 고기로 가득 찬 염옥이 꺽꺽 가쁜 숨을 내쉬며 뒤로 나자빠졌다. 최씨는 염옥을 업고 계곡으로 간다. 그곳에 있는 평평한 바위 위에 아이를 눕혀놓고 노끈으로 칭칭 동여맨다. 그리고 이레를 그대로 두었다. 움직이지 못하도록, 혹 약간의 이슬로도 입술을 축이지도 못하도록.

이 입문식은 예전에는 모든 호랑아낙들이 치렀을 것으로 여겨진다. 본질적으로 호랑아낙들은 강한 자매를 원했다. 하지만 세월이 지나면서 형식은 간소화됐다. 이제 평범한 호랑아낙들은 첫날 고기로 포식을 하고 바로 자기만 하면 됐다. 물론 이 경우에도 하룻밤은 물 마시는 게 금지된다. 어쨌든 호랑이를 몸주로 여기는 신기 있는 호랑아낙들만이 이 전통을 고집스레 고수했다.

염옥에게 이 입문식은 혹독한 기억으로 따라다녔다. 식후의 포만감은 잊혀진 지 오래였다. 바위에 묶인 지 채 한 시간도 지나지 않아 짐승들의 독기가 몸을 괴롭게 만들었다. 악취 나는 트림과 가스가 입과 항문에서 뿜어져나왔다. 발가락과 등짝 등 온몸이 근질근질했다. 이틀이 지나자 설사가 시작되었다(묶여 있으니, 닦으려야 닦을 수도 없었을 거다). 그리고는 탈수증상으로 갈증이 엄습했다. 피가 마른다는 공포를 염옥은 그 입문식에서 경험한다. 이어 온몸이 찢겨져나가는 고통이 이어진다. 그때, 염옥은 몸 속의 짐승들이 차례로 빠져나가는 모습을 본다. 닭, 돼지, 소, 그리고 마지막으로 염옥 자신. 그후에는 시체들처럼 넋을 놓고 하루하루를 지내게 된다. 현 세계에서는 눈에 보이지 않았던 호랑이가 찾아와 껍데기만 남은 육신 안으로 기어들어올 때까지.

염옥은 칠 일째 되던 마지막 날 접신을 경험했다. 집채만한 짐승 하나가 자기 몸으로 들어와 땀구멍 하나하나마다 고스란히 파고들었다. 눈은 산짐승처럼 맑아지고, 입 안에는 맑은 침이 감돌았다.

이레가 지난 후, 바위 위에 묶여 있던 염옥을 풀어준 사람은 최씨가 아니었다. 턱이 사각으로 각진 남씨라는 여인이었다. 염옥은 남씨를 기억하지 못했지만 남씨는 염옥의 얼굴을 또렷하게 기억했다.

"내가 네 이름을 지어준 사람이란다."

남씨는 최씨가 보낸 전보를 받고 이곳으로 왔다고 했다. 남씨는 염옥을 데리고 염전이 있는 마을로 떠났다.

한편 최씨는 염옥이 호랑이를 만나는 사이 방 안에서 목을 매어 죽었다. 유서는 발견되지 않았다. 다만 남씨의 말에 의하면 그 눈에 모든 죽음의 이유가 드러나 있었다고 했다. 눈동자는 평소보다 몇 배가량 커져 있었다. 감당할 수 없을 만큼 두려운 앞날을 보게 되었다는 증거라고 했다.

남씨는 혼자서 한약방을 이끌어가며 환약을 만들어 마을 사람들에게 팔아 끼니를 이어갔다. 물론 염옥은 그런 재주를 배우지는 않았다. 신기 있는 호랑아낙은 다른 어떤 재주도 배워서는 안 되었다. 만일 그랬다간 다른 재주를 가르쳐준 호랑아낙에게까지 부정이 탄다고들 했다.

한편 가끔 남씨를 찾아오는 지씨라는 젊은 여자가 있었다. 임시정부 인사의 집에서 식모살이를 한다는 지씨는 남씨와 달리 화려한 색감의 옷을 즐겨 입었다. 염옥은 무뚝뚝한 남씨보다 웃음도 많고 간식거리도 자주 사오는 지씨를 기실 더 좋아했다.

"내가 보기엔 어쩔 수가 없어요. 다들 호랑아낙 하면 겁부터 지레 먹었지만 이젠 그런 이름이 있는지조차 모른답니다. 우리는 그냥 특별한 재주를 지닌 억센 여인네들에 지나지 않은걸요. 이제 다른 방도를 찾는 수밖에 없어요. 혹, 수상한 식모들이라고 들어보셨어요?"

"수상한 식모들? 호랑아낙들 중에 식모들의 숫자가 원체 많은 게 뭐 어제 오늘 일인가?"

"선생님도 참, 그런 게 아니라니깐요. 이제 호랑아낙은 끝났어요. 세상을 몽땅 바꾸려던 그 여인들의 목소리에 감동하는 이들은 아무도 없어요. 호랑아낙끼리의 비밀스런 친밀한 관계도 사라질 거예요."

"……"

"이렇게 사라질 바엔 목적을 바꾸는 게 나아요. 차라리 손에 식칼을 쥐어주는 거죠."

"그게, 무슨 말인가?"

"순수한 보복이 우리의 목적이에요. 선생님, 실은 저도 호랑아낙의 이름을 버렸어요. 다른 몇몇의 호랑아낙들처럼 수상한 식모가 됐습니다."

남씨는 지씨를 나무라고는 쫓아보냈다. 그날, 지씨는 툇마루에 앉아 한참을 훌쩍였다. 하지만 떠나기 전에 염옥을 따로 불렀다.

"나중에 혹 무슨 일이 닥치거든 날 찾아와. 네가 비록 신기 있는 호랑아낙이라고는 하나, 수상한 식모가 되지 말란 법은 없다. 어차피 우리에게도 호랑아낙의 환상은 여전히 요긴한 것이니 말이야."

한국전쟁이 발발하고 염옥은 남씨와 함께 남으로 피난을 떠났다. 천안까지 피난 갔다가, 다시 서울 수복이 되어 서울로 올라왔다. 염옥은 그제야 왜 최씨가 목을 매었는지 이해가 갔다. 최씨는 이미 오 년이나 앞서 이 전쟁의 참상을 혼자 목격했던 것이다. 포탄에 맞아 팔다리가 잘린 시체들, 굶어 죽어 쇄골이 상접한 고아들. 그러나 막상 눈앞에서 전쟁을 목격하게 된 염옥은 무덤덤하기만 했다. 그 사이를 걸으면서도 열두 살 계집애는 눈물 한 번 흘리지 않았다. 그저 멍한 상태에 접어들었다. 가끔 귓전에 비행기 날아가는 굉음을 듣고서야 정신이 반짝 들어 어깨를 부르르 떨 뿐이었다.

여차저차 서울로 올라왔지만, 염옥과 남씨가 함께 살던 집 안 꼴은 말이 아니었다. 건물이 반쯤은 날아가버렸고 약재는 대부분 약탈되어 남아 있지 않았다. 남씨는 약초를 구하러 종종 화약 냄새가 가시지 않은 산을 올랐다. 군화에 짓밟히고 불길에 휩싸였지만 그래도 약초들은 생명력이 강했다. 그렇게 일 년여나 지났을까? 어느 날 남씨가 다리 하나가 잘린 채로 집으로 돌아온다. 약초를 캐던 중 그만 불발탄이 폭발해버린 것이었다.

이제 남씨는 어쩔 수 없이 염옥에게 약 만드는 비법을 전수하게 된다. 신기 있는 호랑아낙에게 다른 재주를 가르쳐서는 안 된다는 오랜 법도를 스스로 어긴 꼴이 된 것이다. 염옥은 어린 나이에 산에 다니며 약초를 구해 직접 환약을 만들기 시작했다. 염옥이 잘 해나가는 모습이 남씨에게는 오히려 고깝게 보이곤 했다. 게다가 다리의 상처는 너무 깊어서 아무리 약초를 발라도 차도가 없었다. 온갖 짜증이 밀려왔고 고스란히 그것을 되들러빋는 긴 염옥이었다.

"이게 어딜 봐서 지혈제로 쓰이는 꼭두서니니? 이건 그냥 잡풀이야. 둘이 닮긴 했지만 전혀 다르지 않느냐. 도대체가 말귈이라곤 요만큼도 못 알아먹는 년이구나. 도대체가 제대로 할 줄 아는 일이 없어. 그러고도 네가 호랑이의 피를 받았다고 하겠느냐?"

"죄송해요."

"그래, 죄송할 만하지. 신 호랑이들은 신 호랑이끼리 뒤엉켜 살게 내비둬야 하는데 내가 괜히 끼어들어서 이런 꼴을 당하는구나. 내가 벌을 받은 게야. 부정탔어. 기구하구나, 내 팔자 기구하다."

"죄송해요."

남씨의 신경질은 날이 갈수록 더해갔고 염옥은 그저 고개만 숙이고 어깨를 부들부들 떨기만 했다.

"어머니, 죄송해요. 하지만 딱 한 말씀만 올릴게요. 어머니는 단풍이 물들기 전에 온몸이 검붉게 썩어 문드러질 거예요."

그게 염옥의 첫번째 예언이었다. 그 예언은 남씨의 분노에 불을 지폈다. 염옥은 배은망덕한 년 소리를 들으며 그 집에서 쫓겨났다.

염옥은 남씨에게 버림받은 후 혈혈단신 외톨이 신세가 되었다. 가진 재주라곤 기껏해야 약초 몇 개를 아는 거였지만 누가 꼬마애가 파는 약을 사줄 텐가? 염옥은 부끄럽지만 먹고살기 위해 찌그러진 양철통 하나를 구해 구걸을 나섰다.

"찬밥 쉰밥 전부 받습니다. 도와주세요."

잠 잘 곳도 마땅치 않아 부서진 빈집이 있으면 들어가 잠을 청했다. 가끔은 험상궂은 사내들이 그녀를 겁탈하려 달려들기도 했다.

그런 와중에 염옥은 장거리에서 국수를 만들어 파는 식당을 어슬렁대다 낯익은 얼굴을 발견하게 되었다. 지씨였다. 지씨는 때에 전 염옥의 몰골을 보고는 그만 한달음에 달려와 앞치마로 얼굴을 닦아주었다.

"에그 에그, 어째 이리 상거지꼴이 됐니?"

지씨는 서울 현저동 달동네의 판자촌에 혼자 기거하고 있었다.

염옥의 사연을 듣고 지씨는 혀를 끌끌 찼다.

"너나 나나 토사구팽이구나. 전쟁 터지니까 주인집 사람들 나만 홀랑 버리고 다들 피난 가느라 바쁘지 뭐겠니. 원, 그 꼴을 보니 더 부아가 치밀더구나. 그래, 내가 진즉에 지들을 한 식구로 여기지 않은 게 다행이다 싶지 뭐겠니."

지씨는 짬짬이 수상한 식모들을 만들어냈다. 주로 전쟁 고아가 된 제법 머리가 큰 여자애들을 교육시켰다. 지씨는 임시정부 인사의 집에서 식모 생활을 했던 경력 덕인지 젊은 소녀들을 선동하는 입심이 제법 빼어났다.

"우리가 무슨 잘못을 했니? 우린 그저 힘없는 사람들이었다. 그런데 공산군은 공산군대로, 국군들은 국군대로 우리를 쥐잡듯 했어. 그 놀음에 너네 아버지, 어머니, 오빠가 끌려가고 죽었어. 우리가 할 수 있는 일이 뭐라고 생각해? 보복밖에는 없는 거야. 물론 군인들처럼 총칼로 죽이는 보복을 말하는 게 아냐. 그건 유치한 방법이야. 뭣 하러 그렇게 간단하게 끝내지? 저속하다고. 우린 서서히 상대방이 말라 죽을 때까지 복수의 칼을 들이밀자고."

시켜운 한국선생이 막을 내리고 유전선이 그어졌다. 불똥 해결된 문제라곤 아무것도 없었다. 모두들 흡혈귀처럼 창백해진 꼴이었다. 이제 필요한 건 자기를 채워줄 타인의 피였다. 타인의 노동력, 타인의 성, 타인의 행복, 타인의 물질. 사람들은 웃지 않는 흡혈귀처럼 자기 배를 채우기 위해 그저 서로를 유린하기 바빴다. 그 소란스러움은 멀리서 보기에 축제처럼 보였고, 삶의 후끈한 열기와도 비슷해 보였다. 이내 사람들은 서울로 우우 몰려들었다. 물론 대개는 피를 빨리고 허망해진 눈으로 서울 시내를 돌아다니게 됐다.

수상한 식모들은 허망한 열기를 믿지 않았다. 진짜 보복은 열기를 동반하지 않는다고 그녀들은 생각했다. 열기를 동반한 보복은 광기에 지나지 않았다.

"진짜 보복은 요리와 비슷한 거야."

지씨는 보복에 대해 그리 말했다.

"잘 만든 요리처럼 다양한 재료와 긴 기다림, 그리고 혀끝에 닿을 때처럼 절정이 필요하지. 아름다움이 없는 보복은 그저 야만에 지나지 않아."

지금의 입장에서 보면 지씨는 꽤 탐미주의자였던 것 같다. 그러나 대개 이론과 현실은 다른 법. 수상한 식모들의 보복이 그리 아름답지만은 않게 진행되는 경우도 많았다. 물론 지씨의 이론에 부합하는 멋진 보복을 보여준 여인들도 존재했다.

한편 염옥은 식모 생활을 직접 하지는 않았다. 평생을 혼자 산 지씨가 국수 장사 등을 하면서 염옥을 먹여 살렸다. 대신 염옥은 지나치게 현실적인 수상한 식모들의 보복에 마법을 불어넣어주는 역할을 했다.

사 년에 한 번씩 윤달의 마지막 날에 수상한 식모들이 모였다. 그 행사에 염옥은 고운 한복 차림으로 나타났다. 그러고는 호랑아낙의 전설을 조용히 읊조리곤 했다. 수상한 식모들은 호랑아낙들의 전설과 활동을 통해 자신들의 보복에 정당성을 부여했다. 자기 일에 약간의 자책감을 느끼던 몇몇 소심한 수상한 식모들은 이 행사를 기회로 자신감을 가졌다.

물론 수상한 식모들의 보복은 탐미적이고 개인적 차원에 머물렀고, 결코 그 이상 나아가지는 못했다.

염옥은 행사 마지막 순서로 모임에 모인 사람들의 앞으로의 사 년을 예지해주었다. 죽어, 살아 등 간단한 예언만으로 상대방의 기분을 초치게 한 최씨와 달리 염옥의 예지는 시적이었다. 그리고 생각하기에 따라 전혀 다르게 해석될 여지들이 많았다.

"복숭아꽃이 떨어지니, 이제 옷을 갈아입고 뒷문으로 나가실 때군요."

"나비들이 머리 위에서 떠도니, 홀려서 발밑의 구덩이를 보지 못하실 겁니다."

"밤새 고양이가 뒤뜰에서 우니, 낮에 우연히 우물가로 찾아오는 남자가 있을 겁니다."

수상한 식모들은 자세히 뜯어보면 다소 부조리하게 보이는 염옥의 예언을 좋아했다. 염옥은 쉰이 넘어서도, 지씨가 세상을 뜨고 난 후에도, 수상한 식모들의 밤을 주최해 예언의 말을 전했다. 1988년 마지막 수상한 식모들의 밤이 있던 해, 수상한 식모의 존재가 처음 신문에 실리게 됐다. 그해, 가을 단풍이 지기 전 한 여자가 한강에 투신한 사건이 각 신문에 보도되었다. 김염옥이라는 여인이었다.

16. 한 층 아래에서 벌어진 일

장마로 서울 시내의 저지대가 온통 물에 잠기기 시작했다. 빗물은 나와 순애씨가 머무는 방까지 쏟아져들어왔다. 나는 다급하게 노트북 따위의 전자제품들을 옷장 위로 옮겼다. 그리고 바지를 걷어붙이고는 걸레로 방바닥을 닦아냈다. 순애씨는 옮길 방법이 없어서 우선은 그냥 두었다. 결국 찰박대는 물에 이불과 요는 물론이고 순애씨까지 몽땅 젖었다.

"괜찮아, 아무 감각이 없어. 춥지도 않고."

순애씨는 고개를 돌려 창문으로 비 내리는 모습만 바라보았다.

겨우 바깥으로 물을 빼내고 한숨 돌리고 있는데 구두 소리가 들렸다.

"도대체 왜 전화는 안 받는 거니?"

엄마는 순애씨를 외면한 채 중심을 잡지 못하고 비틀대며 문지방에서 있었다.

"여기, 반지하라 잘 안 터져."

"잠깐 나가자."

"오랜만에 보는데 인사라도 좀 하지 그러세요?"

엄마는 순애씨의 인사를 무시하고는 밖으로 나가버렸다. 나는 순애씨에게 양주먹을 부딪쳐 보이고는 뒤따라 나갔다.

엄마는 집으로 가는 버스를 그냥 보냈다. 그러곤 우산을 들고는 좁은 골목으로 들어갔다. 후미진 골목 안쪽에 막 허물어져가는 곱창집이 보였다. 출입문 앞에 오촉 전구가 켜져 있었다.

"내가 좀 핼쑥해졌나?"

나는 턱을 손으로 쓱 쓸었다.

엄마는 아무 대답도 하지 않고 안으로 들어갔다.

고깃집 안은 백팔십이 조금 넘는 내가 고개를 숙이고 들어가야 할 만큼 천장이 낮았다. 환풍기는 온갖 기름때에 전 채로 느릿느릿 돌아갔다. 당연하게도 환기가 잘 될 턱이 없는 공간이었다. 내장 냄새와 묵은 기름 냄새, 그리고 질척한 비냄새까지 한데 섞인 상태였다.

"곱창 이 인분이요. 참이슬도 한 병."

엄마는 나에게 먹으라는 말도 없이 곱창을 구워 입 안에 집어넣었다. 나는 허기도 잊은 채 엄마의 모습을 구경했다.

나는 그전까지 음식을 집어삼키는 행위 자체에 대해 별로 심각하게 생각한 적은 없었다. 생각보다 감각이 우선하는 나였기에 혀와 입 안을 만족시키고 배를 채우기에 급급했다. 하지만 누군가 게걸스럽게 음식을 삼키는 걸 빤히 쳐다보다니 약간은 서글퍼졌다. 거기에는 쾌락이 아니라 두려움이 숨어 있었다. 공포는 온몸을 오그라들게 만든다. 그리고 그 상태를 유지시키면서 긴장감과 자괴감을 끌어낸다. 음식을 삼키고 위장을 늘어나게 하고 소화액의 분비를 촉진시키고, 피의 흐름을 빠르게 해서 일시적으로 공포에서 달아날 수도 있을 법했다. 나는 엄마가 곱창을 제대로 씹지도 않고 꿀꺽 삼키는 모습을 보고 뒤통수에 박혀 있는 대못을 발견했다. 제법 큰 사이즈였다.

"무슨 문제 있지?"

엄마는 가슴을 탁탁 치고는 냉수를 들이켰다.

"이제 살 만하네. 나 점심때부터 죽 아무것도 못 먹었다."

엄마는 이 사이로 츕츕대는 소리를 내다가 휴지로 입술을 닦아냈다. 휴지에는 양념장과 립스틱이 동시에 묻어났다.

"옛날 서울에 처음 올라왔을 때 이 곱창이라도 맘껏 먹어보는 게 소원이었어."

웬만해선 외갓집 이야기나 식모살이 하던 시절의 이야기를 하지 않는 엄마였다.

"지금 먹어보니 어떤데?"

"몰라, 아무 맛도 안 나."

사건은 그날 오전에 발생했다. 엄마는 아버지의 점심을 일찍 차려놓고는 한 층 아래에 있는 할아버지 집으로 갔다. 평소와 마찬가지로 할아버지의 점심을 챙기는 건 핑계이고 그림 모델을 서기 위해서였다.

"오늘따라 만사가 다 귀찮은 거 있지. 비가 와서 그랬나 싶었어."

"갱년기군."

엄마는 나를 힐끔 노려보았다. 번진 마스카라 때문에 그 눈은 곰팡이가 핀 가지 속살과 비슷해 보였다.

"불길한 예감이 그렇게 맞아떨어질 줄 누가 알았겠니."

학원에 갔던 막내가 파리한 얼굴로 집으로 돌아와 아버지를 찾았다. 하녀 시뮬레이션 게임에서 손을 떼고 재취업하기 위해 인맥을 동원하던 아버지는 친구와 동업을 약속하고는 사업 구상중이었다. 잘 씻지 않는 중국인의 생활습관을 타깃으로 세정력이 탁월한 샴푸와 샤워비누 세트를 판매할 계획이라고 했다.

아버지는 꿈에 부풀어 한껏 사업 구상에 골몰해 있었다. 사건이 벌어진 그 시간에도 혼자 욕실에 앉아 엄마가 쓰는 샤워비누 거품으로 무좀이 있는 발을 계속해서 씻어내던 중이었다.

막내는 집으로 돌아오자마자 욕실로 달려가 구토를 하기 시작했다. 아버지는 다급하게 전화를 걸었지만 엄마의 휴대폰 전원은 꺼져 있었다.

"이상해. 분명히 내가 아침에 휴대폰 배터리를 갈아 끼웠거든. 그런데 왜 다시 충전되기 전 상태로 돌아가 있었을까."

여하튼 보육에 관해서는 전자오락만큼의 재능도 없는 아버지는 이 상황을 이기지 못해 당황했다. 그러나 떠오른 생각이 한 층 아래로 내려가 엄마를 부르자는 거였다. 아버지는 슬리퍼를 신고 집 밖으로 나갔다. 막내도 아픈 몸으로 아버지에게 찰싹 들러붙어 따라 내려갔다.

"정말, 그 진상. 오려면 혼자 오지, 왜……"

이쯤에서 의문이 생겼다. 상황을 보니 막내와 아버지가 못 볼 걸 본 게 분명했다. 하지만 모델을 서는 모습이 우스꽝스러워 보일 수야 있겠지만 죄악시될 이유까지야 없었다.

"잠깐, 그림 모델만 선 게 아니야?"

"그림 모델이었어."

"그럼, 당최 사건이 이해가 안 가네."

"누드 모델이야."

"네?"

나는 대략 왜 사건이 황당하게 이어졌는지 알 것 같았다. 할아버지의 콩고물이 탐나기야 했겠지만 대단한 모험을 한 셈이었다.

"나라고 고민이 없었는 줄 아니. 하여튼 웃기는 집안이야. 그 집 남자들이란 어째서 하나같이……"

나는 어떻게 대답해야 할지 판단이 서지 않아서 아무 말도 할 수가 없었다.

"그런 눈으로 보지 말아라. 아무 일도 없었으니까. 너네 할아버지하고 단단히 약속을 했어. 옷을 벗든 어쨌든 내 몸에 손이라도 대면 그땐 체면이고 뭐고 없고 온 친척들에게 까발리겠다, 황천 가기 전에 톡톡히 망신당하지 않으려면 알아서 해라, 뭐 이랬다고."

평소 생활태도로 볼 때 엄마는 식모 시절의 일이 환기되는 걸 죽어라고 싫어했다. 어쩌면 순애씨에게 그리 냉랭하게 굴었던 것도 그런 까닭인지도 몰랐다. 순애씨는 엄마가 보기에 한 점 얼룩이었다. 그러나 그 얼룩은 지워지지 않고 스마일 이모티콘이 되어 평생 자신을 바라보며 비웃는다. 무서운 일이지.

그런 이유에서 나는 엄마가 할아버지와 어떤 관계도 없었으리라 여겼다. 그것은 곧장 주인집 남자 대 식모의 구도로 돌아가는 꼴이었을 테니 말이다.

"사실…… 완전히 벗은 것도 아니고. 내가 살짝 보니까 그림 자체는 누드란 생각이 들지도 않아."

"좋아, 믿을게."

"그래, 너밖에 없어. 역시 우리 아들."

하지만 아버지는 어머니를 믿지 못했을 거다. 그래서 한 층 아래로 내려가 초인종을 누르고 대답이 없어도 여러 번 반복해서 눌렀다. 아예 대답 없던 안에서 겨우 할아버지의 신경질적인 목소리가 들렸다.

"그냥 가쇼."

"아버지, 접니다."

잠시 대답 없는 고요. 짧지만 그 침묵이 불러일으키는 의심의 파장이란 상당했다. 더구나 아버지는 엄마가 그 집에서 그림 모델을 하고 있다는 걸 탐탁히 여기지는 않는 눈치였다. 하지만 아버지는 바짓주머니 안에 손을 집어넣고 숨을 골랐다.

"저기, 막내가 무지하게 아프다고. 그러니까 빨리 나와."

잠시 우당탕 무언가가 무너지는 소리가 들렸다. 아무리 무기력한 아버지이긴 했지만 이제 발로 현관문을 내지르고픈 욕망을 참으려야 참기 어려웠다. 막내는 아버지의 뒤에 숨어 사태를 관망했다.

그 자리에 없던 내가 어찌 이렇게 세세히 묘사를 할 수 있냐고? 그날 저녁 나는 엄마의 밀사가 되어 오랜만에 마장동 집에 들렀다. 분개한 아버지는 상황을 다시 흥분된 목소리로 재방송했다. 뒤이어 할아버지의 아파트에서 벌어진 이야기는 어머니와 아버지의 이야기들을 바탕으로 재구성한 장면이다.

현관문을 연 사람은 할아버지가 아니라 엄마였다.

"올라가, 금방 올라갈 테니까. 가서 이야기해요."

"온 김에 집 안 구경이나 하다 가자고. 지난번에 이사 오시고 나서 제대로 찾아뵙지도 못했는데 말야."

아버지는 평소답지 않게 제법 침착한 목소리로 말하고는 엄마를 밀치고 집 안으로 들어갔다. 그 뒤를 따라 막내도 들어갔다. 하지만 엄마는 너무 당황해서 막내의 모습을 보지도 못했다.

"노인네 혼자 사는 집치고 좋네요. 아주 훤하고."

"이런, 고작 인사 와서 한다는 말이 그 모냥이냐?"

할아버지는 식탁 의자에 앉아 보리차를 벌컥벌컥 마셨다. 후두가 움직일 때마다 목의 주름은 고환처럼 징글징글하게 보였다. 아버지는 손바닥을 비비며 건달 같은 포즈로 집 구경을 한다면서 거실을 배회했다.

"다시 그림 그리신다면서요? 저도 이 사람 초상화나 좀 보고 가면 안 될까요?"

"이이도 참, 취미로 그리시는 그림을 대뜸 보여달라고 하면 어떻게 해요."

엄마가 치맛자락을 손으로 움켜쥐며 말했다.

잠시 집 안에 정적이 흘렀다. 아버지, 엄마, 할아버지 셋 다 이 난처한 상황을 벗어나고 싶었으나 출구가 없었다. 누구도 감히 사실을 고백하지 못하고, 아버지는 의심 가는 사실을 물을 수도 없었다. 하지만 셋은 은연중에 이 상황을 즐기기도 했다. 오, 팽팽한 긴장감이 주는 탄력.

"아빠."

막내의 천진난만한 목소리가 이 상황을 자르는 면도칼이었다. 막내는 소파에 떨어져 있는 엄마의 프릴 달린 분홍 팬티를 주워들었다. 우리 식구 모두는 엄마의 속옷 취향을 알았다. 나이답지 않게 아직도 프릴을 선호한다.

긴장감이 끊어지자 너저분한 현실만이 존재했다. 엄마는 막내의 손에서 팬티를 확 빼앗아서는 주머니에 구겨넣었다.

"진짜야, 여보. 말도 안 돼. 이따위 속옷 하나로 내 정절이 의심받는다는 게 말이 돼요? 아버님, 말 좀 해봐요. 제가 얼마나 고민했는지 아시잖아요. 그저 아버님 소원이고, 아, 그리고 우리는 그냥 예술가와 모델일 뿐이잖아요, 안 그래요?"

"창피한 줄 아시죠?"

아버지는 과격한 말을 하지는 않았다. 어쩜 독침이 든 말을 쏟아낼 재주가 없어서인지도 몰랐다. 그럴 경우에 남자들은 말을 대신할 대리물을 찾기에 바빴다. 우선 아버지는 장식장 위에 있던 도자기부터 집어던졌다. 테이블 위의 전화기가 두번째 제물이었다. 엄마는 몇 번 비명을 지르다가는 그만두었다. 그러다 아버지는 적당한 가격을 지닌 부술 물건이 더이상 눈에 띄지 않자 안방으로 진출하려 했다. 잠겨 있었다.

"이 방 열쇠 내놔! 집에 불 지르는 거 보고 싶어?"

할아버지는 그저 보리차만 꼴깍거렸다.

"불효막심한 놈."

"여보, 좀 진정해요. 보리차라도 한잔 줄까?"

"누구 물 먹이려고 그래? 열쇠나 내놓으라니까."

"아버님, 이이 좀 말려요."

하지만 할아버지는 그냥 안방 열쇠를 건네주었다.

아버지는 안방 문을 따고 안으로 들어갔다. 흰 천에 덮인 거대한 유령 같은 것이 방 한가운데 앉아 있었다. 아버지는 흰 천을 젖혔다. 거기에는 오들오들 떨고 있는 반쯤 벗은 젊은 남자와 누드화 여러 점이 쌓여 있었다.

"너…… 넌 또 누구야?"

"저기, 저는 아줌마하고 아무 관계도 없고요. 그냥, 고용된 그림 모델이구요."

"봐, 그냥 그림 모델만 했어."

아버지는 그림들을 몽땅 때려부수려다 관두고는 건장하게 잘 빠진 젊은 남자의 얼굴을 주먹으로 갈기고는 밖으로 나갔다.

"그래서 말인데…… 네가 집안 상황 좀 봐주면 안 될까?"

"엄마는 어쩌려고?"

"너 올 때까지 근처 찜질방에 가 있든가 해야지, 뭐."

"나도 조건!"

"야, 부모자식간에 너무한다. 그래, 뭐, 용돈?"

"그게 아니라, 순애씨 좀 돌봐주셔야겠는데."

엄마는 코끝을 잔뜩 찡그리다가는 이내 고개를 끄덕였다.

집 방향으로 가는데 누군가 건너편 정거장에서 비에 흠뻑 젖은 채로 사이다를 마시고 있는 모습이 눈에 띄었다. 형이었다. 나는 막 도착한 버스를 보내고 길을 건너가려 했으나 신호등은 무척이나 느려 터졌다.

막상 길을 건넜을 때 형은 보이지를 않았다. 가운데가 움푹 찌그러진 페트병만 보도블록 위를 뒹굴고 있었다. 손으로 만져보니 설탕이 묻어 있어 아직 끈적끈적했다.

17. 지시대명사적 가족관계

　지하방으로 돌아와보니 엄마는 맥주캔을 들고 깔깔거리며 웃고 있었다. 오히려 방 한가운데 누워 있는 순애씨가 더 화난 사람처럼 보였다.
　"왔니? 한잔 할래?"
　생각했던 것과는 영 방향이 다른 풍경이라 오히려 내가 더 어색해졌다. 엄마는 서 있는 나를 보고 있다가는 순애씨의 손을 잡고 주물럭거렸다.
　"사람 사는 거 뭐 있니. 생각해보니 순애 얘도 불쌍하고. 이런 꼴로 뭘 할 수 있는 것도 아니고."
　엄마는 손사래를 치면서 일어났다.
　"어디, 그나저나 어떻게 됐니? 그 인간 뭐래?"
　부부사이의 호칭이 비하된 지는 꽤 오래였다. 엄마는 평소에 죽일 놈

뒈질 놈이 대부분이었고 뭔가 격식을 차릴 때에만 그 인간이라고 불렀
다. 아버지에게 있어 엄마의 존재 역시 지시대명사로 환원되었다. 집에
서 엄마 이야기를 할 때도 그게, 그러니까, 그것도, 라는 식으로 서두를
꺼냈다.

그것도 인간이냐?

이런 식.

"엄마가 지시대명사가 된 거 같아."

"똑바로 말해. 무슨 소리야?"

"어땠을 거 같은데?"

"그 인간 자기 혼자 살 주제도 못 될걸. 이혼한단 소리는 못 할 거다.
아암, 그렇지."

내가 돌아갔을 때 집안 분위기는 우리 식구가 마장동으로 처음 이사
왔을 때와 비슷했다. 막내는 베란다로 나가 수학문제를 풀고 있었고,
아버지는 골방으로 다시 짐을 옮긴 상태였다.

나는 골방에 따라 들어가 하소연을 들어주어야 했다.

"아, 그러니까, 너도 아냐? 그게…… 그러니까…… 이거 답답해서
말도 못 하겠고. 그것도 인간이냐고! 내가 동네 창피해서……"

차라리 욕이라도 시원하게 했으면 모르련만 자식 앞이라 체면상 그
러지도 못하는 게 빤히 보였다. 아버지는 습기가 많고 흐린 날 벤치에
앉아 싸구려 단팥빵을 씹고 있는 노인 같은 얼굴로 한숨만 쉬었다.

"헤어지시게요?"

"마, 이혼이라는 게 그렇게 쉬운 게 아냐. 사람 사는 인연, 그렇게 칼
로 무 자르듯 쉽게 그러는 건 아니지."

"할아버지는 뭐래요?"

"노인네가 뭐 할말 있겠냐? 지도 양심이 있음 국으로 가만히 있겠지."

아버지는 다시 담배를 피우려다 말고 갑자기 오른쪽 발을 왼쪽 허벅지 위에 올려놓았다. 그러고는 발가락을 꼼지락거렸다. 나는 이 상황과 부합하지 않는 행위에 순간 난감해졌다.

"발가락이 보송보송해. 확실히 품질이 달라."

이어 본격적인 사업 이야기가 시작되었다. 나는 아홉시 뉴스가 시작되기 전까지 중국 시장을 겨냥한 초강력 목욕제품에 관한 설명을 들어야만 했다.

"자본금은요?"

"내가 아버지한테 그랬다. 우리 집안 다시 한번 일으켜세우겠습니다. 이제 우리 집안에서도 이 좁은 땅에서 깔짝거리는 좀팽이 같은 인간보다 대륙으로 뻗어나갈 대장부가 하나 필요하지 않겠습니까?"

할아버지는 조건부로 승낙했다. 할아버지가 건 조건은 이랬다. 시한부 인생을 마감하기 전에 그 동안 지녀왔던 꿈을 이뤄보고 싶다고. 할아버지는 사업자금을 건네기 전에 우선 전시회 추진부터 부탁했다. 바로 몇 달 동안 아파트 안에서 완성한 엄마를 모델 삼아 그린 전시회 말이다. 아버지는 오래 고민할 것도 없이 할아버지의 제안을 받아들였다.

"뭐, 보니까, 벗었는지 안 벗었는지 그림만 봐서는 하나도 모르겠더라. 아무래도 노인네가 노망났나보더라. 늙은 며느리 뭘 볼 게 있다고."

나는 아버지의 사업 계획이나 할아버지의 전시회 계획 등은 엄마에게 알리지 않았다. 이번 일과는 연관이 없는 문제였으니까.

"산다는 게 그래. 어쨌든 중심에서 발만 살짝 빼서 몇 걸음만 도망치면 어떻게든 마무리가 되거든."

엄마는 짧게 콧노래를 흥얼거리기까지 했다.

수상한 식모들이 벌인 구체적인 사건들을 엄마는 모르는 게 분명했다. 내 귀에 쥐가 들락거린 일이나 형의 귓속에 남아 평생을 지배하고 있는 공포에 관해서도 말이다. 엄마가 아는 수상한 식모는 텔레비전 드라마에 매번 등장하는, 유부남을 유혹하는 불륜의 여인에서 조금도 발전하지 못한 존재들이었다.

"엄마, 그나저나 아버지는 그렇다 해도 말이야. 막내하곤 어떻게 하려고?"

엄마는 목에 건 모조 진주목걸이를 연신 만지작거리다가 다시 천장을 올려다보고 얼굴을 찌푸렸다.

"애들이잖아."

"네?"

"애들이니까 쉽게 잊어버릴 거야. 내가 사랑만 해준다면."

뾰족한 시계를 모르시는군.

시간은 결코 모든 짐을 던져놓고 앞으로만 옮겨가는 게 아니다. 반지하방에서 걸려 있는 뾰족한 식칼 시계는 말한다. 잊혀졌다고 생각하겠지만 시간은 언제나 당신을 노리고 제자리를 맴돈다. 당신의 상처와 고동치는 심장을 겨냥하면서.

"도대체 엄마랑 어떻게 화해했어?"

엄마가 돌아간 후 나는 노트북을 다시 켠 다음 물었다. 오늘 집에 갔다 오느라 미뤄두었던 작업을 다시 시작해야 했다. 나는 노트를 펴고

186

김염옥에 이어 전기를 만들어낼 다른 후보자들을 찾아보았다. 아무래도 김염옥과 연관된 사람으로 시작하는 게 좋을 것 같았다.

"나도 몰라. 그냥, 자기가 혼자 맥주캔을 들고 벌컥벌컥 마시더니 갑자기 자기 옛날 이야기를 하더라고."

"우리집에 있었던 때?"

"아니, 너네 엄마가 식모살이 할 때 이야기. 그 집에 모딜리아니 그림의 모사화가 있었대. 자기는 그 그림 속의 여인처럼 살고 싶었대. 우아한 긴 목, 풍성한 드레스, 약간 기울어진 얼굴 각도. 그래서 주인집 아들과 결혼까지 했는데 결국 지금은 모든 게 망쳐졌다고 그러더라고. 아마, 그래서 나를 더 미워했을 거래. 그러면서 자기한테 친절하게 대해주었던 수상한 식모 이야기를 또 하네. 지금은 그녀한테 미안하다면서. 어쨌든 그래서 너네 엄마한테 말했어. 모딜리아니 그림 속의 여인처럼 보인다고."

"칭찬이야?"

"아니, 그냥 눈이 텅 비어 보여서 한 말이었어."

하지만 엄마는 순애씨가 내뱉은 말을 칭찬으로 받아들였을 게 뻔했다. 오해와 기대는 엄마의 낙관적 인생관을 유지시켜주는 기둥이었고, 그나마 주름의 발생을 늦춰주는 보톡스 주사였다.

"그나저나 부탁 하나 들어줄래?"

나는 고개를 끄덕였다.

"내일 의사를 불러줘."

"아파?"

"내 꼴이 정상은 아니지."

"흠, 그러고 보니 배와 옆구리 사이에 이끼가 피기 시작했군."

장마가 지난 이후, 순애씨의 돌로 된 몸에는 파릇파릇한 이끼가 피기 시작했다.

"그냥 검사받아보고 싶어. 궁금하기도 하고. 과연 돌이 되어가는 여자를 현대의학에서는 어떻게 규정하는지도 궁금하고."

그날 저녁 연락을 취해보았지만 왕진 오는 의사를 찾는 일은 만만치가 않았다. 그나마 한의원이 몇 군데 있었고 일반 병원에서 왕진이란 사라진 지 이미 오래였다. 결국 일 주일간 병원에 입원할 요량으로 구급차를 불렀다.

"환자는 안쪽에 있고요. 거동이 불편합니다."

병원 직원들은 방에 들어오자마자 순애씨의 행색을 보고는 다들 당황했다. 그들은 경직된 사체만큼이나 단단한 몸을 만지고는 흠칫 놀랐다. 더구나 너무 무거웠기에 구급차에 옮기는 일까지도 꽤 오래 공을 들여야 했다.

의사들 역시 순애씨의 상태를 보고 고심하는 게 역력했다. 선풍기가 돌고 있었지만 연신 이마에서 땀을 쏟았다. 간호사들도 마찬가지였다. 주삿바늘을 꽂아야 하는데 팔뚝에서 혈관을 찾을 수가 없었다. 막무가내로 주삿바늘을 찌르려고 해도 헛수고였다.

"언제부터 이렇게 됐죠?"

"한 삼사 년 정도예요. 완전 마비가 된 건 일 년 정도 된 것 같아요."

의사는 눈썹을 찡그렸다. 그는 일 년간이나 누워 있으면서도 욕창 하나 생기지 않은 순애씨의 몸을 신기하다 못해 소름끼치는 피사체로 보는 게 역력했다.

"검사받으시고요, 힘써봅시다. 오늘은 단식하셔야 합니다."

"늘 해왔어요. 지난 몇 년 동안 물만 마셨고요."

너무나 밝은 순애씨의 얼굴을 보고 의사는 어쩔 줄 몰라했다. 세상에 대한 수상한 식모 순애씨의 마지막 장난이었다. 다음날 침대 시트는 순애씨의 무게에 짓눌려 푹 꺼져버렸다.

18. 그 여자의 바구니

'점래의 바구니'라는 말은 수상한 식모들 사이에서만 통용되는 은어이다. 이 말의 의미는 '남자가 칼을 뽑으면 무라도 자른다'라는 속담과 유사한 뜻을 지닌다. 나점래는 바구니만 들고 나갔다 오면 무언가를 채워오는 수상한 식모였다. 산자락에서 독초나 약초를 담아오거나, 그도 아니면 몰래 닭 한 마리를 훔쳐오거나, 아니면 수상한 식모의 자질이 보이는 아이라도 네리고 왔다.

점래는 지씨의 손발이 된 수상한 식모였다. 만일 점래가 없었다면 서울 사대문 안에 수상한 식모들이 그렇게 번창하기 힘들었을지도 몰랐다. 하지만 수상한 식모들이 호랑아낙들과 달리 철학이 부재하게 된 까닭 또한 점래에게 약간의 책임은 있을 터였다.

다른 수상한 식모들의 대다수가 그러하듯 점래 역시 한국전쟁에서 생긴 전쟁 고아였다. 당시 점래의 나이는 열 살이었다. 맨 처음 점래를 발견한 사람은 지씨가 아니라 서울에 들어온 미군들이었다. 젊은 미군들은 동양의 작은 나라의 한 수도에서 무료한 시간을 보내는 중이었다. 북한군은 이미 개성 너머로 밀려간 상태였고 서울에는 사뭇 고요한 정적이 흐르던 때였다. 하지만 전쟁중이어서 대낮의 서울에는 젊은 미군들이 즐길 만한 것이 거의 없었다. 그들은 그저 하품이나 하면서 맑은 가을 하늘이나 쳐다보았다.

그러한 몇몇의 미군들 앞에서 열 살짜리 여자아이 점래가 나타났다. 아이는 겁없이 덩치가 산만한 미군들 앞으로 저벅저벅 걸어왔다. 그리고 머리를 땅에 박고 물구나무서기를 했다. 치마가 밑으로 훌러덩 내려오면서 열무 같은 다리 두 개가 보였다.

미군들은 점래가 알아듣지 못하는 단어를 자기들끼리 지껄여대며 킥킥거리기에 바빴다.

이에 고무된 점래는 이번에는 몸을 앞으로 굴리고, 또 뒤로 굴렸다. 그리고는 웅크리고 앉아 두 다리를 번쩍 위로 들어올리고 가랑이 사이로 얼굴을 내밀었다. 미군들은 박수를 치며 휘파람을 불었다. 점래는 자리에서 일어나 고개를 숙여 인사하고 양손을 내밀었다.

꼬마 점래의 손바닥에 미군들은 초콜릿과 사탕을 올려놓았다. 점래는 초콜릿과 사탕으로 급한 허기를 달랠 수 있었다. 그후, 꼬마 점래는 미군들 주위를 늘 배회했다. 나중에 점래는 재주를 보여주고 달러를 요구할 줄도 알게 되었고, 열 살이라는 어린 나이에 젊은 아가씨들을 데리고 와 능숙한 포주 역할을 하기도 했다. 그러나 열 살짜리 꼬마가 짭짤한 수입을 올리기도 전에 이미 미군들을 위한 대규모의 위락시설이 다시 서울에 들어서기 시작했다.

점래는 두번째 난고에 부딪친 셈이었다. 점래는 미군 점퍼와 미군 모자를 쓰고 미군들 주위를 어슬렁거렸지만 이제 그들은 점래를 거들떠보지도 않았다. 오히려 가운뎃손가락을 바짝 들어 들이밀기까지 했다.

물어물어 점래는 서울의 한 서커스단을 찾아갔다. 그때 그녀의 나이는 열두 살이었고, 이제 막 초경을 치른 뒤였다.

서커스 단장은 점래의 얼굴을 물끄러미 쳐다보았다.

"얼굴은 넓적하고, 눈은 쫙 찢어지고, 코는 납작하고, 뻐드렁니에, 손가락은 짤뚱맞고……"

"내 이래 봬도 재주 하나는 끝내줍네다. 우리 오마니 아바디가 평양 곡예단 단원이야요."

"그 사투리부터 고쳐. 내가 인민군들한테 얼마나 시달렸는 줄 알아? 아주 북쪽 사람이라면 이가 갈려, 알간?"

점래는 한 달 동안 열심히 서울의 번화가를 돌아다녔다. 그리고 젊은 서울 여인네들의 말투를 듣고는 똑같이 배우려고 기를 썼다.

"어때요, 이만하면 쓸 만하지요? 그럼, 저의 재주를 보시겠어요?"

서커스 단장은 다시 얼굴을 찡그리고 점래를 바라보았다.

"넌 삭이 안 나와. 너 부대에 세우면 손님들 끊긴다고. 아, 제아무리 곡예를 잘 넘으면 뭐 하나. 얼굴이 예쁘고 몸매가 받쳐줘야 손님이 들지."

"우리 어머니는 평양에서 알아주는 최고의 미인이었어요."

"그런데 넌 왜 죽사발인데?"

점래는 눈물을 머금고 돌아섰다. 당시 서울은 성형시술이 발달하기 전이었고, 아무리 좋은 한의원에서도 얼굴을 바꾸는 침이나 약재 따위는 구하기가 힘들었다.

검게 염색한 군용 바지 주머니에 양손을 집어넣고 점래는 서울 시내를 돌아다녔다. 함박눈이 펑펑 내렸고, 주머니에는 달랑 국수 한 그릇 사먹을 돈밖에는 남아 있지 않았다. 때마침 눈에 야바위판이 들어왔다. 코가 빨간 노인이 벌여놓은 야바위판 앞에 한 무리의 남자들이 우르르 몰려 있었다. 그리고 그 맞은편에는 국숫집이 하나 있었다. 죽은 어머니처럼 얼굴이 고운 여자가 이마에 흐르는 한 줄기 땀을 손등으로 닦으며 국수를 마는 중이었다.

점래는 잠시 고민했다. 배팅이냐 투자냐. 결국 점래는 허기진 위장에 투자하기로 마음먹었다. 평소 같았으면 야바위판으로 향했을 터였다. 하지만 국숫집의 여자가 너무나 아름다워서 자기도 모르게 그곳으로 걸음을 옮기게 되었다.

"아주머니, 참 고우세요."

모자를 벗은 점래가 누런 이를 드러내며 말했다. 불빛 아래 콧잔등 위의 주근깨가 더 도드라졌다.

"아름다운 건 삶은 국수 면발밖에 안 되는 거야. 이 찬물에 헹군 국수 면발 좀 보렴. 하얗고 가늘고 얼마나 깨끗하고 아름답니? 하지만 이걸로 국수가 완성되는 건 아냐."

국숫집 여주인은 수상한 식모 지씨였다.

"네?"

"진짜 중요한 건 국물이지."

지씨는 국물에 국수를 말아서 점래 앞에 내놓았다. 한참 배가 고팠던 점래는 후루룩 소리를 내며 국수 한 그릇을 재빠르게 비워냈다.

"잘 먹었어요."

"이런, 배고팠구나."

빈 그릇을 보자 왈칵 서러움이 밀려왔다. 배는 충분히 불렀지만, 자기에게 주어진 시간을 너무 쉽게 써버렸다는 아쉬움 탓이었다. 이제 이 국숫집에서 나가면 다시 푼돈을 벌기 위해 머리를 굴려야 했다. 그리고 다시 혼자가 되어야 했다.

"왜 그래? 한 그릇 더 줄까?"

점래는 고개를 가로저었다. 굵은 눈물이 빈 그릇 안으로 똑똑 떨어졌다.

지씨는 손을 내밀어 점래의 머리를 쓰다듬어주었다.

"오늘은 일찍 문 닫으려고 하는데 좀 도와주지 않을래?"

점래는 자기도 모르게 벌떡 자리에서 일어났다. 그리고 설거지를 하고 청소도 자진해서 도왔다. 지씨는 눈을 아래로 내리깔고 점래의 행동을 유심히 살폈다. 제법 야물딱진 아이였다.

쓸 만해. 아주 쓸 만하겠는걸.

"자, 청소 끝났으면 우리집까지 그릇하고 짐 좀 들어다줄래? 내가 몸살 기운이 있는지 오늘 몸이 좀 무겁구나."

"그럼요. 걱정 마세요, 아주머니."

현저동의 가파른 골목을 오르면서도 점래는 불평 한마디 하지 않았다. 팔이 빠지고 허리가 휘어질 것 같았지만, 여기서 포기하면 다시 빈 거리로 돌아가야 하리란 생각이 들었기 때문이다.

"여기가 우리집이란다."

현저동 꼭대기에 위치한 지씨의 집은 점래가 생각했던 것보다는 꽤 넓어 보였다.

"여기서 잠깐만 기다리도록 하렴."

지씨는 점래를 놓아두고 집 안으로 들어갔다. 그리고는 커다란 바구니를 하나 들고 다시 나왔다.

"자, 나를 도와준 선물이다."

점래는 눈물을 글썽이며 바구니를 받았다.

"이 바구니 가지고…… 가란 말인가요?"

지씨는 문을 닫고 들어가려다가 다시 뒤돌아보았다.

"아, 혹시 여기서 자고 싶거든 바구니에 무언가를 채워가지고 오렴. 그러면 하룻밤은 재워줄 테니. 단 훔치거나 구걸한 물건이라면 사양할 테야."

대문은 닫혔다. 하지만 점래는 아까처럼 슬픔이 울컥 솟지는 않았다. 품안에 바구니가 있었다. 바구니에 무언가를 채우기만 하면 다시 돌아올 수 있었다.

점래는 콧노래를 부르며 현저동을 내려갔다. 그녀는 어느 집 담벼락에 기댄 채 밤이슬을 피하며 잠이 들었다. 외롭지도 않았고 춥지도 않았다. 아름다운 지씨가 준 바구니 덕이었다. 이 바구니에 무언가를 채우기만 하면 언제든 행복해질 수 있으리란 기분이 들었다.

다음날 어둠이 서울 시내에 내리깔리자, 점래는 속옷 자락을 찢었다. 때에 전 속옷은 누렇게 변해 있었다. 점래는 눈을 감고 돌로 엄지손가락을 내리쳤다. 피가 콸콸 솟았다. 그 피를 속옷 자락 위에 여러 번 문대었다. 속옷 자락은 제법 섬뜩해 보일 정도로 붉게 보였다. 점래는 또 노끈을 구해서 바구니에 손잡이를 만들어 달기도 했다.

점래는 부자들이 많이 사는 동네를 어슬렁거렸다. 마침내 골목으로 젊은 여자가 또각또각 구두 소리를 내며 걸어오기 시작했다. 점래는 바구니를 목에 걸고 붉게 변한 속옷 자락을 입에 물었다. 그리고 다리를 번쩍 들어올려 가랑이 사이로 얼굴을 내밀었다. 점래는 양팔을 움직여서 빠른 속도로 달려나갔다. 눈은 위로 치켜떠서 흰자위가 거의 전부를 차지하도록 만들었다.

"괴물이이이에요. 괴물이 나타났어요!"

젊은 여자는 하이힐을 신은 채 도망가다가 결국 넘어지고 말았다. 점래가 빠른 속도로 다가오자 여자는 벗겨진 구두를 놓아두고 비명을 지르며 도망쳤다.

다음날 저녁 지씨는 검은 하이힐을 얻게 되었다. 지씨는 뾰족한 구두코를 쓰다듬었다.

"이건, 어떻게 구했니? 훔치지는 않았겠지?"

점래는 고개를 끄덕였다. 그리고 구두를 구한 이야기를 솔직하게 말했다. 지씨는 배를 잡고 웃더니 머리를 쓰다듬어주었다.

점래는 일 주일 동안 손가방과 약간의 돈과 안경과 손거울을 가지고 왔다. 어떤 날은 산에 올라가 토끼나 뱀을 잡아 바구니에 넣어오기도 했다.

"엄마, 엄마는 왜 이렇게 여자아이들을 많이 키워요?"

점래는 지씨를 엄마라고 부르기 시작했다.

"그건, 수상한 식모를 위해서지."

"수상한 식모요?"

지씨는 마침내 때가 왔다고 생각했다. 그녀는 전설로 이어져온 호랑아낙의 이야기와 수상한 식모의 이야기를 들려주었다. 점래의 가슴이 두근거리기 시작했다.

"저도 그럼 수상해질 수 있나요? 난 못생겼잖아요."

"넌 바구니를 가지고 있잖니. 바구니만 채울 수 있으면 세상을 쥐고 흔들 수 있단다. 이제 지혜롭게 바구니를 채우는 방법을 가르쳐주마."

몇 년 후, 바구니를 들고 서울역이나 가락시장 등지에서 서성거리는 한 여자가 사람들 입에 오르내리곤 했다.

군모를 푹 눌러쓰고 군용 바지를 입고 다니는 스무 살의 처녀. 그 처녀가 점래였다. 사람들이 말하길 점래는 열네 살 때부터 산을 타며 약초를 캐러 다녔다고 했다. 전국 한약방 곳곳에서 이 소녀 심마니를 모르는 이는 없다고 했다. 현대판 소녀 심청이나 소녀 가장은 많았다. 하지만 소녀 심마니는 희귀했다. 어쨌든 소녀 심마니 점래는 이제 막 스무 살을 넘은 처녀이지만 한 떨기 꽃이라기보다는 억새풀에 비유되는 여인네였다. 특히 약재 가격 흥정을 할 때는 사내들 못지않게 드세다고 했다.

여기까지가 억새풀 점래에 대해 공식적으로 알려진 정보였다. 그러나 이 소녀 심마니에 대한 뒷소문은 사람들 사이에 요단강 줄기처럼 무궁무진하게 넘치고 또 넘쳐흘렀다.

우선 점래는 암암리에 독초나 신초(신성한 풀)도 거래하는 것으로 알려졌다. 독초는 뒤끝이 남지 않게 원한을 산 이를 제거하는 데 최고였다. 어디서 그런 비법을 얻었는지 몰라도 점래는 이미 사람들이 이름이나 효능조차 잊어버린 독초를 잘 아는 소녀였다.

독초보다 무서운 게 바로 신초였다. 신초는 사람들을 영험하게 만들거나, 반대로 바보로 만들 수도 있는 풀이었다. 이러한 행위는 몸을 다스려 기를 보하는 한방과는 달랐다. 신초는 기를 혼란스럽게 만들거나, 기를 가지고 실뜨기를 하는 행위와 비슷했다. 그래서 신초를 기장난풀이라고 부르는 이들도 있었다.

억새풀 점래는 또 약초만 캐는 게 아니라 사람을 캔다는 소문도 돌았다. 점래가 일 주일에 한 번씩 서울역이나 서울의 큰 시장을 도는 것은 그래서라고 했다. 그녀는 그곳에서 이제 막 열다섯을 넘긴 처자들에게 접근해 무언가 속닥거린다고 했다. 처음에는 경계하던 젊은 처자들도 나중에는 눈을 반짝반짝 빛내다가는 점래의 뒤를 따라간다고들 했다.

옛날 궁궐에서 궁녀와 후궁 사이에 있던 맷돌부부라고 아는가?

사람들은 점래의 성 정체성에 대해 의심하기도 했다. 검게 염색한 군용 바지를 즐겨 입는다는 사실만으로도 의심을 받기엔 충분했다. 당시에는 여성들에게까지 밀리터리 룩이 유행하지는 않았으니까 말이다. 물론 의심은 의심일 뿐 확증은 없었다.

하지만 그 누구도 점래가 수상한 식모라고 의심하지는 못했다.

점래는 서울에서만 수상한 식모 후보자들을 꼬드기는 게 아니었다. 말 그대로 심마니라는 공식 직업을 택한 점래는 전국 각지의 산지를 떠돌 때가 많았다. 그곳에는 가난한 집들도 많았고, 서울로 딸아이를 식모살이 보내려는 집도 많았다.

점래는 취직 자리를 알아봐준다면서 여리디여린 시골 소녀를 데리고 서울로 오기도 했다. 그리고 커다란 바구니에 담아 지씨에게 바쳤다.

"내가 사람 하나는 잘 보았구나."

"엄마, 더 많은 아이가 필요하세요?"

"어차피 네가 데리고 오는 아이들이 전부 수상한 식모가 되지는 못한단다. 아무나 수상해질 순 없어. 아무나 세상을 흔들 수는 없지. 그건 아무나 할 수 있는 일이 아니니까."

그 아무나에 해당되지 않는 사람이 바로 지씨였다.

점래가 데리고 오는 아이들이 많아지자 지씨는 다소 거만해졌다. 다른 수상한 식모들에 비해서 자기가 재주를 가르치는 아이들이 훨씬 많았기 때문이었다. 더구나 호랑아낙의 피를 이어받은 염옥 또한 자기가 데리고 있었다.

"비가 너무 많이 내려 땅이 무너집니다. 무너진 땅에서 핏물이 솟아요."

어느 날, 염옥은 지씨의 면전에 대고 이런 예언을 했다가 뺨을 맞기도 했다.

"네가 아주 배가 불렀구나. 다른 애들은 다들 식모살이에 뼈 빠지게 일하는데, 너는 방 안에 앉아서 헛소리나 찍찍 뱉어내는구나."

염옥은 예언을 하는 자기 자리가 싫어졌다. 하지만 지씨는 염옥을 놓아주지도 않았고, 염옥을 밖으로 내보내지도 않았다. 다른 아이들과 어울리게 놓아두지도 않았다. 지씨 집의 골방 안에 염옥은 늘 갇혀 지내야만 했다.

"너는 수상한 식모들이 호랑아낙의 영기를 물려받았음을 증명하는 존재야. 그러니까 아무하고나 붙어서 시시덕거려서는 안 된다. 사 년에 한 번 윤달에만 너를 보여줘야 해."

염옥이 만날 수 있는 다른 사람이라고는 고작해야 지씨의 오른팔인 점래 정도였다. 서울에 올라올 때마다 점래는 염옥의 방에 들어갔다.

그리고 바깥세상의 이야기를 전해주었다.

"언니, 알아? 미국의 암스트롱이란 사람이 달에 도착했대. 그런데 그 달은 고작해야 커다란 돌덩이에 불과했다더군."

"그건 그들이 달 위에 발을 디뎠기 때문이야. 달을 마음속에 담아두면 달은 더이상 돌이 아니지."

"언니는 맨날 뜬구름 잡는 소리만 하냐? 하긴, 그러니까 순진한 년들이 사기에 넘어가는 거지."

"사기? 무슨 소리야?"

"언니가 뜬구름 잡는 소리 하는 것도 사기. 수상한 식모네 어쩌네, 엄마가 떠드는 것도 사기 아니겠어?"

"우린 사기꾼이 아니야."

"잔재주꾼들이지, 잔재주꾼들. 하긴 나도 잔재주 좀 배워서 그 덕에 돈 좀 만지고 있지만."

점래는 염옥의 방에 벌렁 드러누웠다. 온몸에서 흙냄새가 났다.

"그럼, 넌 왜 여자애들을 데리고 오는 거니?"

"바구니를 채우려고. 안 그러면 허전하다 이 말이지. 그리고 또……은혜를 갚자는 거지, 날 키워준 엄마한테."

"저기…… 난 진짜 호랑아낙이 무언지 알아. 호랑이가 내 안에 들어왔으니까."

염옥은 눈물을 글썽거렸다.

"어이구, 호랑이 담배 씹어먹는 소리하네."

"너는 달을 따서 발로 밟을 거야. 그리고 나서야 발바닥이 타들어간다는 걸 알겠지."

점래는 염옥의 예언이 뜬구름 잡는 소리지만 언제나 들어맞는다는 걸 알지 못했다. 또하나, 염옥이 점래를 늘 기다리고 있다는 사실도 알지 못했다. 염옥은 유일한 또래 이야기 상대였던 점래를 달처럼 마음속에 품고 있었다.

대부분의 수상한 식모들 역시 점래와 비슷한 생각이었다. 호랑아낙의 이야기 따위 진실로 믿지 않았다. 그저 자신들이 배운 재주를 통해 주인집을 쥐고 흔든다는 게 짜릿할 뿐이었다. 그녀들은 공황상태에 빠진 부르주아 가정을 보며 비웃음을 날릴 뿐이었다. 하지만 수상한 식모들은 그녀들이 언젠가 결혼을 하게 될지도 모른다는 사실을 알지 못했다.

그녀들은 이미 부르주아 가정의 헛된 환영을 보았다. 더구나 그 환영을 마음대로 조종하던 이들이었다. 그러했기에 막상 가정을 이루게 되자 수상한 것들에 대한 증오심은 극도로 더해만 갔다. 그녀들은 자기 집안의 식모가 혹 수상한 인물은 아닌지 언제나 의심했다. 또 자신이 만들어가고 있는 부르주아 가정이 무너지지 않을까 늘 조바심에 시달려야 했다.

점래 역시 다른 수상한 식모들처럼 혼란에 빠지게 되었다. 하지만 가정을 이룬 수상한 식모들과는 다른 이유의 혼란이었다. 어차피 바지를 입건 치마를 입건 정욕이 끓어오르는 건 피차일반 마찬가지였다. 어느 순간부터 점래는 어린 여자애들 대신 남자들을 바구니에 담기 시작했다. 외모 콤플렉스가 있던 점래는 눈이 크고 기생오라비처럼 생긴 남자들을 좋아했다. 하지만 남자는 약초나 독초와는 달랐다. 남자란 미끌

거리는 난폭한 장어와도 같은 것. 바구니에 담아둘수록 상처만이 깊어졌다.

왜 나는 아름답지 않지? 내가 아름다웠어도 남자들은 나를 그렇게 쉽게 버렸을까?

어느 날, 점래는 술에 취해 지씨를 찾아갔다.

지씨는 이미 점래에게 뿌린 애정을 거둬들인 뒤였다. 점래는 더는 수상한 식모가 될 아이들을 데려오지 않았다. 나아가 지씨를 감동시켰던 충성심도 빛바랜 지 이미 오래였다. 하지만 지씨가 점래를 혐오하게 된 이유는 따로 있었다.

"꼴 보기 싫구나. 남자 때문에 흐트러진 모습이라니. 세상에, 내가 제일 경멸하는 모습이다. 냉정함을 잃은 인간은 인간이 아니야."

그 순간에 이미 지씨도 냉정함을 잃어가던 중이었다. 하지만 점래는 이미 냉정에서 열정으로 넘어가는 골목에 이르렀다.

"겨우 그거예요? 나한테 해줄 말이? 이 불쌍한 딸년한테 할말이 겨우 그거냐고?"

지씨는 양말을 천천히 벗었다. 가느다란 발목과 복숭아뼈가 드러났다. 살비듬 하나 없이 말갛고 뽀얀 속살은 눈이 부셨다. 점래는 자기도 모르게 목구멍으로 마른침을 삼켰다. 그리고 지씨의 발목을 잡기 위해 손을 뻗었다. 지씨는 발을 하늘 높이 쳐들었다. 발바닥은 여섯 살 여자아이의 것처럼 보드라워 보였다.

"넌 내 발바닥보다도 아름답지 못하다."

점래는 손을 뻗어 지씨의 발목을 꺾었다.

"사람 살려. 이년이, 이년이 나를 죽이려고 그러네."

지씨가 비명을 질렀지만 아무도 도와주지 않았다. 지씨의 제자들은 아무도 그녀를 존경하지 않았다. 염옥은 문이 잠겨 있었기 때문에 밖으로 나올 수가 없었다. 염옥은 방 안에 웅크리고 앉아서 눈물을 흘리기만 했다. 지씨는 고래고래 비명을 지르다 결국 기절하고 말았다. 점래는 자기가 저지른 일을 보고 놀라서는 재빨리 도망쳤다.

그후로 점래는 다시는 지씨의 집을 찾지 않았다. 혹 지씨가 목숨이라도 잃었을까 두려웠기 때문이다. 그녀는 기차를 타고 서둘러 남쪽으로 도망쳐 산으로 숨었다고 전해진다. 그리고 보름달이 뜨는 밤이면 자기 발바닥을 손으로 내리치며 통곡했다고 한다.

19. 추상화 속의 식모들

　병원에 입원해 있는 동안 순애씨의 컨디션은 최상이었다. 심지어 배스킨라빈스 아이스크림이 먹고 싶다고 했을 정도였다. 근 오 년 만에 찾아온 대단한 식욕이라고 순애씨는 말했다. 순애씨는 알록달록한 아이스크림이 먹고 싶다고 했다. 나는 알록달록한 색상의 아이스크림만 골라서 사왔다.

　물론 순애씨는 그 아이스크림을 직접 먹지는 못했다. 대신 창가에 놓고서 뜨거운 햇볕에 색색의 아이스크림이 녹는 모습을 지켜보기만 했다. 내가 무슨 심보냐고 물어보니 눈으로 아이스크림을 먹는다고 했다. 어차피 식도로 삼킬 수는 없으니, 시각으로 허기를 달래보려는 심사라고 했다.

　"알겠니? 이런 걸 사치라고 하는 거야."

의사는 순애씨를 고칠 수 없다고 했다. 순애씨의 온몸에 암이 퍼져 있다고 말했다. 하지만 구체적인 설명을 덧붙이지는 않았다. 순애씨는 의사에게 담담하게 고맙다고 말했고, 의사는 이 당당한 불치병 환자 앞에서 오히려 더 긴장한 얼굴을 보였다.

퇴원을 하고 집으로 돌아오는 데는 많은 어려움이 뒤따랐다. 휠체어에 앉힐 수도 없고, 게다가 과하게 무겁기까지 한 순애씨를 집까지 옮기는 일은 난감한 작업이었다. 택시는 일찌감치 포기하고 우리는 용달차를 불렀다. 용달차 기사는 짐이 아니라 사람이 실려나오는 모습을 보고 기겁을 했다.

"이게 말이 됩니까? 이게……"

나는 웃돈을 얹어주고 겨우 순애씨를 짐칸에 실을 수 있었다. 하지만 차마 짐 다루듯 꽁꽁 묶을 수는 없었다. 결국 나도 짐칸에 함께 올라타 순애씨가 흔들리지 않도록 꼭 붙잡아주어야 했다.

"정말 오랜만에 드라이브다운 드라이브네. 바람 쐬니까 너무 좋다."

순애씨는 서울 도심의 오염된 공기를 맘껏 들이켰다. 호흡이 그녀의 유일한 양식이자 간식이었다. 나는 바람에 흩날리는 곱슬머리를 주체하지 못해서 고개를 푹 숙이기만 했다.

"야호, 야호!"

용달차가 덜컹거릴 때마다 순애씨는 환호성을 질렀다. 가끔 도로로 지나가는 사람들이나 자가용 운전자들이 우리를 빤히 쳐다보기도 했다. 그들은 발목이 접질리듯 일상에 맞물려가는 시간이 한순간에 삐끗했다고 여길 터였다. 그리고 간단하게 그 순간을 착각이라고 생각할 게 뻔했다. 말도 안 돼, 몸통은 조각이고 머리만 사람인 여자가 바로 옆차에 타고 있다니. 하지만 착각이 현실이고, 현실이 착각과 같다는 사실을 아는 것만큼 짜릿한 일이 또 있을까?

순애씨가 병원에서 돌아온 날 밤 엄마로부터 전화가 왔다. 할아버지가 전시회를 연다는 소식을 전해주기 위해서였다.

"할아버지가 공식적으로 첫 전시회를 열기로 했어. 그것도 평창동에 있는 갤러리에서."

"거기, 엄마가 모델로 선 그림도 있어?"

"당연하지. 팸플릿에도 그림이 들어간단다. 포스터에도 내 그림이 들어가고."

처음 가족들에게 들킬까봐 노심초사하던 때와 달리 엄마는 사뭇 자랑스러워하고 있었다.

"막내는 뭐래?"

"애들이 뭘 알겠니. 말 안 했지."

평소에는 천재 대접하다 이럴 때만 애들 취급이었다. 하지만 막내는 일 년도 채 안 되는 기간 동안 이미 아이 같은 천진한 외양을 잃어갔다. 통통한 젖살은 빠지고 광대뼈와 뾰족한 턱이 드러났다. 반면에 이마는 움푹 들어가고 머리통은 굵고 컸다. 눈꼬리도 조금씩 올라간 듯했으며 게슴츠레하게 눈을 뜨는 버릇도 나타났다.

"곧 전시회 하니까. 들를 거지? 그나저나 순애는 못 오겠구나. 안됐네."

나는 전시회가 거의 끝나갈 무렵에 갤러리를 찾았다. 혼자 가기는 좀 민망했다. 그렇다고 사내녀석들을 데리고 가기엔 무슨 범죄라도 저지르는 기분이었고, 여자애들을 데리고 가기엔 쪽팔렸다. 그리고 그만큼 친한 여자애들도 없었다. 이럴 때 만만한 건 역시 선재였다. 나는 정말이지 오랜만에 선재에게 연락을 했다.

"좋아, 기꺼이."

오랜만에 들어본 선재의 목소리는 꽤 허스키해져 있었다.

목소리만 변한 게 아니었다. 다음날 인사동 칼국숫집 앞에서 만난 선재는 많이 달라져 있었다. 우선 몇 분 간격으로 담배를 피워댔다. 소프라노 톤의 목소리가 탁성으로 변한 건 그 때문인 듯했다. 게다가 머리카락은 귀 바로 위까지 짧게 쳤고 귀에는 피어싱도 여러 개였다.

"여기도 있어."

선재는 내 앞에서 혀를 내밀어 대롱대롱 매달려 있는 링을 보여주었다. 아이스크림이나 초콜릿을 먹은 후 링 사이로 입김을 불면 입 안에 달콤한 공기가 가득 찬다고 했다. 선재가 이제나저제나 바뀌지 않은 건 결국 식욕뿐이었다.

"대학 와서 처음 연애를 했어."

"시뮬레이션 게임하고는 많이 다르디?"

"전혀! 혀로 말하는 세계와 혀로 핥는 세계가 같을 리가 없잖아?"

선재는 퉁퉁 불기 시작한 칼국수 면발을 입 안에 집어넣었다.

"우리 학교 앞에 맥주클럽이 하나 있었어. 세계의 맥주란 맥주는 다 있지. 그곳 사장이 마흔 살이었는데 꼭 맥주통처럼 생겼어."

"우리랑 비슷한 몸매군."

"아니, 좀더 단단하고 무겁고 더 더러워. 세계의 모든 여자를 다 마시고 싶어하는 놈이니까."

선재는 그곳의 단골이 됐다. 둘은 일 주일 내내 세계 각지의 맥주를 마셨고, 그 사이에서 세계 각지에서 행하는 온갖 체위를 다 시도했다. 선재의 머리카락에서 발끝까지 맥주통 사내의 정액이 뿌려지지 않은 곳이 없을 정도였다.

"그 사람 정액이 말라붙으면 희미한 보리 냄새가 났어. 후각이 마비되어서, 감각의 냄새만 맡게 된 거지. 취해 있었어, 아주 오래."

둘의 관계는 선재의 기대와 달리 그리 오래 지속되지는 않았다. 클럽 사장이 선재 또래의 젊은 여대생과 짧은 만남을 가진 사실이 밝혀지고, 지루하고 과격한 싸움이 이어지고, 괜한 맥주병만 깨져 나갔다. 클럽에서, 침실에서, 욕실에서 병 깨지는 소리만 요란하게 이어졌다. 그들이 헤어지기 전 마지막 날, 클럽 사장은 날카로운 유리 조각을 들어 선재의 눈 바로 아래까지 들이대었다.

"이제 그만두자, 응? 그렇게 자학해봤자, 네 인생만 헛거야. 깨진 맥주병에 비친 네 얼굴 좀 보라고."

선재는 갈색 유리 조각에 담긴 자기 얼굴을 봤다고 했다.

"아름다웠어. 나는 내가 그렇게 아름다운 줄 몰랐어."

선재는 다음날 어깨까지 기르던 머리카락을 짧게 잘랐다. 그리고 귀를 뚫었다. 금속이 자기를 찌를 때 겨드랑이부터 팔목 아래까지 짜릿한 전율이 잠시 밀려왔다.

클럽 사장은 이제 선재에게 눈길조차 주지 않았다. 선재는 혼자 거푸 맥주를 들이켜다 돌아가곤 했다. 그러다 어느 날 사장을 손짓으로 불렀다.

"야, 너 끝까지 왜 그래? 이제 여기 좀 그만 와."

"왜 나를 만났어요?"

"실은 나도 시뮬레이션 하녀 게임 마니아였거든. 그래서 실제 하녀와 즐기고 싶었지. 그뿐이야. 그런데 금방 싫증나더군."

"아, 그렇군요."

선재는 빈 맥주병을 거꾸로 쥔 채로 고개를 끄덕였다.

"저기요, 나 당신한테 배우고 싶은 게 있어요."

"뭘?"

"잔인하게 되는 법. 잔인하게 사람들을 농락하는 법. 그래서 아름답고, 순종적이고, 절망적인 얼굴로 상대방을 만드는 법을 알고 싶어요."

"맥주를 잔뜩 먹여. 알코올에 취해서 판단력이 흐려지고, 위장과 방광에 맥주가 꽉 차서 배출 욕구 외에는 아무것도 못 느끼게 말야."

남자는 수염이 시커멓게 자란 두 겹의 턱을 손으로 문지르며 낄낄거렸다.

"그러면, 자기가 리드하는 줄 알지만 결국에는 리드당하지."

"고마워, 조언!"

"대신 너는 취하지 마. 취하면 몸을 배배 꽈서 뱃살이 꼭 발효된 효모덩어리처럼 보이더군. 그 동안 네 몸에 토하지 않은 걸 다행으로 알라고."

선재는 그날 밤 마지막 맥주병을 깼다. 클럽 사장의 이마에서 흐르는 피가 바닥으로 뚝뚝 떨어졌다. 다음날 둘은 한 번도 가본 적이 없는 장소에서 재회했다. 경찰서였다.

선재는 그후 맥주의 여신처럼 행동하기 시작했다. 어떤 남자는 새끼 늑대처럼 선재의 거대한 젖가슴에 매달려 울었다고 했다. 또 어떤 남자는 그녀의 육중한 허벅지에 눌려 가쁜 숨을 몰아쉬며 일을 치렀다.

"불쌍한 놈들. 어쩌다 너한테 걸려서."

"맨 처음 걸린 남자는 너였거든."

"……"

나는 잠깐 선재의 무지막지한 모습에 물새 쇄골을 대입시켜보았다. 여리디여린 그녀가 그런 행동을 취하는 모습은 상상조차 힘들었다.

선재의 잔혹한 연애사를 들은 덕인지 의외로 할아버지와 엄마의 합작품은 그렇게 충격적이지가 않았다.

사실 할아버지의 작품들은 누드화라고 이름 붙일 수가 없는 그림이었다. 엄마가 큰 걱정을 하지 않을 만도 했다. 이래가지고는 모델이 어떤 옷을 입고 어떤 동작을 취했는지 알 수가 없을 테니까.

그림은 대부분 식모 연작들이었다. 식모들은 웅크리고 있었고, 젖가슴이나 음부는 최대한 손으로 가리고 있었다. 그리고 눈은 동그랗고 커다래서 삶은 달걀의 단면처럼 보였다. 내 생각에 할아버지는 사십이 넘은 며느리의 알몸을 통해 그 너머에 있는 이십대 초중반의 젊은 식모의 이미지를 잡으려고 했던 것 같았다.

이 그림들은 결국 추상화에 가까웠다. 식모의 모습 옆에 흐릿하게 나타나는 미지의 인물들도 있었다. 탄탄한 근육을 지닌 젊은 남자였다. 그러나 남자의 얼굴만은 노인으로 바뀌어 있었다. 물론 그 얼굴은 너무 희미했고 회색에 가까운 색을 사용해서 잘 드러나지가 않았다. 자세히 보지 않으면 안개나 담배연기에 얼굴이 가려진 남자는 목이 잘린 걸로 보이기도 했다.

"어떠니?"

진주색 투피스를 입고 안내 데스크에 앉아 있던 엄마가 물어왔다. 그림은 제쳐두고라도 나는 왜 할아버지가 굳이 나이든 엄마를 모델로 택했는지 이해할 수가 없었다. 그림만 보자면 이십대 초반의 젊은 모델을 사서 작업해도 될 일이었다.

"엄마는 없네. 할아버지만 있고."

내가 한 말은 고작 이랬다.

"집안 내력이 보이네."

선재가 갤러리를 나서면서 나한테 한 말이었다.

새 학기가 시작되었다. 첫날 강의는 여전히 따분했다. '한국음악의 연구'라는 교양강좌였는데 교수는 창을 배웠다는 사람답지 않게 목소리가 개미 소리만했다. 출석 체크만 하고 도망치려고 했는데 어디선가 익숙한 웃음소리가 들렸다. 물새 쇄골이었다. 우리 사이에는 수없이 많은 책상과 대학생들의 뒤통수가 가로막혀 있어 얼굴조차 제대로 보기 어려웠지만 분명 그녀였다.

수업이 끝나고 나는 우우 밀려나가는 사람들 틈에서 물새 쇄골의 모습을 찾으려 두리번거렸다. 하지만 워낙 많은 학생들이 출입문으로 나가는 통에 쉽게 찾지는 못했다. 고개를 숙이고 한숨을 쉬고 있는데 누군가가 내 등을 두드렸다.

"안녕, 오랜만이네."

"아, 물……쇄. 아니, 정아구나."

"이 수업 들어? 잘 됐다. 나 아는 사람이 없어서 심심했어."

지난 학기 초의 일은 이미 까맣게 잊은 모양이었다. 물론 나는 그 사실을 일부러 다시 상기시키고 싶지는 않았다.

"자판기에서 커피 어때?"

"좋아."

강의를 들은 지 한 달 후에 첫 리포트가 있었다. 이인 일조로 짝을 지어서 한국음악사의 중요한 인물들을 조사해오라는 내용이었다. 정아와 나는 그날 늦게까지 도서관에서 자료를 찾았고 맥주도 한잔 하게 되었다.

"아, 실은 나는 민속학을 전공하고 싶었어. 잊혀진 사람들, 잊혀진 풍습 같은 걸 연구하고 싶었거든. 지난 학기에도 민속학에 관한 과목만 들었어. 민속학의 이해, 한국 탈춤의 역사, 구비문학론."

술이 들어가자 정아는 평소 잘 하지 않는 이야기들을 꺼내놨다.

"의외다?"

"그래, 다들 그렇게 생각해. 어쩌면 어릴 때 날 키워준 식모 때문인지도 몰라. 밤마다 내 귀에 대고 옛날이야기를 들려줬거든. 아직 내 정신 세계는 호랑이가 나오는 옛날이야기에 빠져 있는 것 같다니까."

나는 순간 보잘것없는 외모 대신 다른 방면으로 잘난 척할 건덕지가 생겼구나 싶었다.

"혹시, 호랑아낙 이야기 같은 거 들어봤나?"

"너 그 이야기를 알아?"

정아가 손바닥을 짝짝 소리나게 치더니 내 눈을 뚫어져라 쳐다봤다. 나는 모든 이야기를 한꺼번에 털어놓고 싶었지만 그건 좀 추잡해 보일 것 같았다. 결혼식 피로연에서 음식을 먹을 때처럼 게걸스럽게 이야기를 늘어놓으면 안 되지. 매너 있는 대화에는 회전초밥처럼 부담을 주지 않을 만큼의 템포가 필요하다.

"저기, 실은 내가 호랑아낙에 대해서 조사를 하고 있거든. 이번 리포트 끝내고 보여주고 싶은데, 어때?"

"정말, 나야 너무너무 고맙지."

하지만 그 약속은 그리 간단하게 지켜지지는 않았다. 나는 다가올 파국에 대해 아무것도 알지 못했다. 발칙한 수상한 식모들 같으니라고. 결국엔 나를 이용해 끝까지 자기 목소리를 내려 했던 거 아니었나?

나는 지금도 등짝이 쓰라리고 아프다. 수많은 이들이 내 등에 채찍질을 해대고 손톱으로 할퀴는 순간이 이어진다. 물론 성급하게 이야기를 꺼내선 안 된다. 그랬다간, 영양가 없는 결말로 달려갈지도 모르는 법이다.

20. 김수영과 김수영

김수영을 기른 사람도 수상한 식모 지씨였다. 수영은 국군들이 서울을 수복하기 얼마 전에 부모를 잃었다. 군인들에게 사살된 건 아니었고 공중에서 벌어진 미 공군의 폭격이 원인이었다. 아비규환의 혼란에서 살아남은 건 그녀의 어머니 덕이었다. 포탄이 시가지를 휩쓸 때 수영은 개천으로 떠밀렸다. 개천가의 진흙이 뵈지 않을 정도로 시신들이 그곳에 그득했다. 썩는 냄새 가득한 시신 더미. 우우 떼를 지어나는 개파리 떼의 소리. 비록 목숨은 잃지 않았지만 수영은 지옥의 개천에 머리를 처박고 아주 오래 숨을 쉬는 기분이었다.

한차례 폭격이 지나고 수영은 외려 너무 담담하게 도로로 걸어나왔다. 목구멍은 바짝 말라 침을 삼키기가 어려웠고 눈이 매웠지만 눈물은 나지 않았다. 그녀는 발길 닿는 대로 시가지를 걸었다. 앙상한 골조만 남은 건물들이 시야를 채웠다. 먼지와 피에 전 흰옷을 입은 사람들이 다리를 절며 그녀 앞에 나타나기도 했다. 그들은 셋 또는 둘, 혹은 혼자였다. 그러나 누구도 수영에게 말을 걸어오지 않았다. 사람들은 서로를 주저앉은 건물 보듯 했다. 수영은 저만치서 노을이 깔릴 때까지 서울 시가지를 배회했다. 허기졌고 무릎은 후들댔다. 하지만 어느 곳에서든 멈추기만 하면 그대로 고꾸라질까 무서워 계속 걸어야만 했다. 엉겁결에 수영은 눈을 감았다 떴다. 담벼락에 머리가 부딪쳤다. 하지만 폭신한 담이었다. 수영은 입에서 진초록의 위액을 여러 번 쏟아내고 기절했다.

다시 눈을 뜬 곳은 현저동의 한 판잣집이었다.

"너, 이름이 뭐니?"

"수영, 김수영인데요."

"나이는?"

"올해 열둘이요."

"맘에 드네. 목소리 한번 똑 부러지는구나."

자기를 지씨라고 소개한 여인은 웃을 때마다 눈과 입가에 가는 주름이 나타났다 사라졌다.

수영은 열여덟이 될 때까지 오랜 기간을 지씨 곁에 머물렀다. 그리고는 수상한 식모의 재주를 전수받았다. 영특한 수영을 지씨는 그녀가 거둬들인 다른 전쟁 고아들보다 아끼고 사랑했다.

처음 수영이 일을 시작한 집은 서울 제동에 있는 기와집이었다. 이곳 주인인 이씨 집안은 조선시대부터 일제시대를 거쳐 한국전쟁 전까지 티끌 하나 뺏긴 적이 없다고 했다. 서울 시내에 소유한 토지도 쏠쏠했고 고리대금업으로 재산도 녹록잖게 불렸다.

단 이 집에도 한 차례 어마어마한 위기가 닥칠 뻔했다. 한국전쟁이 그것이었다. 하지만 다행히 고위층 친인척이 전달한 정보를 듣고 미리 피난을 떠나 위험을 모면했다. 그후, 국군과 미군의 서울 수복 과정을 지켜보며 총과 군홧발이 지닌 힘에 대해 무한한 동경을 품은 이씨는 전쟁이 끝난 후에 아들 둘을 사관학교에 입학시키고야 만다.

그러나 수영이 들어왔을 무렵 이씨의 영화도 내리막길에 다다라 가속도가 붙는 중이었다. 수영은 노인 이씨의 수발드는 일을 도맡아 담당했다. 겨우 쉰이 넘은 나이에 풍이 찾아와 이씨는 사지가 마비됐다. 주변 지인들은 끼니때마다 돼지고기 요리를 너무 많이 먹어 그리 됐다고들 했다.

처음 수영이 수발을 들기 시작했을 때만 해도 이씨는 아직 욕구가 넘쳤다. 수영의 맨다리를 눈으로 훑는다거나, 아침마다 바지 앞섶이 탄탄하게 부풀어 있다는 욕망 따위가 아니었다. 자기가 자리를 털고 일어나리라는 것, 군에 간 자식들이 반짝이는 군홧발의 앞코 같은 명예의 전당에 오르리란 것. 그리고 마누라가 자기보다 먼저 세상을 뜨고 자기가 새장가를 들어 자식 하나 정도는 더 볼 수 있으리란 꿈.

이씨는 비뚤어진 입술 사이로 거품이 인 침을 흘리며 그런 헛소리들을 중얼대곤 했다. 수영은 이씨의 목숨을 끊기 위해 독초를 쓰지는 않았다. 또 풍이 걸린 노인네들을 유혹하기 위한 교태도 부리지 않았다. 수영의 수상한 짓은 성의 없는 물걸레질처럼 툭툭 내던지는 말투 하나로도 충분했다.

“너어…… 오올해…… 나이가아…… 얼마나아……”

"알아서 뭐 하시게요?"

"버르장머리…… 버르장머리 조옴…… 내가아 한마디만…… 하며
는……"

"입냄새 나니까 좀 다물고나 있으세요."

거실에서는 고개를 숙이고 가녀린 목덜미를 드러내던 수영은 이 방
에 들어오기만 하면 턱을 높이 쳐들었다. 노인의 입가에 거품이 인 침
을 닦아줄 때도 욕실의 찌든 때를 벗길 때처럼 너무 거칠게 문질렀다.
약간의 배려도 없었다. 덕분에 풍 걸린 노인네답지 않게 맨질맨질 깨끗
해서 오히려 사모님은 더 좋아했다. 바지를 벗기고 똥을 지린 속옷을
갈아입힐 때도 떳떳했다.

"아유, 똥내. 동네 개들이나 불러서 핥으라고 해야지."

물에 젖은 수건으로 똥이 묻은 쭈글쭈글한 고환을 닦으면서 깔깔대
기도 했다.

이씨는 틀니를 끼지 않은 잇몸을 부딪치며 이 모욕을 견뎌냈다. 평생
남 앞에서 군림했던 이씨에게는 지옥 같은 나날이었다.

"너어…… 내가아…… 당자앙 쫓아낼 것이다."

하지만 이씨의 부인이 일 잘 하는 수영을 쫓아낼 리 없었다. 더구나
이제 제동 기와집에선 이씨의 호령은 자정 무렵에 들리는 고양이 교미
소리만큼이나 귀찮게만 여겨졌다. 어리석게도 이씨는 부인의 권유로
미리 유언장을 작성했던 거였다. 식구들은 슬슬 똥내와 노인 특유의 악
취가 밴 방에 발길을 끊기 시작했다. 오직 그 방에 격의 없이 드나드는
사람은 한창 물이 오르기 시작한 열여덟의 파릇파릇한 수영밖에 없었
다. 수영은 오 년 넘게 이씨를 돌봤다.

이씨의 모든 생활 패턴은 이제 수영에게 맞춰졌다. 끼니가 조금이라도 늦으면 득달같이 화를 냈다.

"고야안 녀언…… 노인네를…… 쫄쫄 굶겨?"

"아직 고함칠 기력은 남았네요?"

이씨는 나날이 집착이 심해졌다. 폭력이나 고함 대신 정적인 눈물을 동반한 순애보의 성질이라 더욱 경악스러웠다. 이씨는 밥을 받아먹을 때마다 질금질금 눈물을 흘렸다. 수영이 노인을 물수건으로 씻기고 옷을 갈아입히고 밖으로 나갈라치면 겨우 좌우로 움직일 수 있는 머리로 도리질을 했다.

"다음 식사시간 때 올라올게요."

이제 남아 있는 이씨의 낙은 끝나지 않는 기다림이었다. 어른의 성욕이 아닌 유아의 욕망에 가까운 감정이었다.

"다…… 전 재산 다아…… 너한테 줄게. 그러니까 이 방에서 한 발자국도 나가지 말고오…… 나라앙…… 같이 살아, 응?"

수영은 그날로 제동 기와집에서의 식모 일을 그만두었다. 이씨 부인은 손수 굴비를 구워 밥상까지 차려주며 수영을 말렸다.

"우리가 뭐 섭섭하게 한 거라도 있었니? 수영아, 문제가 뭐라니?"

"영감님이 같이 살재요. 징그러워요."

이씨 부인은 아무 말도 하지 않고 수영을 보내주었다. 대신 아는 집 중 한 곳을 소개시켜주었다.

수영이 일하게 된 집은 대대로 쌀가게로 돈을 벌어온 신씨네 집이었다. 홍은동에 있는 그 집은 이씨네와 달리 이층 양옥집이었다. 아버지에게 쌀가게를 이어받은 신씨는 쌓아놓은 재산이 많아서인지 사치도

심한 편이었다. 여자도 아닌데 그릇이나 꽃, 그리고 아름다움에 관심이 많았다. 찬장 속의 유리잔도 당시에는 흔치 않았던 독일제였다.

그렇지만 수영은 신씨의 사치가 고깝게만 보이지는 않았다. 무엇보다 이층으로 올라가는 나무계단 벽면에 걸려 있는 그림들이 인상적이었다. 모딜리아니, 고갱, 고야 등이 그린 명작들의 모사화였다. 수영은 특히 모딜리아니의 그림을 좋아해서 물걸레질을 하다 말고 쪼그리고 앉아 그림을 들여다보기도 했다. 수영은 모든 일이 끝나고 밤이면 혼자 거울 앞에 서서 길게 기른 검은 머리카락을 참빗으로 빗어내리며 눈을 아래로 지그시 내리깔곤 했다.

모딜리아니의 그림에 빠져들면 수상한 짓 중에서도 가장 뜨거운 짓이 하고 싶어졌다. 지씨가 금기로 내걸었던 수상한 짓 중 하나였다.

"골 빈 것들이나 몸뚱이로 그 집안을 휘젓는 거야. 진짜 수상한 식모라면 담대했던 호랑아나 식모들처럼 그 집안을 손가락 하나로 휘저어야 해."

수영은 자기가 골이 비었다고 생각하지는 않았다. 하지만 사랑에 빠지면 잠 자는 사이에 올바른 이성을 관장하는 뇌수가 귓구멍으로 술술 빠져나가는 것 같은 기분이 들었다. 아침에 일어나면 머리가 멍하고 베개가 젖어 축축했다.

의도적으로 그 집을 파탄내기 위해서 신씨를 유혹했던 건 아니었다. 수영은 신씨의 빈틈이 좋았다. 어색한 베레모, 파이프를 물고 멋만 부리다가는 눈이 벌게지도록 기침하는 모습, 그림을 그린답시고 물감을 사놓고 마나님에게 꾸중 듣고 다시 물리는 모습, 집 안에 걸어놓은 모사화를 진품처럼 감동적인 눈으로 감상하는 모습까지. 그리고 식모인 그녀에게 커피를 타주면서 내주던 손길에서 사랑의 정전기를 경험했다.

"어머, 사장님, 왜 그러시는 거죠?"

"오해하지 마. 그냥 우리집에 사는 영원한 타인에게 커피 한잔 내주고 싶었을 뿐이야."

"식모라고 동정하지 마세요. 그런 건 싫어요."

"아냐, 그런 게 아니라고. 나도 때론 수영이 같은 삶에 대해 생각해. 다른 사람의 가정에 섞여 살면서, 생판 다른 눈으로 보는 건 어떤 기분이 들까. 그건, 어쩜 캔버스에 누군가의 초상화를 그리는 것과 비슷하지 않을까, 뭐 이런 생각을 한다고."

"커피가 너무 달아요. 이건 설탕물 같은데요?"

"그래, 미안해. 나는 여자들은 무조건 단 커피를 좋아하는 줄 알았어."

"가난한 여자들이겠죠."

"아니, 내 말은 그런 게 아니고⋯⋯"

신씨는 마흔이 넘었지만 어렸을 때부터 구김 없이 자라서인지 아직 철이 덜 나 보였다. 수영은 신씨와 사랑하는 동안 그의 구겨진 뱃살이나, 탈모가 생긴 뒤통수를 볼 때도 그녀와 스무 살 가까운 나이 차가 난다는 걸 전혀 인식하지 못했다.

수영과 신씨는 마나님이 출타한 시간에 집 안에서 뒹굴거나, 시장에 나갔다가 둘이 만나 데이트를 즐겼다. 사실 쌀가게에는 종업원이 있어 신씨는 뒷짐을 지고 휘휘 아침에만 둘러보면 됐다. 신씨는 그림은 서툴게 그렸지만 여자를 다루는 붓질만은 제법 능숙했다.

"그거 알아요? 신씨, 신씨는요, 붓질 할 때보다 볼록한 젖가슴 위에서 혀를 움직일 때 더 끝내주는 남자라고요."

수영은 몇 번 잠자리를 하고 난 뒤부터 신씨를 사장님이나 아저씨로 부르지 않았다. 장난스럽게 신씨라고 불렀다.

"이거 좋아해야 하는 건지, 화를 내야 하는 건지 모르겠군."

"그럼, 생각날 때까지 그냥 누워 있어요."

신씨는 가만히 누워 수영의 가는 목과 쇄골과 골반을 어루만지기를 좋아했다.

"피카소가 그랬지. 세상에서 가장 완벽한 캔버스는 여성이다. 아무 여백도 채우지 않아도 그 자체로 아름답다."

"신씨, 나는 수상한 식모예요."

수영은 신씨의 불룩한 배 위로 올라갔다. 그리고 신씨의 목을 가볍게 졸랐다.

"나는 당신의 집안을 파탄낼 거예요. 어때요, 내가 두렵지 않은가요?"

"두려워. 너무 두려워 미칠 것 같다고!"

하지만 신씨의 성기는 점점 더 부풀어올랐다. 수영은 신씨의 목을 조르던 손을 풀고는 깔깔대며 웃었다. 신씨가 와락 수영을 껴안았다.

"모든 걸 다 무너뜨려줘. 부탁이니까, 날 완전히 부숴줘."

신씨는 수영의 젖가슴을 만지며 아이처럼 징징거렸다.

어느 날, 수영은 지씨를 오랜만에 찾아갔다. 몇 달 전 점래에게 발목을 비틀린 이후로 지씨는 앓아눕게 되었다. 점래가 어찌나 힘을 주었던지 어떤 약초를 써도 지씨의 발목은 낫지 않았다. 겨우 두 달이 지나서야 지팡이를 짚고 절뚝거리며 걸을 수 있었다.

"내 팔자 처량하다. 환갑도 되기 전에 절름발이 신세라니."

장년이 다 되어서도 화려한 미모를 자랑하던 지씨는 갑작스레 늙어
버리고 말았다. 시력도 급속도로 나빠져서 돋보기를 코에 걸치고 있었
다. 한숨만 쉬고 있는 지씨 앞에서 수영은 사랑에 대해 물어볼 수가 없
었다. 예전에 지씨는 수영에게 신신당부했다. 절대 주인집 남자를 사랑
하지 말라고 말이다. 하지만 어쩔 수 없이 사랑에 빠졌을 때는 어떻게
대처해야 하는지 그녀는 알려주지 않았다.

그래, 어떻게든 되겠지.

수영은 지씨의 절뚝거리는 발목을 바라보며 생각했다.

저도 사랑에 빠진 절름발이랍니다.

집에 아무도 없는 날이면 수영은 마나님 몰래 신씨의 베레모를 쓰고
집 안을 돌아다니기도 했다. 마나님에게 들키는 날엔 어찌될지 결말이
훤히 보였지만 그럴수록 더 스릴 있었다. 그때 수영은 예전에 지씨가
신신당부했던 충고를 완전히 잊고 있었다.

"식모는 주인집 가정을 쥐고 있어야 해. 그들이랑 한 식구인 양 생각
하다가는 패대기쳐지기 십상이다. 우리는 아무리 노력해도 결국 양식
을 축내는 쥐떼에 불과한 거야."

쥐를 무는 고양이 역할은 갓 열 살이 넘은 꼬마 식모아이가 했다. 지
지리 가난한 집에서 어린 나이에 올려보낸 식모애를 수영은 꽤 예뻐했
다. 몇 달만 이곳에서 일하고 신씨 집안의 친척집으로 보내질 아이였
다. 꼬마애가 다리에 화상을 입어 오줌으로 씻어주며 흉터를 없애는 치
료를 하다 수상한 식모 이야기를 한 게 화근이었다. 울고 있는 아이를
달래기 위해 수영은 호랑아낙과 수상한 식모들의 이야기를 들려주었

222

다. 특히 수상한 식모들이 주인집 남자와의 불륜을 통해 가정의 파탄을 불러오기도 한다는 이야기에서 아이는 고양이처럼 눈이 반짝였다.

"어머, 언니 정말?"

그 다음엔 베레모를 쓴 모습을 들켰다. 여자애는 화상 입은 다리로 수영 주위를 맴돌며 호시탐탐 기회를 노리다 수영과 신씨가 한 방에 있는 걸 목격하기에 이르렀다.

"언니, 꼭 모딜리아니 그림 같아."

수영은 옷이 반쯤 풀어헤쳐진 꼴이었고, 머리카락은 헝클어져 오른쪽 눈을 덮었으며, 얼굴은 뭉개진 장미의 빛깔이었고, 바로 앞에서 헐떡이는 신씨 외에 아무것도 눈에 담지 못하고 있었다.

이튿날 밤에 어린 계집애가 식칼을 들고 방으로 와 수영을 쫓아냈다.

"언니, 사모님이 청승 떨지 말고 바로 지금 나가래. 이 칼을 들고 있는 건 열 살짜리 계집애가 아니라, 바로 이 집의 여주인이라는 걸 잊지 마."

"어린것이 여간내기가 아니구나. 어떻게 나한테 이럴 수 있니?"

"언니, 내일부터 이 집 식모 자리는 내 차지가 될 거야."

수영은 신씨를 만나지도 못하고 서둘러 짐을 싸 그 집을 떠났다. 물론 세탁실에 벗어두었던 베레모를 몰래 훔쳐서 나오긴 했지만 신씨를 볼 수는 없었다.

딱히 갈 곳이 없었던 수영은 명동 거리로 발길을 돌렸다. 같이 가본 적은 없지만 신씨가 즐겨 찾는 양줏집이 이 근방에 있다는 말을 들은 기억이 나서였다. 이미 밤은 늦어 사람들은 보이지 않았고 비틀대며 걷는 취객들만 눈에 띄었다. 곧 통금이 시작될 시간이었다. 수영은 손가방과 베레모를 손에 쥔 채 작은 양줏집 앞에 앉아 울먹였다. 바람은 찼고, 볼은 얼어붙었으며, 눈물은 너무나 쉽게 쏟아졌다.

길 건너에서 취객 둘이 어깨동무를 하고, 가끔 간질이기도 하고, 욕설도 하며 걸어가는 모습이 보였다. 잠시 뒤에 방금 전에 지나갔던 사람으로 보이는 사내가 뚜벅뚜벅 이쪽으로 걸어왔다. 때에 찌든 누런 점퍼를 입고 있었는데 다리는 병아리처럼 가늘었다.

"이봐요, 괜찮습니까? 왜 늦은 밤에 혼자 울고 있소?"

수영은 이 낯선 사내에게 겁을 먹진 않았다. 눈썹이 짙긴 했지만 쌍꺼풀 진 큰 눈 덕인지 악의는 없는 양반으로 보였다. 수영은 손에 들고 있던 베레모를 들었다.

"이게 나를 울려요."

"베레모로 날 실망시킨 친구가 있었소. 그런데 그치가 죽으니까는 이상하게 베레모만 머릿속에 떠오르더라고."

그는 수영 앞에 쪼그리고 앉아서 담배를 빼물었다. 얼굴의 주름이 온통 입가로 몰리는 것처럼 보였다. 사내가 성냥을 켜서 사위가 약간 밝아졌다 다시 컴컴해졌다. 수영은 이 사내에게서 풍기는 술냄새와 뒤섞인 담뱃내와 그리고 허약한 짐승이 풍길 법한 역한 체취가 그다지 싫지는 않았다.

"아저씨, 어디 살아요?"

"나 말인가, 저기 마포 쪽에 살우. 마누라랑 머리 나쁜 애들이랑."

"뭐 하고 산데요?"

수영은 동화 속의 성냥팔이 소녀처럼 계속 이야기를 건네고픈 충동을 느꼈다. 그래야 베레모를 쓴 신씨의 모습이 사라질 것 같았다.

"양계도 좀 하고…… 다른 일도 좀 하고."

“저는 식모예요.”

“나보다 낫군.”

“수상한 식모랍니다. 돈의 노예가 된 가정들만 골라 그곳의 평화를 약탈하죠.”

“실은 말야, 아가씨. 나는 비밀 잠입 취재를 위해 곧 북에 넘어갈 비밀 기자라고.”

이어 그는 혁명가를 몇 소절 부르다가 끝을 흐리더니 그만두고 담배를 보도에 비벼껐다.

“선생님 이름은 뭐예요?”

“수영, 김수영.”

“어머?”

수영이 손뼉을 치며 반색하는 얼굴을 했다. 그 바람에 손에 들고 있던 베레모가 바닥으로 떨어졌다.

“왜, 내 이름을 아시오?”

“제 이름도 김수영인걸요.”

“정말이오?”

둘은 처음으로 악수했다. 그러고는 곧 몇 가지 잡설들을 주고받았다.

수영은 전쟁 고아가 되어, 수상한 식모로 교육받고, 사랑에 빠져 실패한 경험담들을 늘어놨다. 김수영은 한국전쟁중 포로가 되어 거제도 포로수용소까지 갔던 일이며, 그곳에서 통역 담당으로 일한 일이며, 지금 자신의 별것 없는 처지에 대한 말까지 떠들었다.

“이럴 땐 술이 있어야 제격인데.”

“아이, 술은요.”

대신 둘은 엉겁결에 택시를 타고 김수영의 집까지 가게 됐다. 마포에 있는 집은 허름한데다가 담 한쪽이 아예 무너진 꼴이었다.

"공사했다 문제 생겨서 허무는 바람에……"

김수영은 부인에게 술 취한 밤 명동에서 만난 젊은 여인 수영을 수상한 식모라는 직함으로 소개시켰다.

"죄송해요. 우리집은 식모를 쓸 형편이 안 돼서……"

"하룻밤만 신세 지면 안 될까요? 당장 묵을 곳이 서울엔 없어요."

김수영이 갑자기 킬킬대고 웃기 시작했다.

어쨌든 수영은 그곳에서 하룻밤을 보내게 됐다. 그리고 보답 삼아 이튿날 주인 내외가 말리는데도 불구하고 방 청소를 꼼꼼히 해주고는 떠났다. 물론 그녀는 김수영의 담뱃갑 하나를 슬쩍 훔쳐서 나왔다. 담뱃갑에는 밀린 외상 술값의 액수와 책 제목 몇 개가 적혀 있었다. 수영은 김수영이 직접 쓴 끝이 둥글둥글하고 모양이 작은 글자체가 맘에 들었다.

그 이듬해쯤, 김수영은 식모라는 시를 발표한다.

식모

그녀는 도벽이 발견되었을 때 완성된다
그녀뿐이 아니라
나뿐이 아니라 천역에 찌들린
나뿐만이 아니라
여편네뿐이 아니라 안달을 부리는
여편네뿐만이 아니라
우리들의 새끼들까지도

아무것도 모르는 우리들의 새끼들까지도
그녀가 온 지 두 달 만에 우리들은 처음으로 완성되었다
처음으로 처음으로

21. 끈이 끊어지고 칼이 떨어지면

과제 발표를 계기로 해서 정아와 나는 제법 가까운 사이가 되었다. 수업이 있는 날이면 점심을 함께 했고 일 주일에 한 번 정도 방과후에 술 한잔을 걸쳤다. 물론 아직 러브호텔의 문을 두드리는 단계는 아니었다. 나는 유혹의 소도구가 별로 없었기 때문에 주로 정아가 궁금해하는 호랑아낙의 이야기를 떠들었다. 그래봤자, 앞부분 단군신화를 비튼 호랑아낙 신화의 앞부분에서 깔짝대는 정도였다. 이야기란 원래 고급 와인처럼 입 안에서 깔짝거려야 제 맛 아니겠는가?

"도대체 누구한테 그런 이야기를 들었니?"

술기운에 흰자위가 온통 빨개진 정아가 푸푸 날숨을 쉬며 묻곤 했다.

"머리밖에 안 남은 여자가 있어."

정아는 별로 우습지 않은 이야기에도 잇몸을 드러내며 까르르 웃었다. 술이 들어가지 않으면 잘 웃지도 않았고, 웃어도 손으로 입을 가렸다. 정아의 아랫니는 좀 유별났다. 아랫니 두 개가 옥수수알처럼 작고 뭉툭했다. 어렸을 적 젖니가 빠지고 난 다음에 자란 간니가 그리 변했다고 했다. 하지만 나는 그 이빨마저도 사랑스럽게만 보였다.

"장난치지 마. 저기, 너 그 수상한 식모랑 지금도 연락해? 그녀는 어떻게 살아?"

"일 주일에 한 번에서 두 번 정도 만나. 실은 그녀의 이야기를 기록하는 아르바이트를 하고 있거든. 수기를 위한 메모 작업이랄까. 대필작가랑 비슷하지."

나는 차마 귓구멍으로 쥐가 들락거린다고는 말하지 못했다. 아무리 옛이야기에 관심이 많다지만 그런 이야기 따위는 믿지 않을 게 뻔했다. 하지만 꿈을 갉는 쥐를 빼고도 수상한 식모들의 이야기는 무궁무진했다. 나는 왠지 흐뭇해져서는 단번에 맥주를 벌컥벌컥 들이켰다.

"나랑 같이 만나면 안 되니? 중간고사 끝나고 어때?"

나도 그러고는 싶었다. 하지만 순애씨의 반대가 심했다. 디스켓에 저장해서 내가 적은 메모를 유출하고 싶었지만 그것도 막무가내로 막았다. 하지만 어차피 순애씨는 움직일 수 없는 몸이었다.

"좋아, 아직 정리가 덜 끝났지만 기대하라고. 다음주 금요일에는 무슨 일이 있어도 내가 모든 걸 보여줄게."

"단순한 기록에서 끝나는 건 의미가 없잖수. 사람들에게 널리 알려야 하는 게 낫지 않을까? 응, 말 좀 해봐요."

나는 순애씨의 머리맡에 단풍잎 여러 개를 장식하며 말했다. 나는 외부의 계절을 담아와 이 방에 계절의 변화를 꾸미고는 했다. 여름에는 비에 젖은 푸른 잎사귀를, 가을에는 단풍잎을, 아마 겨울에는 작은 눈사람을 만들어 가지고 들어올지도 몰랐다. 그리고 솔직히 이날의 단풍 디스플레이에 신경을 쓴 건 약간의 아부성도 섞여 있었다.

"넌 우선 기록하기만 하면 돼."

"아니, 남한테 보여주는 게 남는 거지. 기록의 목적이 그거잖아?"

"기록은 기록 자체가 목적이야. 완성되는 기록은 모두 죽어버리지. 우리는 그런 것은 원하지 않아. 살아 있는 역사의 기록을 원해."

"혹시…… 당신 사기꾼 아냐? 실은 호랑아낙이고 수상한 식모들이고 순애씨가 모두 지어낸 이야기지? 그래서 지금 들통날까 미리 겁먹고 있는 거 아니냐고?"

"너는 아무것도 완성하지 못해. 왜 그런지는 곧 알게 되겠지. 그건 네가 전달하는 이야기지, 너의 이야기는 아니니까."

"악담을 하시는군. 기록을 부탁할 때는 언제고 완성을 못 한다?"

"종이 위에 글을 남긴 자, 먹물이 굳어가듯, 몸이 돌이 되어 산산이 부서지리니……"

신기하게도 다툼이 있던 그날 밤에 꿈을 긁는 쥐는 아무것도 실어 오지 않았다. 나는 아무것도 보지 못했다. 그저 기분 나쁜 촉감만이 온몸에 전달됐다. 캄캄했고 나의 온몸에 끈적한 액체가 툭툭 떨어졌다. 나는 소스라치게 놀라서 비명을 질렀다.

눈을 떴을 때 꿈을 긁는 쥐는 내 옆에서 바둥댔다. 순애씨는 나를 보고 있지 않고 천장을 올려다보았다. 얼마나 눈에 힘을 주고 있는지 실핏줄이 모두 터져서 흰자위가 보이지 않을 정도였다.

"이제 네 형은 돌아올 거야. 넌 다시 수레바퀴를 타게 될 거야. 너는 도둑맞기 위한 짐을 이고 다니는 일꾼이지. 미안해. 하지만 기쁨이 있긴 있을 거야."

나는 순애씨의 목소리가 심상치 않다는 걸 감지했다. 나는 천장을 올려다봤다. 식칼을 매단 노끈이 거의 끊어지기 직전에 다다른 상황이었다.

나는 왜 그 단절된 상황에서 픽 웃어버렸을까? 자리에서 일어나 노끈을 풀기만 했어도 그날의 사건은 해프닝으로 끝이 났으리라. 아니, 어쩌면 나는 이런 식의 인간관계의 결말에 대해 생각해본 적이 없었는지도 모른다. 모든 인간관계는 기승전결이 있어야 하는 것 아닌가? 그 상황은 결말에 수반되는 비극성이라고는 조금도 없었다. 안타깝게도 현실의 비극은 말라 죽은 오이꼭지와 비슷하게 초라했다.

순애씨가 갑자기 부자연스러울 만큼 입을 크게 벌린 채 비명을 질렀던 모습이 떠오른다. 나는 그제야 공포가 밀려들었지만 무거운 몸은 재빨리 움직이지 못했다. 아니, 몸이 굳어 있었다는 게 맞겠다.

노끈이 끊어졌다. 칼은 위에서 아래로 떨어졌다. 아마 길어봤자 삼 초도 걸리지 않았을 거다. 하지만 나는 호랑아낙과 수상한 식모들이 만든 시간이 겹쳐지고, 그 겹쳐진 부분을 이 날카로운 칼이 단번에 찢고 있는 모습을 보았다.

칼은 순애씨의 젖가슴 위로 바로 떨어졌다. 하지만 단단한 돌과 부딪쳐서 위로 잠시 솟았다가는 정확히 순애씨의 목덜미 아래에 꽂혔다.

솔직히 나는 오줌을 지릴 만큼 무서웠다. 나는 고작해야 스무 살이었다. 눈앞에서 칼에 찔린 여인을 본다는 건 온몸의 감각을 공포로 굳어

지게 했다. 한국전쟁중도 아니었고, 이라크인의 죽음은 텔레비전으로
만 볼 수 있었다. 물론 꿈을 갉는 쥐가 물어온 타인의 꿈속에서는 많은
살육과 전쟁의 모습들이 지나갔다. 무수히 많은 시신들도 내 머릿속을
맴돌다가 다시 꿈을 갉는 쥐의 머릿속으로 들어갔다. 그러나 그것은 단
순한 이미지에 불과했다. 하지만 내 앞에 있는 순애씨는 비록 육신은
돌일지언정 아직 말을 하고 눈물도 흘리는 실체였다.

시간이 으깨진 상처, 목덜미에서 흐르는 피가 날카로운 금속을 타고
흘러내려 돌로 된 그녀의 어깨와 가슴을 적시기 시작했다.

"이제 내가 만든 시간은 끝났어."

"이렇게 끝난다는 게 말이 돼?"

"아니, 너는 다시 주욱 가면 돼. 우리는 죽지 않을 테니까."

순애씨가 기도가 막히는지 콜록콜록 기침을 해댔다.

"부탁해."

"수상한 식모들의 이야기를 유출하지 말라고?"

"아니, 언젠가 이야기는 알아서 네 손을 떠나겠지. 지금 네가 할 일
은……"

"뭔데?"

"뽑아줘."

"뭐?"

"뽑아줘. 내 목에 꽂힌 이 칼을."

"뭐?"

"이 칼이 뽑혀야, 이야기는 다시 흘러가. 네가 원하는 대로 완성을 향
해 달려가지."

순애씨는 눈짓으로 상처를 가리켰다. 금속을 타고 조금씩 피가 뿜어져나왔다.

"기다려, 당장 의사를 부를 테니까."

나는 휴대폰을 들고 저장된 병원 번호를 찾았다.

"그 바보 같은 의사?"

"어쩌려고?"

"자, 이리온. 나의 아가, 내가 언제 잘못된 길로 이끈 적이 있었니?"

"하……"

"자, 이 칼만 뽑으면 돼. 나는 너의 보물섬이란다."

내 발걸음은 순애씨 가까이에 가 있었다. 이제 상처에서 더는 피가 흐르지 않았다. 칼에 묻은 피도 어느새 엷게 말라붙은 모습이었다.

"이 칼을 뽑으면 어떻게 되는데?"

"예언을 부탁하는 거니?"

나는 고개를 끄덕이지도 흔들지도 않았다. 입술이 떨려서 어버버버 거리기만 했다.

"이 칼을 뽑으면 가족이 돌아오지. 이 칼을 뽑으면 뜨거운 사랑이 찾아오지. 이 칼을 뽑으면…… 숨찬다."

"순애씨는 어떻게 되지?"

"나는 썩은 이가 되지. 충치를 뽑아. 내가 자유롭게 날 수 있게 지붕으로 던져줘. 제비가 썩은 이를 물고 가면 새 이가 돌아온다. 다시 말과 글은 시끄럽게 떠든다."

순애씨의 웃음은 나를 공포라는 감상적인 상태에서 벗어나게 해주었다. 감상적인 기분이 가시자 현실에 처해 있는 상황이 인지되었다. 어차피 석상이 되어 떠날 사람 아닌가? 아니, 어쩜 뾰족한 시계가 떨어지는 날이 우리 여행의 종점이었는지도 몰랐다.

나는 칼날에 비친 나의 얼굴을 보았다. 거대한 살덩이는 하얗게 질려서 눈처럼 순결해 보였다.

"내가 나쁜 마음으로 이러는 게 아닌 건 알죠?"

나는 부들부들 떠는 손을 순애씨의 목에 가져다댔다. 순애씨가 핏줄 터진 눈으로 나를 쳐다보았다. 순애씨는 입을 벌리고 있긴 했지만 아무 말도 하지 않았다. 거친 숨소리만 간간이 내뱉었다. 그렇지만 그 눈은 슬픔과 회한은 아니었다. 오히려 그 눈빛은 날카로운 칼끝의 언어를 구사했다. 지금 생각해보니 그 언어는 적대감의 언어는 아니었다. 비웃음, 어리석음에 대한 비난, 깨닫지 못한 자에 대한 동정에 가까웠다.

"정말이라니까. 난 나쁜 놈이 아냐."

나는 울대를 부들부들 떨고 울음을 삼키며 말했다. 내가 내뱉었던 말 중에서 제일 최악의 선택이었다. 차라리 나는 동지로서의 날렵한 미소를 보내며 그 칼을 뽑았어야 했다. 내 귀에 꿈을 갉는 쥐를 맨 처음 들여보냈던 순애씨처럼 말이다.

부들부들 떠는 손이 민망하게 여겨질 정도로 칼은 쉽게 뽑혔다. 나는 피가 묻은 칼끝을 바라보았다. 은색의 칼날은 온통 붉게 뒤덮여 있었다.

나는 고개를 들었다. 칼을 뽑아낸 자리에서 분수처럼 피가 솟았다. 워낙 머리에 고여 있던 피가 많아 나중에는 상처를 비집고 쏟아져나올 지경이었다. 곰팡이가 핀 벽과, 햇빛이 겨우 들어오는 쪽창과, 책상 위의 노트북에도 온통 붉은, 붉은빛으로 뒤덮였다. 방바닥과 천장에는 붉은 액체가 뚝뚝 떨어지는 둔탁한 리듬이 생겨날 정도였다. 하지만 수많

은 사물들 중에서도 순애씨의 가장 가까이에 있던 나는 뜨거운 피의 세
례를 받고는 정신을 차리지 못할 지경이었다.

눈과 귀와 입을 비롯한 온몸의 뚫린 구멍이란 구멍 전부에 순애씨의
피가 흘러들어갔다. 살찐 나의 몸뚱이엔 겹쳐진 주름들이 많았다. 목이
접힌 부분, 겨드랑이 사이, 뱃살이 접혀진 부분들, 사타구니의 골, 온몸
의 겹쳐진 주름이란 주름 사이에는 모두 피가 스며들었다. 놀랍도록 짜
고, 뜨겁고, 비렸다. 머리가 잘린 꽁치들로 가득 채운 관에 들어가 있는
기분이었다. 눈은 너무 뜨겁고 매워서 뜰 수가 없었다. 나는 처음으로
겁에 질려 기도를 했다. 누구를 부르고 있는지는 몰랐지만 입으로 계속
신의 이름을 불렀다. 그런 와중에서도 입 속으로는 계속 피가 꾸역꾸역
흘러들었다.

22. 발치에 대한 보상

강순애의 삶은 1980년 광주에서 벌어졌던 사건을 계기로 변하게 됐다. 군인들의 총칼로 찢겨진 많은 사람들. 검은 옷을 입은 여인들이 아니었으면 순애는 광주 외곽에 있는 집까지 도망치지도 못했을 터였다. 순애의 오빠들은 집까지 돌아오지 못했다. 각각 중학생 고등학생이었던 둘은 그 이듬해 봄에 실종 처리되었다. 하지만 순애의 어머니는 아들들이 어딘가 살아 있으리라 여겨 백방팔방으로 찾아다녔다.

이제 순애는 철저히 소외된 존재였다. 식구들은 곁에 있는 순애보다는 사망했으리라 추측되는 오빠들을 더 살갑게 여겼다. 밥상을 차릴 때도 꼭 오빠들 밥을 먼저 고봉으로 펐다. 그리고 밤이 지나도록 아랫목에 묻어두었다. 그것은 다음날이 되어서야 다시 물려졌다. 순애는 오빠들 몫이었던 묵은 밥으로 아침을 먹었다. 그 밥에서는 오빠들의 겨드랑이에서 나던 퀴퀴한 냄새가 묻어났다.

순애는 아무런 관심도 받지 못하고 중학교에 입학했으며, 초조가 시작됐을 때도 집 안 식구 중 아무에게도 말하지 못했다.

그럼에도 동네 사람들 사이에선 순애에 관한 소문이 돌기 시작했다. 이제 막 중학교에 올라간 계집애가 밤에 혼자 으슥한 숲으로 들어가는 모습이 자주 목격되었다는 것이다. 그 소문은 급기야 어머니 귀에까지 들어갔다. 그제야 그녀의 어머니는 딸을 마루에 불러놓고 호통을 치려 했다. 그러나 차마 입이 떨어지지 않았다. 한 뼘이나 크게 자란 키, 두터워진 목, 여드름이 난 얼굴, 또래들보다 더 부푼 젖가슴. 더이상 순애는 그녀의 어머니가 알던 꼬맹이가 아니었다. 어머니는 그저 딸의 어깨를 부여잡고 엉엉 울기만 했다.

순애는 그런 일이 있은 후에도 밤이면 혼자 집을 나서곤 했다. 한번은 어머니가 그 뒤를 따라간 적이 있었다. 순애는 집에서와 달리 아이처럼 까르르 웃으며 깡충깡충 뛰기까지 했다. 그럴 때마다 입고 있는 치마가 나풀거렸다. 순애는 고개를 돌려 누군가에게 말을 걸기도 했다. 그러나 거기 있는 것은 어둠뿐이었다. 어머니는 숲에까지 따라갔다가는 자기 딸이 넋이 나갔다고 판단할 수밖에 없었다. 커다란 단풍나무 아래에서 발을 동동 구르며 깔깔대고 있었던 거였다.

"검은 옷을 입은 사람들이 여기 있었어. 엄마 못 봤어?"

검은 옷을 입은 여인들을 보는 사람은 순애밖에 없었다. 그녀들은 손짓으로 순애를 불러서는 숲으로 데리고 갔다. 그녀를 가운데 앉혀놓고 주위를 맴돌며 빙빙 원을 돌았다. 낙엽이 신발에 밟혀 부서지는 소리와 검은 옷깃에 나뭇가지 스치는 소리가 들렸다. 가끔 옷자락이 얼굴을 스치면서 눈을 가리면 순애는 아주 잠깐이나마 낯선 세상에서 숨바꼭질을 했다.

우거진 숲, 그 숲을 뒤덮은 눈이 있었고, 그 눈 위에는 발자국이 있었다. 가끔 그 눈밭 위로 커다란 짐승이 나타났다. 호랑이였다.

어머니가 숲까지 따라왔던 이후로 식구들은 학교도 그만두게 하고 순애를 골방에 가둬두었다. 혹 밖에 나가지 않으면 제정신으로 돌아오지 않을까 싶어서였다. 그 방은 오빠 둘이 쓰던 방이었다. 순애의 어머니는 그 방을 고스란히 두었다. 방에는 오빠들이 남긴 일기장이나 소설책, 참고서, 그리고 음란서적까지, 책들이 꽤 넉넉하게 남아 있었다.

텔레비전도 없는 방 안에서 순애는 책을 읽으며 일 년여를 보냈다. 많은 이야기들이 순애의 머릿속으로 밀려왔다. 그녀는 한번 읽은 도서들은 손으로 찢어서 종이접기를 했다. 학과 비행기와 나비가 태어났다. 어머니는 그 모습을 보고는 심심해서 그러리라 생각하고 달리 구박하거나 하지는 않았다. 다시 같은 계절이 돌아왔을 때 골방은 온통 책으로 만든 학과 비행기와 나비 등으로 가득했다. 순애는 무릎을 드러내고 그곳에서 웅크리고 앉아서 깔깔대고 웃었다.

"엄마, 오빠들은 모두 죽었어 이제, 포기하세요."

어느 날, 문을 열고 아침식사를 건네던 어머니에게 종이비행기를 던지며 순애가 말했다.

그후, 검은 옷을 입은 여인들은 나타나지 않았다. 하지만 열여덟이 되던 날 오후 한적한 논길을 따라 걷고 있는데 소나기가 내릴 듯 날이 흐려졌다. 순애는 가방을 머리에 이고 서둘러 뛰었다. 한참을 걸었는데도 비는 내리지 않았고 순애는 같은 곳을 빙빙 맴돌고만 있었다. 주위를 둘러보니 검은 그림자들이 그녀를 둘러싼 형태였다.

"아…… 당신들?"

나는 일 주일 만에 발견되었다. 주변 사람들 누구도 나에게 연락은 없었다. 전시회 이후 들떠 있던 엄마는 내게 연락하지 않았다. 아버지는 새로 시작한 사업 아이템에 빠져 있었다. 막내는 아직까지는 베란다에 숨어서 기회를 엿보느라 숨을 죽였다. 할아버지는 전시회 이후 기력이 소진해 침대에만 누워 세월을 보냈다. 형은 여전히 슈거네이드를 마시며 서울 시내를 배회하며 트림을 했다. 정아, 안타깝게도 나의 로망 정아는 내가 머문 곳의 위치를 몰랐다. 그리고 머리에 담고 있던 수많은 피를 뿜어낸 순애씨는 산 자로서의 의무를 마쳤다는 듯 진짜로 썩어가기 시작했다.

나는 말라붙은 피딱지를 온몸에 붙이고 넋을 잃고 앉아 있었다. 파리떼가 몰려왔고 짧은 시간 안에 구더기들이 습기에 찬 방 안을 기어다녔다.

제일 먼저 나를 발견한 이들은 경찰이었다. 주인집 막내 계집아이가 신고를 했다. 지하방에서 지독한 냄새가 난다고 몇 번이고 말했지만 경찰은 여러 번 신고를 무시하고 나서야 집을 찾았다.

내 모습은 순애씨의 시신만큼이나 역겨웠을 터였다. 내 발 밑에는 썩어가는 머리통과 식칼이 한데 놓여 있었다. 배경화면은 온갖 피칠갑이 된 네 벽이었다.

경찰 한 명이 내 팔에 수갑을 채우자 그제야 정신이 돌아왔다. 내가 사람들에게 어떤 취급을 받으리란 짐작도. 다른 경찰은 순애씨의 시신을 살펴봤다.

"사후경직이 너무 심한데요. 그런데 이상하게 머리를 빼고는 썩지를 않았습니다?"

"돌로 변했어요."

"조용해, 새꺄."

경찰이 달려들어 내 배를 걷어찼다.

나는 그대로 푹 고꾸라졌다. 방바닥은 아직 끈끈했고 핏물이 밴 구더기가 내 눈앞으로 지나갔다. 그 맞은편에는 이미 뭉개지기 시작한 순애씨의 얼굴이 놓여 있었다. 검붉은 색이었고 형체 없이 일그러져 있었다. 그나마 형체가 분간되는 건 이빨과 머리채뿐이었다.

"이제, 끝났죠? 수상한 사기꾼들."

경찰들이 나를 일으켰다. 다리가 저려 한 번 넘어질 뻔하다가는 겨우 일어섰다. 지하방 바깥으로 나가자 시리도록 눈이 부셔 앞이 잘 분간되지 않았다. 카메라 셔터 누르는 소리가 연달아 들렸다.

"저기, 신경호씨, 살인을 인정하십니까?"

"죽은 여인과는 무슨 관계입니까?"

"수상한 식모예요. 수상한 식모한테 속았어요."

어디선가 울음소리가 들렸다. 엄마가 기자를 뚫고 들어와 나를 부여잡았다.

"내 새끼, 억울한 내 새끼. 결국 그 나쁜 년이 우리 집안을 쑥대밭으로 만들었어. 수상한 년들한테 당한 게 어디 한둘인가?"

그날 신문에 난 사건 기사의 타이틀은 '수상한 식모?'였다.

취조는 며칠 동안 이어졌다. 가끔 의자가 부서지기도 하고, 책상 두들기는 고함도 들렸다. 나는 그런 잡음들에도 전혀 동요하지 않았다.

"귀에 쥐가 들어갔어요. 그것보다 더 소란스러운 공포는 없을 겁니다."

"이거, 이 새끼 생또라이네?"

취조가 이어지는 동안 오히려 정신은 말똥말똥해졌다. 순애씨의 목에 꽂혀 있는 칼을 뽑고 나에게 피가 쏟아지던 순간이 꿈속의 일부처럼 여겨지기도 했다.

면회 오는 사람들도 늘어갔다. 첫 면회자는 엄마였다.

"지금 변호사 구하고 있다. 그러니까 너무 걱정하지 마. 그런데 도대체 순애는 왜 찔렀어?"

"제가 안 죽였어요. 엄마가 본 천장에 칼이 그냥 아래로 떨어졌어요."

"그럼, 네가 죽인 게 아니잖아?"

"제가 칼을 뽑아서 피가 솟구치긴 했죠."

엄마는 두번째 면회 오던 날에 막내를 데리고 왔다. 막내는 혼자 남아서 나와 이야기하고 싶다고 말했다. 막내는 이제 머리까지 짧게 쳐서 제법 고독한 청년 티가 났다.

"오랜만이다."

"응, 형 대단해. 난 형이 그럴 줄 몰랐어."

"……"

"한 번 살인하면 두 번은 쉽지? 난 형이 엄마를 죽여줬으면 좋겠어."

"뭐?"

"나는 치욕스러워. 그때 베란다를 통해서 봤어. 내 비명을 듣고 엄마가 반은 벌거벗은 채 베란다로 뛰어나왔어. 난 처음으로 누군가를 죽이고 싶었어."

"그게 초등학생이 할 소리냐?"

"하지만 난 칼을 들 수 없어. 그건 내 인생의 오점이 될 테니까. 나는 더 높은 곳을 향해 올라가야 해. 나는 내 가족이 부끄러워."

"나도 네가 부끄럽다. 꺼져라."

세번째 면회 온 사람은 아버지였다.

"다 내 잘못이다. 내가 가정교육을……"

아버지는 반짝 눈물까지 보였다.

"저 잘못 안 했고요. 제가 안 죽였어요. 그러니까 제발 이러지 좀 마세요."

네번째로 찾아온 사람은 놀랍게도 형이었다. 형은 길거리에서 내가 나온 뉴스를 보고 제정신으로 돌아왔다고 했다.

"사실, 안 오려고 했다."

형은 말쑥하게 면도를 하고 머리도 단정하게 잘랐다. 내년에 학교에도 복학할 예정이라고 했다.

"형, 정말 오랜만에 본다."

"그래……"

"이제 괜찮지? 슈거네이드 마시고 여학생들 앞에서 트림도 안 할 테고."

"그런 거 다 옛날 말이야. 이제는 성실하게 산다."

형은 깔끔하게 면도한 아래턱을 손으로 슥슥 문질렀다.

나는 그제야 순애씨가 한 약속이 떠올랐다. 그녀가 사라지면 형이 제

정신으로 돌아온다고 했다. 완전 사기꾼은 아니었어, 당신.

"형은 이제 괴롭지도 않을 거고 마음이 혼란하지도 않을 거야."

"고맙다. 걱정해줘서."

"고맙긴, 그게 다 형을 위해서 한 일인데."

나는 꿈을 갉는 쥐의 꼬리에 대해 말했다. 형의 얼굴은 점점 굳어졌다.

"그걸 지금 말이라고 하냐?"

형은 우리가 꼬마였을 때 욕실에서 벌어졌던 사건을 조금도 기억하지 못했다. 오호, 통재라.

"경찰들 말대로 너 정신과 진단부터 받아야겠다."

다음으로 찾아온 사람은 할아버지였다. 좀 의외였다. 우리 둘은 눈만 껌뻑껌뻑대며 마주 볼 뿐 특별히 할말이 없었다. 마른침을 몇 번이나 삼키던 할아버지가 꺼낸 첫마디는 이랬다.

"너, 수상한 식모를 아냐?"

"네, 할아버지."

"그래…… 혹시 그 여자가 지금 어디에 있는지도 아냐?"

"아뇨, 할아버지 댁을 나온 다음날까지예요. 김수영씨는 그 다음엔 수상한 식모가 되길 포기했나봐요."

"실은 아직 그 여자가 그립다."

할아버지는 엄마를 그림 모델로 썼던 이유도 거기에 있다고 했다. 혹시나 김수영과 함께 어린 시절을 보냈던 엄마에게서 그녀 특유의 도도한 자태가 나올까 해서 말이다.

다음에는 온 가족이 다 몰려왔다. 식구들은 그런대로 화기애애했다.

"얼굴들이 좋아 보입니다?"

"그럼, 우리끼리라도 뭉쳐야지. 그래야 난관을 극복할 수 있단다."

이게, 가족간의 화합이라는 건가?

가족 아닌 사람 중에서는 가정인력센터 소장이 찾아왔다.

"얼굴이 안됐군요."

"그런 말이 나와요?"

"그녀를 용서해주세요."

"용서요? 완전 물먹었는데?"

"아마 당신은 무죄로 판명날 거예요. 순애가 모든 걸 준비해놓았거든요."

"……"

그러거나 말거나. 나는 완전한 의욕상실상태라 더 따지고 싶지도 않았다.

"부탁하고 싶은 건 없나요?"

"여자친구가 보고 싶어요."

내 희망은 고작 그 정도 수준이었다.

"이미 유명해져서 찾아올 수도 있을 텐데?"

"아마 겁먹었을지도 모르죠. 다 필요 없고, 그애한테만 내 무죄를 설명해줘요."

소장이 연락을 했는지 며칠 후 정아가 유치장으로 찾아왔다.

"걱정 마. 나 너 믿어."

"정말?"

"다 들었어. 그리고 네가 한 말이 거짓이 아니란 것도 알아. 정말 머리만 남은 여자였다면서? 하긴, 호랑아낙의 이야기 자체가 워낙 신화적이니까. 신화란 아름다워. 우리의 현실세계에 이렇게 침투할 수 있다니."

나는 좀 김이 빠졌다. 이제 호랑아낙이나 수상한 식모 따위는 지긋지긋했다.

"저기, 너한테 다 줄 수도 있어. 젠장, 너한테 이런 꼴이나 보여주고."

"괜찮아. 곧 무죄로 풀려날 거야. 소장이란 여자가 걱정하지 말라고 했어. 그때까지 기다릴게."

다음날에는 기자들이 찾아왔다. 그러나 그들은 더이상 살인사건에 대해 궁금해하지 않았다.

"정말 수상한 식모라는 게 존재합니까?"

"수상한 식모 말고 호랑아낙은 또 뭡니까?"

아마 경찰이 증거자료로 가져간 기록의 일부분이 유출된 모양이었다.

"네, 있습니다. 존재합니다."

나는 그녀들의 신화 부분에 대해 주절주절 떠들었다.

이제 뉴스의 초점은 살인사건이 아니라 수상한 식모들과 호랑아낙의 존재였다. 전문가들 사이에서 갑론을박이 이어졌다. 유명한 역사학자는 말도 안 되고 문헌에도 존재하지 않는 일을 가지고 수작을 부리는 살인범에다가 사기꾼인 악질 범죄자라고 나를 평했다. 또다른 철학과 교수는 우리가 알고 있는 역사는 이데올로기의 시녀에 불과하며, 역사의 무수한 잔뿌리들이 실은 진실일 수 있다고 말했다. 정신과 의사는 나를 정신분열증 환자로 몰아갔다. 환각과 망상은 정신분열증의 전매특허라고 했다. 사회학과 교수는 우리 사회의 각박함과 언론의 부추김이 만든 허상에 불과하다고 평했다.

내가 해주고 싶은 말은 이거였다.

당신들 귀에 쥐를 집어넣으면 믿을 텐가?

23. 거짓된 호랑아낙

우리가 사는 세상에는 얼마나 많은 오해가 존재하고 있는지 모릅니다. 서로 포옹하고 있는 연인들의 모습이 때로는 길거리에 나앉은 더러운 부랑자로 보이는 수도 있겠지요. 세상 곳곳에 있는 사랑들이 세상 모든 사람들의 눈에 다 아름답게 보이리란 법은 없어요. 그래서 때로 많은 연인들이 질서라는 쇠사슬의 핍박을 받곤 하는 것이겠지요.

나는 우리들의 사랑의 증거를 남기기 위해 이 녹음테이프를 사용합니다. 그래요, 내게 남아 있는 것은 오직 입뿐입니다. 입만 남아 있고 손도 움직일 수 없는 여인. 그러나 그 여인은 사랑할 수 있습니다. 입은 사랑의 만능열쇠이지요. 유혹할 수 있고, 키스할 수 있고, 애무할 수 있고, 끊임없는 사랑의 감정과 그 찬란한 파도를 말할 수도 있겠습니다.

의사의 말에 의하면 나의 온몸에는 암세포가 퍼져 있다고 합니다. 고명하신 선생님의 말씀이니 믿을밖에요. 하지만 나의 질병이 꽤 희귀하긴 합니다. 나는 목 아래까지 온통 돌처럼 변해버렸습니다. 머리를 제외한 온몸이 굳어버린 지는 벌써 일 년 가까이 된답니다.

제가 너무 불쌍하다고요? 아니에요, 사랑하는 사람과 함께 있었기에 행복했답니다. 미동도 할 수 없는 여자 옆에 붙어서 간호해줄 수 있는 남자가 있었습니다. 더구나 그와 나 사이에는 열다섯 살이 넘는 나이차가 있었어요.

저를 욕하고 싶으신가요? 그렇다면 마음대로 저를 욕하고 발기발기 찢어도 좋겠군요. 어차피 이 녹음테이프가 알려질 때엔 저는 세상에서 사라진 뒤일 겁니다.

지금 죽음이 다가오고 있는 소리를 듣습니다. 저승사자는 꼭 날카로운 칼날로 굽을 만든 하이힐을 신고 있는 사람들 같군요. 나는 밤마다 꿈속에서 저승사자의 숨결이 귀에 닿는 걸 느끼죠. 어느 날 나의 연인이 머리맡에 칼날을 하나 놓아두었어요.

머리맡에 칼을 두고 자면 악몽이 침범하지 않아.

나는 머리맡에 칼을 두는 건 무서우니 매달아달라고 했어요. 그는 손수 천장에 칼을 매달아주었지요. 저는 이제 빙글빙글 천장에서 도는 칼을 바라보며 죽음을 인정히게 되었답니다.

하지만 저의 죽음은 편안하지는 않을 것 같군요. 이 달콤한 벌을 받은 환자는 사랑의 밀어를 속삭인 입으로 피를 토하고 죽을지도 모르겠어요. 나의 입술이 더럽혀지는 것은 원하지 않으나 어쩔 수 없겠지요.

다만 안타까운 점은 내 뒤를 이어 연인도 돌이 되지나 않을까 싶습니다. 지금 그는 병적으로 내 옆에 붙어 있습니다. 아마, 내가 세상을 뜬다 해도 미동도 하지 않은 채 벽에 등을 대고 앉아 있을지도 몰라요. 어차피 시체같이 차갑고 단단한 몸뚱이였으니 그리 두렵지는 않겠죠. 어려운 사랑일수록 집착으로 변질되기 쉬워요. 그는 이미 집착하고 있습니다. 죽음을 코앞에 둔 나보다 더 우리의 사랑에 집착하고 있어요.

며칠 만에 그를 잠시 밖으로 내보내고 이 유언을 남깁니다. 남길 말은 별로 없습니다. 다만 세상의 수많은 사람들에게 부탁드립니다. 내가 떠난 후에 세상이 그를 보듬어주기를 바랍니다. 심장에 깊은 중상을 입은 젊은이에게 새살이 돋아나도록 도와주시기 바랍니다.

사랑하는 경호씨, 나는 당신에게 어떤 약속이나 밀어도 남기지 않을래요. 당신이 새로운 삶, 새로운 사랑, 새로운 연인과 이젠 행복할 수 있기를 바랄 뿐입니다.

거짓말이었다. 인력센터 소장이 제출하고 나중에 인터넷에까지 퍼진 그 눈물 섞인 유언의 말. 그건 모두 새빨간 거짓말이었다. 하지만 나는 거짓이 담긴 테이프의 도움으로 교도소가 아닌 정신병원으로 후송되게 되었다. 물론 내가 무죄 판결을 받게 된 데는 순애씨를 진찰했던 의사의 몫이 더 컸다. 그 의사는 순애씨가 병원 치료를 거부하고도 몇 주나 더 생명을 지킨 게 기적이라고 말했다. 의사로서는 진실을 말한 셈이었다.

식구들은 내가 병원으로 후송되자 안심하는 눈치였다. 병원에서 나는 유서의 내용을 인정하기만 하면 되었다. 하지만 그 일이 쉽지만은 않았다. 근 일 년 가까이 눈앞에서 호랑아낙과 수상한 식모들의 삶을 보았던 나였다.

"지금까지 내가 한 말을 전부 다 믿지 않으시는 거죠?"

의사는 여유만만한 미소를 띠고 손가락으로 턱을 짚고 나를 바라보았다. 그리고 고개를 가로저었다.

"신경호씨, 아직 안정이 더 필요해요. 찬찬히 생각해봅시다."

"당신이 모르는 역사가 있는 거라고!"

물론 호랑아낙과 수상한 식모에 관심을 기울이는 치들도 있었다. 흥밋거리에 코를 대고 다니는 싸구려 가십 신문이나 영화를 제작하는 엔터테인먼트사들이었다.

어떤 가십 신문은 아직 이 땅에 수상한 식모가 남아 있으며 동남아 노동자들에게로 그 섬뜩한 기술이 전파되었다고 말했다. 밤에 일곱 살 미만의 아이를 내보내지 말 것, 귀를 긁으면 바퀴벌레보다 작은 쥐가 들어간 것일지도 모름. 구로동에서 쥐를 잡다가 걸린 방글라데시 여인이 수상한 식모로 지목되기도 했다.

"아니에요, 저는 수상한 식모가 아니에요."

하지만 그녀는 동네 주민들의 신고 때문에 경찰에 잡혔고, 불법체류자임이 발각되어 본국으로 송환되었다.

"한국이 호랑이라구요? 한국은 쥐새끼보다 못한 나라예요."

그녀가 마지막으로 방송국 기자에게 한 말이었다.

그러나 내가 병원에 입원해 있는 근 십 개월 동안 그녀들에 대한 그들의 관심도 싸늘하게 식어갔다.

"어때요? 다시 한번 묻겠습니다. 당신은 왜 며칠이 지나도록 싸늘하게 식은 시신 앞에서 앉아 있었죠?"

"두려웠고요, 눈앞에 닥친 현실을 믿기 어려웠습니다."

순애씨처럼은 아니었겠지만 나도 약간은 혀가 굳어졌던 듯도 싶었다.

퇴원하던 날, 엄마와 정아가 찾아왔다.

"고생했다."

엄마는 내 어깨를 툭툭 두드렸다.

택시를 타고 가면서 나는 집안 돌아가는 사정을 물어보았다. 엄마의 말에 의하면 예전이나 지금이나 집안 꼴은 말이 아니라고 했다. 아버지는 추진하던 사업이 도중하차되었다고 했다. 또 사기를 당했다는 거였다. 세정력이 좋은 목욕용품은 실은 주방세제를 섞어서 만든 싸구려였다. 그후로 아버지는 다시 컴퓨터 앞에 앉아서 새로운 버전의 하녀 시뮬레이션 게임에 매달린다고 했다. 엄마는 지난번 그림 전시회를 계기로 시아버지의 통장을 쌀통처럼 마음대로 퍼다쓴다고 했다. 할아버지는 너무나 무력하게 통장과 도장을 건네주었다. 형은 학교에 복학해서는 중간고사에서 최고학점을 받아왔다고 했다. 반면 천재였던 막내는 속을 썩였다.

막내는 또래에 비해 뒤늦게 이성에 눈을 뜨게 된 거였다. 녀석은 같은 반에 있는 여자애를 좋아하게 되었다. 공부는 별로였지만 머리카락에 브릿지를 넣는 등 벌써부터 멋내기를 좋아하는 여자애였다. 막내는 그 좋아하는 정석까지 덮어두고 연애편지를 작성했다. 문구는 간단한데다가 멋까지 없었다.

나는 너를 좋아해서 편지를 쓴다. 우리 좋아하자.

막내는 천재였지 시인은 아니었다. 너무나 형편없는 문장력과 감수성이었다. 여자애는 우리집까지 찾아왔다. 그리고는 엄마에게 러브레

터를 돌려주고 냉랭하게 돌아갔다. 뒤늦게 반송된 편지를 본 막내는 방
으로 들어가 수학 문제집을 찢으며 통곡하셨다.

다음날 막내는 자기의 호의를 거절한 여자애의 무릎을 걷어찼다. 여
자애는 머리를 풀어헤치고는 막내의 멱살을 잡고 복도 끝까지 전속력
으로 달렸다. 아이들은 아무도 그 상황을 말리지 않았다. 막내는 이미
반에서 철저한 왕따였다. 엄마는 코피가 나고 입술이 터진 채로 들어온
막내를 보고는 혼절 직전에 다다랐다.

다음날 씩씩거리고 학교에 찾아간 엄마는 막내가 왕따를 당한다는
사실을 뒤늦게 듣게 되었다. 그나마 나와 막내의 공통점이 생긴 셈이었
다. 청출어람이더라니, 짜식 나보다 조금 이르군.

"당연히 그렇겠죠. 수준이 떨어지는 것들하고 같이 공부하려니 오죽
하겠어요. 이래서 우리나라는 문제예요. 영재를 알아보지 못하죠. 우리
애 초등학교만 졸업시키고, 바로 고등학교 졸업장 따게 할 겁니다."

하지만 엄마의 당당한 선언이 무색하게도 막내는 이제 모든 영재교
육을 거부하기 시작했다. 베란다에도 나가지 않았다. 하루 종일 방 안
에 틀어박혀 문을 잠그고 전전긍긍이었다. 제때 밥도 먹으려 들지 않았
다. 아무리 똑똑한 척해도 역시 애는 애였다.

엄마는 그 외에도 마음에 안 드는 일이 많은지 주서리주서리 떠늘었
다. 솔직히, 나는 그때 제대로 그 푸념을 듣고 있지 않았다. 나는 옆자
리에 앉은 정아를 뚫어져라 보느라 정신이 없었다. 솔직히 말하면 당장
물새 쇄골을 안고 자동차 시트에서 뒹굴고 싶어졌다. 근 몇 달간의 유
배생활에서 빠져나온 나는 순수한 욕망덩어리 그 자체였다. 내 몸의 지
방이 모두 욕망의 의지로 연소되는 듯했다. 나는 나도 모르게 앙상한

뼈만 남은 정아의 어깨 위에 손을 올려놓았다. 정아는 슬쩍 째려보긴 했지만 내 손을 밀어내지는 않았다. 길게 기른 손톱으로 내 손등을 톡 톡 두 번 두드리기만 했다.

집에 돌아왔을 때 날 반겨준 사람은 막내였다. 별다른 기대도 하지 않고 막내의 방문을 노크했던 나는 초롱초롱한 녀석의 눈을 보고 당황스러워졌다. 그러고 보니 더이상 막내의 방에서 젖내는 없었다. 나와 비슷한 조금은 역한 땀내와 사내의 체취가 방에 배어 있었다. 좀 이른 감이 없지 않아 있지만 어쩜 녀석이 자위를 시작했는지도 몰랐다. 나는 녀석의 악행이 고스란히 떠올랐지만 너그럽게 용서하기로 했다.

"형, 많이 보고 싶었어."

"왜 이번에는 여자친구를 패달라고 부탁하려고 그러냐?"

"아니, 이제는 형의 고통을 이해할 것 같아. 나 인터넷에서 봤어."

"뭐?"

아마도 막내는 순애씨가 녹음한 거짓 유서에 관한 뉴스를 본 모양이었다.

어쨌거나 막내의 말투에서는 따뜻함이 물씬 배어나왔다. 하지만 여전히 동심과는 거리가 멀었다. 일 주일 후 막내는 하굣길에 작은 성경책을 얻어와 탐독하기 시작했다. 그리고 곧 엄마에게 영재교육을 그만받고 평일 저녁에 교회에 가고 싶다고 했다. 아버지의 사업이 부도가 난 이후로 하느님이라곤 찾아본 적이 없는 엄마에게는 하늘이 무너지는 소리였다.

엄마는 매일 밤 가슴을 그러쥐고 거실을 배회하다 수면제를 삼키고 잠들었다.

"이게 제대로 된 집안이야, 응? 제대로 된 집안이냐고?"

엄마는 식탁 앞에 나를 앉혀놓고 신세한탄을 하기도 했다. 여전히 제일 만만한 두부는 나였다.

"나도 궁금해."

병원에서 나온 나도 호되게 당했다. 순애씨가 준다던 전 재산은 어디에서도 받을 수 없었다. 인력센터 소장은 이미 사무실을 정리한 뒤였다. 역시 수상한 식모가 아니라 수상한 사기꾼들이었다.

한번은 할아버지 댁에 가서 엄마와 똑같은 질문을 해보았다. 거동이 불편한 할아버지는 꼬박 침대 신세를 져야 했다. 이제 그림 모델을 할 일이 없는 엄마 대신 종종 내가 식사를 챙겨 아래층에 내려가곤 했다. 할아버지는 기억력이 가물가물한지 한 말을 계속 반복하는 버릇이 생겼다.

"그 사람 잘 있냐?"

"또요? 또 김수영씨요?"

"그래, 눈앞에 아른거리는 게…… 당최 이 사랑이 잊혀지지 않는다. 그림이라도 그려서 풀면 나아질까 했는데 말이다. 혹시 전시회에 찾아올까 했건만. 그렇게 신문에 홍보기사를 냈는데도."

할아버지의 목소리는 제법 감상적이었다. 어쩜 할아버지의 사랑은 타고난 부유한 자가 달동네의 좁고 허물어진 계단을 보고 느끼는 아련한 향수와 비슷할지도 모른다는 생각을 나는 가끔씩 했다. 부유한 자는 그 계단을 오를 수는 있지만 결코 그들의 일상에 접근하지는 못한다. 거기에서 아련하고 매혹적인 향수가 발생하리라.

"잊으세요. 어디서 찾겠어요."

나는 엄마가 챙겨준 건강식 야채수프를 챙겨주면서 말했다. 그림에
대한 의지 때문인지 할아버지의 암은 퍼지는 속도가 그리 빠르지 않았
다. 하지만 전시회 이후 할아버지의 건강은 급속히 시들었다.

"할아버지, 근데요, 이런 말씀드리기 그런데 도대체 우리 집안은 왜
그럴까요?"

"뭐가?"

"왜 형은 방황을 했고, 왜 할아버지와 저는 수상한 식모에게 시달리
고, 왜 막내는 수학 문제집 대신 성경에 빠졌을까요? 왜 엄마는 욕심을
버리지 못해서 매번 화병에 시달릴까요? 왜 아버지는 매번 사기를 당
해 물을 먹죠?"

"이 녀석아, 다른 집도 한번 들여다봐라. 다 그렇다. 우리만 곪은 줄
아냐? 다들 겉만 멀쩡하지 속에선 썩은 물이 줄줄 흐른다. 인생이란 게
속이 곪은 사과 같은 거 아니겠냐?"

내가 할아버지에게 들었던 말 중 제일 인상적인 말이었다. 할아버지
는 멋진 말 한마디를 남겼지만 겨울을 넘기지 못하고 세상을 떴다. 토
정비결에 연초에 벚꽃이 날린다고 나왔다더니만. 그게 사랑할 때 눈앞
에 보이는 꽃이 아니라 저승에 갈 때 날리는 꽃이었다.

할아버지의 재력에 비해 조문객은 별로 없었다. 돈만 있지 명예는 이
미 바닥에 떨어져 있는 집안의 최후였다. 아버지의 형제자매들은 부둥
켜안다가도 막상 유언장이 공개되자 서로 마땅찮은 표정들이었다. 엄
마 역시 별반 다르지 않았다. 그림 모델 사건으로 당당히 할아버지의
잔고를 긁어댔음에도 액수가 적다고 장례식장에서 대놓고 투덜거렸다.

나는 그해 겨울이 가기 전에 집을 나왔다. 먼저 동거를 제안한 건 정아였다. 아마, 신촌의 한 여관이었던 걸로 기억한다. 우리는 홍대 근처에서 '잘 자요, 엄마'라는 연극의 앙코르 공연을 봤다. 자살하려는 딸을 막으려는 늙은 엄마, 그러나 늙은 엄마는 딸을 이해하지 못한다. 결국 딸은 자기 머리에 권총을 쏘고 만다. 정적 속에 울리는 권총 소리. 화약 내음이 작은 소극장 안을 맴돌았다. 그리고 우리는 머리가 띵한 화약 냄새를 잊기 위해 신촌까지 걸어와서는 결국 여관으로 향했다.

나는 정아의 작고 마른 몸을 좋아했다. 성감대를 자극하면 작은 애벌레처럼 잔뜩 몸을 웅크리는 모습이 귀여웠다. 다른 건 다 제쳐두더라도 그 점에 대해서만은 순애씨에게 무한한 고마움을 느끼고 있었다.

좋다. 정신병 환자로 취급당해도 상관없었다. 내 앞에는 사랑하는 여자가 고스란히 남아 있고 내 품안에서 색색 숨을 쉬고 있었으니까. 사랑이 찾아왔다. 어쨌든 수상한 식모 순애씨의 예언대로 되긴 된 거였으니까. 나는 수상한 식모들에게 털끝만큼도 악감정이 남아 있지 않았다. 나는 관계가 끝난 후에 여관방의 더러운 침대에 누워 정아의 마른 쇄골 위에 검지를 올려놓고 위에서 아래로 간질이며 쓸어내렸다. 정아가 길게 기른 손톱으로 내 손등을 톡톡 두드렸다. 할말이 있다는 신호였다.

"뭐?"

"계속 이렇게 지낼 거야?"

"왜, 그럼 결혼이라도 하고 싶어? 내 맘이야, 당장이라도 데려가고 싶지만……"

"아니, 그 말이 아니고."

정아가 침대에서 몸을 일으켜 베개로 앞가슴을 가리고는 나를 쳐다 봤다.

"이제 시작해야 하지 않을까?"

나는 어깨를 으쓱했다.

아니, 도대체, 뭘? 뭘 하겠다는 말이야?

"내가 보기엔 더 늦어서는 안 될 거 같아."

정아가 팔을 올려 숱이 없는 긴 머리를 손으로 쓸어넘겼다. 그 바람에 베개가 내려가 작은 젖가슴이 드러났다. 나는 장난 삼아 뒤에서 껴안으며 어루만졌다.

"이 손 놔. 좀 놓고 이성적으로 이야기하자니까."

"아, 정말 오늘따라 왜 그래! 도대체 문제가 뭐야? 나보고 뭘 어쩌라고."

이불이 아래로 흘러내리고 우리는 벌거벗은 채 서로 마주 앉아서 씩씩댔다. 정아의 젖가슴과 나의 아랫배가 동시에 마주 보고 술렁였다. 하지만 나는 당최 정아가 화가 난 이유를 알 수 없었다.

"야, 이유나 좀 들어보자. 왜 그러냐? 나한테 화가 난 이유가 뭔데?"

"왜 자기 이제는 수상한 식모 이야기를 안 해? 그걸 까맣게 잊어버린 거 아니냐고?"

"아니, 뭐 잊어버렸다기보다……"

나는 손가락으로 납작한 코를 긁었다.

솔직히 말하자면 나는 탁탁 털고 싶었다. 한번 호되게 당했으면 됐지, 또 수상한 식모와 연관되고 싶지는 않았다. 꿈을 갉는 쥐가 뛰어다니는 소리나, 피를 뿜던 순애씨의 마지막 얼굴 따위나 모두 옛일로 치부하고 싶었다. 나는 그저 평범하고 행복한 남자로 돌아가고 싶었다.

"그러지 말고 다시 시작하자. 이번엔 내가 함께할 테니까, 응?"

"뭘 하자는 건데?"

"확실한 연구를 해보고 싶어. 수상한 식모들에 대해서 말이야. 스물네 시간 같이 붙어 있으면서 말이야. 아마, 호랑아낙과 수상한 식모를 다룬 논문은 한국, 아니 세계에서 최초일 거야."

나는 눈 한쪽을 찡그리고 정아를 다시 쳐다봤다. 그걸 어설픈 윙크로 착각하고 정아는 환히 웃었다.

정아가 구했다는 방은 성수동에 있는 반지하방이었다. 구조가 어디서인가 본 듯했다. 그랬다. 바로 꿈을 갉는 쥐가 내 귀로 들어왔던, 순애씨와 다퉈가면서 수상한 식모들의 역사와 일상을 꼼꼼히 기록했던 그곳과 너무나도 흡사했다.

"왜 하필 여기서 그래야 되는데? 이 방 기분 나쁜데."

비록 도배를 새로 하고 장판도 깔았지만 나는 그 방이 그리 유쾌하지 않았다. 나와 달리 정아는 뭐가 좋은지 초고속 인터넷도 신청하고, 도서관에서 책도 여러 권 빌려왔다. 주로 민속학과 역사학에 관한 책들이었다. 나는 처음으로 몸에 쇠골을 지닌 정아에게 약간의 두려움을 느꼈다.

"너무 집착하는 거 아냐? 좀 대학생다워야지. 차라리 성형수술 중독이 더 건전할 거 같은데?"

나는 그날 저녁식사가 끝나자마자 얼른 방에 들어앉아 구비문학 관련 서적을 펴드는 정아를 보고 말했다.

"뭐가 학생다운 건데? 자기가 연구하고 싶은 분야에 파고드는 거야

말로 진정한 대학생만이 누리는 학문의 자유 아니야?"

"……"

나는 아무 대답도 하지 않고 벽에 기대서 눈을 감았다.

"뭐 해? 거기 그렇게 누워만 있을 거야? 자기도 날 위해 좀 도와주면
안 돼?"

"그래, 도와줄게. 지금 눈 감고 그때 일을 떠올리고 있으니까 입 좀
다물고 있어. 그 눈먼 쥐가 내 귓속을 마구 헤집고 다닐 때의 일을 바득
바득 기억하고 있으니까."

나는 사이비 종교 지도자처럼 양손을 허공으로 쳐들었다.

나는 가물가물한 수상한 식모들의 모습들을 끄집어내어 다시 그녀들
의 역사를 기록했다. 이제는 꿈을 갉는 쥐도 없으니 내 머리에 남아 있
는 기억들을 활용하는 수밖에 없었다. 더 큰 문제는 정아가 내가 기록
해놓은 호랑아낙과 수상한 식모의 이야기를 믿지 않는다는 데 있었다.

—뭐, 궁궐의 호랑아낙이 연산군의 귀에 쥐를 집어넣었다고? 나는
역사학에 관심이 많아. 그런 얼토당토않은 야사는 믿을 수 없어.

—세상에, 박정희 대통령이 암살당했을 때 뒤에서 조종한 게 수상한
식모였다고? 그런 논지를 폈다간 비웃음당하기 십상일걸?

—정신이 나갔구나. 일부 부유층 자제들의 귓속에 꿈을 갉는 쥐가
들락거렸다고? 도대체 왜 그런 엉뚱한 기록만 적어놓는 거야?

"젠장, 야, 네가 바라는 호랑아낙과 수상한 식모는 그럼 뭔데?"

나는 어느 날 인쇄물을 정아에게 집어던지고는 화를 냈다.

"그걸 내가 어떻게 알아? 모든 비밀은 다 네가 가지고 있잖아. 날 믿
지 않는 거니? 왜 날 속여? 지금껏 믿어왔던 나한테 이렇게 배신감과

모욕감을 느끼게 해도 되는 거야?"

정아가 알고 있는 호랑아낙이란 그저 옛 설화 속에 등장하는 인물들에 지나지 않았다. 그 인물들은 암살의 음모를 지니고 있지도 않았고, 비겁하거나, 사회현상에 깊숙이 관여하지도 않았다. 정아는 그런 호랑아낙의 이야기를 원했던 거였다. '옛날 옛적에'로 시작하는 따위의, 그런.

"좋아, 좋다고. 내 성질이 못돼먹어서 그래. 이젠 충실히 할게. 다시 노력할게. 우선 머리 좀 식히고."

나는 그 이튿날부터 아침이면 밖으로 나가 대형서점이나 도서관에 들렀다. 그곳에서 민화집이나 어린이용 전래동화 따위를 눈으로 훑으면서 호랑아낙의 가상 이야기를 만들었다. 내가 만든 호랑아낙은 복수심 따위는 없었고 의협심만 강했다. 그 의협심에도 불결한 음모나 음울한 마법은 없었다. 죽은 뒤 검은 영혼이 되어 검은 치마를 입지도 않았다. 독실한 기독교 신자인 정아를 배려한 구성이었다. 만들어놓고 보니 호랑아낙은 치마 입은 임꺽정이나 족두리 쓴 홍길동 같은 모습으로 변해 있었다.

한 달간의 노력으로 가상의 호랑아낙 이야기는 완성되었다.

"아, 그래, 내가 기대한 이야기는 이런 거야. 이제 이 스토리를 배경으로 집중적으로 연구를 할 수 있을 거 같아. 고마워, 다 자기 덕이야."

하지만 나는 정아의 감동적인 키스를 받지는 못했다. 금방 구역질이 치밀어서 변기에 대고 계속 구토를 해야만 했다. 가상의 호랑아낙 이야기를 만드는 내내 위장병에 시달렸다.

"괜찮아? 병원이라도 가봐야 되는 거 아니니?"

"그래, 그러지 않아도 내일쯤 가보려고……"

"저기, 그리고 부탁이 있어."

"응, 뭔데?"

"자기가 경찰한테 잡혔을 때 했던 이야기나, 나한테 처음에 한 이야기는 다 거짓이라고 증언해줘."

"뭐?"

"그래야, 내가 연구한 이야기가 객관성을 띨 수 있으니까. 자기는 그 증언만 해주고 조용히 입만 다물고 있으면 돼."

나는 일찍 잠자리에 들었다. 새벽 무렵에 치미는 욕지기에 눈을 뜨고 말았다. 가늘고 긴 팔뚝이 내 식도를 타고 위장 안까지 들어와 있었다. 나는 손을 밀쳐내고는 사방을 둘러봤다. 검은 치마를 입고 검은 쓰개를 쓴 여인들이 주위에 둘러앉아 있었다.

"왜 이래요? 왜 또 날 괴롭혀?"

그녀들에게 타협은 없었다. 다시 나를 눕히고는 내 식도 안에 손을 집어넣었다.

"병원 안 가도 되겠어?"

정아가 걱정스러운 얼굴로 날 내려다봤다. 고개를 옆으로 돌려보니 베개에 토사물이 흥건히 젖어 있었다.

"아니, 안 가도 돼. 문제가 뭔지 알았거든."

나는 자리에서 일어났다. 그리고 책상 위에 올려둔 방대한 인쇄물을 들었다. 그리고 양손으로 힘을 주어 갈기갈기 찢었다. 정아가 놀래서는 내 팔을 붙잡았다.

"뭐 하는 거야? 왜 그래? 도대체 문제가 뭐야?"

"문제가 뭐냐고? 호랑아낙들이 화가 났어. 내가 거짓말을 했다고, 거짓 역사를 만들었다고 말야. 내 위장을 휘젓더라고. 나쁜 것들."

"말도 안 돼. 이게 전부 거짓말이란 말야? 지금까지 나한테 했던 말이 다 거짓말이야?"

"정아야, 그게 아니고 네가 진짜 호랑아낙 이야기를 싫어하니까, 네가 좋아할 만한……"

"그러니까 다 거짓말이라고? 내가 평생의 꿈으로 삼으려던 이 이야기가? 그럼, 처음부터 새빨간 거짓말이란 거잖아. 그저 날 가지기 위한 그런 거짓말이란 거잖아. 호랑아낙 따위를 넌 모르는 거지?"

"아, 미치겠네. 내가 호랑아낙을 잘 알아, 잘 안다니까. 내가 그럼 왜 병원까지 갔겠냐고. 그러게 왜 처음부터 내 말들을 안 믿냐고!"

"의사들 말이 맞아. 넌 돌았어. 거기다가 질이 아주 나빠. 왜 말짱한 나 같은 사람을 가지고 놀아?"

정아는 팽 돌아서서는 쪼그리고 앉아 엉엉 울기 시작했다.

24. 식모들을 위한 영결식

나는 정아와 결별하고 다시 학교에 복학했다. 그전에 내가 기록한 수상한 식모들의 기록은 모두 삭제해버렸다. 순애씨에게 얻은 것이든, 정아를 위해 만든 것이든 간에 모두. 정말로 삭제하시겠습니까? 네.

하지만 도서관이건 학교 식당에서건 나를 보는 사람들마다 수군거리기 일쑤였다. 지하철에서도 마찬가지였다. 많은 사람들이 아직도 수상한 식모들에 대해 떠들어대던 살찐 남자를 기억하고 있는 게 분명했다. 또 어떤 이들은 나를 순애보의 주인공으로 알고 있기도 했다. 다 순애씨가 녹음한 테이프 덕이라면 덕이었다. 어떤 여자들은 나에게 사인을 부탁하기도 했다.

"그거 다 거짓말이거든요."

나는 수상한 식모들에 대해 떠들던 신경호도, 순애보의 주인공인 신경호도 되고 싶지 않았다. 그저 평범한 대학생 신경호로 돌아가고만 싶었다.

하지만 그리 쉬운 일은 아니었다. 아무래도 사건의 특수성과 비만한 몸체 탓인 것 같았다.

특별한 경험도 한 번 겪었다. 장년과 노년 사이에 서 있는 듯한 여자 하나가 나를 찾아왔다. 얼굴이 하얗고, 머리카락도 하얀 사람이었다. 하지만 우리나라 장년 특유의 보글보글한 퍼머머리는 아니었다. 단발 스타일의 생머리였는데, 장년의 나이에도 불구하고 제법 잘 어울려 보였다. 그녀는 자기가 한때 수상한 식모였다고 해맑은 얼굴로 고백했다.

"한국에 와서 공항에서 뉴스를 보고서는 깜짝 놀랐어요."

독일에 살고 있는 민자씨는 고국에 삼십여 년 만에 돌아왔다고 했다.

"그러니까, 제가 큰 소리로 떠들던 목소리를 들었다 이거군요."

"맞아요, 당신이 외쳤잖아요. 수상한 식모다, 라고."

그녀는 깔깔깔 웃었다. 복숭앗빛 잇몸으로 보아 아주 건강한 사람인 듯했다. 화장을 거의 하지 않았지만 얼굴에 잡티도 별로 없었다. 성격도 지극히 유쾌해 보였다.

"제가 한국에 온 것도 사실 수상한 식모들이 그리워서였거든요."

"근데 왜 이렇게 한참 후에야 지를 만나러 오셨어요?"

"딸아이가 급하게 결혼을 하겠다는 바람에, 어쩔 수 없이 독일로 돌아가야 했어요. 엄마들이란 게 다 그렇답니다."

결국 민자씨는 딸아이를 결혼시키고도 수상한 식모를 알고 있는 나를 잊지 못해 다시 한국으로 찾아왔다고 했다.

"어쨌거나 아주머니도 한때 부르주아 가정을 쥐고 흔드셨다, 이거군요?"

수상한 식모들 때문에 이미 우리 집안도 한 두어 번은 흔들렸지요. 나는 그런 말을 할까, 하다가 그만두었다.

"아니요, 저는 솔직히 식모 생활을 한 적은 없어요. 그전에 먼저 한국을 떠났으니까요."

민자씨와 나는 같이 전철을 타고 가면서 이야기를 나누었다. 보여주고 싶은 곳이 있다고 했다. 나는 우연히 옆자리에 앉아 있는 민자씨의 손바닥을 보았다. 생명선이 있는 곳에 호박씨 모양의 무늬가 새겨져 있었다.

"정말 있군요. 그거 수상한 식모들의 표식이죠?"

"네, 호기심의 대가랍니다."

우리가 도착한 전철역은 구로역이었다. 바깥으로 나오자 숨이 턱턱 막혔다. 공장으로 들어가는 덤프트럭 여러 대가 도로를 내달렸다.

"여기 많이 바뀌었네요."

"그래요? 저는 사실 여긴 별로 와본 적이 없어요."

서울에 사는 사람들 중 의외로 서울 내에서는 행동반경이 좁은 이들도 많았다. 나 역시 고등학교까지 대치동에서 다녔고, 그후로는 마장동으로 이사를 왔다. 그러니 서울의 또다른 끝인 구로동까지 올 일은 거의 없었던 셈이었다.

"개천이 흐르고, 다리가 있을 거예요."

"저기 보이잖아요, 다리."

하지만 우리는 다리 아래로 내려가지는 못했다. 다리 아래로 흐르는 개천은 물도 거의 없는데다가 악취만 풀풀 풍겼기 때문이었다. 물줄기는 짙은 초록색이었는데, 물보다는 오히려 쓰레기가 더 많았다. 나는 잠깐 구더기에 덮여 있던 순애씨의 몸체가 떠올랐다. 가슴 한켠이 아려왔다. 비록 돈을 떼어먹긴 했지만 이미 세상을 떠난 순애씨를 미워하고 원망할 만큼 내가 독한 사람은 또 아니었다.

"내가 저 아래 있을 때는 저렇지 않았어요."

"저기 아래요?"

"네, 저기서 처음 식모들의 밤을 맞이했거든요. 물론 그후론 다시 식모들의 밤에 나들이를 가지 못했어요. 한국에 없었으니까요."

나와 민자씨는 근처에 있는 커피 전문점으로 자리를 옮겼다. 민자씨는 자리에 앉자마자 핸드백에서 약통을 꺼냈다. 그리고 약통에서 초록색 환약을 꺼내 입에 넣고 오물거리다가 씹어 삼켰다.

"해초로 만든 환약이에요. 위와 장을 깨끗하게 만들어준답니다."

"가끔 소화제로 쓰면 좋겠군요. 변비약으로 써도 괜찮겠고…… 저기요, 근데 이제 아무도 없어요."

목구멍으로 환약을 넘긴 민자씨가 눈을 찡그렸다.

"잘 들으세요. 수상한 식모 같은 건 이제 없다, 이 말입니다. 나하고 함께 있던 사람이 마지막이라고요."

"그렇군요. 그럼 이젠 당신밖에 없나요?"

"전 수상하게 살기 싫어요. 난 그냥, 평범한 소시민이고 싶죠."

나는 또 식모가 될 수 있는 성별도 아니었다.

우리는 함께 앉아 수상한 식모들에 대해 제법 길게 이야기했다. 내가 꿈을 갉는 쥐를 통해서만 만났던 수상한 식모 지씨를 민자씨는 실제로 만났다고 했다.

"다른 사람들은 다 비웃었어요. 치매 걸린 고양이에 불과하다고. 하지만 나는 좀 다르게 생각했지요. 만일 지씨가 없었다면 나는 쉽게 수상한 식모라는 이름을 버렸을지도 몰라요."

"그러면 이제 당신이 유일하게 남은 수상한 식모인가요?"

"아뇨, 나는 더이상 그렇게 될 수 없어요. 어느 날, 그걸 알게 되었어요."

우리는 자리에서 일어나 다시 다리로 걸어갔다. 우리는 다리 밑으로 흐르는 더러운 개천을 보며 수상한 식모들의 장례를 치러주기로 했다.

민자씨는 준비해온 꽃을 개천으로 내던졌다. 나는 준비해온 게 없었다.

에이, 이럴 줄 알았으면 꿈을 갉는 쥐라도 한 놈 훔쳐오는 건데.

어쩔 수 없이 나는 눈을 꼭 감고 기도했다.

순애씨, 호랑이 아줌마들, 수상한 식모들. 이제 내 할 일은 다 끝나지 않았겠습니까? 더이상 내 앞에 나타나지 말아주시옵고, 그간의 제 공덕을 어여삐 봐주사 빵빵한 여인이라도 한 보따리 보내주시옵고.

나는 실눈을 살짝 떴다.

더러운 개천에서 누군가가 배영으로 수영을 했다. 머리카락은 어깨까지 내려와 있었다. 얼굴은 잘 보이지 않았지만 여자인 건 확실했다. 이상한 여자는 둑으로 올라오더니 검은 옷을 몸에 걸쳤다. 그리고 고개를 쳐들고 나를 쳐다보았다.

"왜 그래요?"

민자씨가 내 두꺼운 팔을 붙잡고 흔들었다.

"못 봤어요?"

내가 동그랗게 눈을 뜬 채로, 손가락으로 가리킨 곳에는 아무도 없었다. 여전히 더러운 물만 졸졸 흘러갈 뿐이었다.

"이젠 정말 잊고 싶어요."

나는 흔들거리는 전철 안에서 민자씨에게 말했다.

"그럴 수 있을 거예요."

"사람들도 나를 까맣게 잊었으면 좋겠어요."

"실은 내 머리카락은 아직도 까만색이에요."

민자씨가 자기 머리카락을 매만졌다.

"하지만 하얗게 염색하자 나를 알아보지 못하는 사람도 있더군요. 껍질만 살짝 바꿔도 사람들은 본질을 잊어버리지요. 원래 우린 다들 형광등 같은 존재 아니겠어요?"

25. 식모들과 천사들

이민자는 애국이나 연애에는 관심이 없는 인간형이었다. 이민자의 감각세포는 애국가나 달콤한 스킨십에 반응하지 않았다는 이야기다. 그녀의 감각을 자극하는 건 단 하나, 호기심밖에 없었다.

특히 이민자는 인간의 신체에 대해 지대한 호기심을 지니고 있었다. 여섯 살이었던 이민자는 이제 막 고등학교를 졸업한 사촌오빠의 페니스를 뚫어져라 쳐다보았다. 화장실 문이 열린 것도 모르고 일을 보던 사촌오빠는 기겁했다. 하지만 이민자는 너무나 태연했다.

주전자 주둥이 같아. 한번 만져보고 싶어.

성인이 된 이민자가 간호사라는 직업을 택한 이유도 이러한 호기심이 어느 정도는 작용했을 터였다. 하지만 병원 생활을 하면서 이리저리 환자들을 다뤄보자 신체에 대한 호기심도 얼마 안 가 시들해지고 말았다. 병원에서는 환자의 신체를 신선하게 만드는 데만 주력했으니까. 그런 거라면 동물 사육장에서도 배울 수 있다고 이민자는 생각했다.

어느 날 이민자는 시골집에 내려갔다가 서울역에 도착했다. 어머니가 싸준 밑반찬 따위로 가방은 터질 듯이 부풀었다. 그녀는 낑낑대며 서울역 계단을 내려갔다.

"제가 좀 도와드릴까요?"

삼십대 초반의 여자가 눈웃음을 치며 그녀 옆에 섰다.

"아, 괜찮습니다."

"서울에는 처음 올라왔나요?"

이민자의 머릿속에는 오만 가지 잡다한 생각이 맴돌았다. 그렇지 않아도 갓 상경한 처녀들을 홀려서 팔아넘기는 사기꾼들이 넘쳐난다는 이야기를 들은 터였다.

"네에."

여자는 이민자를 데리고 역전 근처의 다방에 들어갔다. 이민자는 과연 이 여자가 어디까지 사기를 치려나 눈을 똑똑히 뜨고 지켜보려고 했다. 원래 호기심이 많은 이들은 이성이 발달한 사람들이라 쉽게 속아넘어가지는 않는 편이다. 이민자 역시 마찬가지였다.

하지만 여자가 하는 이야기는 정말이지 흥미로웠다. 부르주아 가정을 쥐고 흔들 수 있는 수상한 식모라니? 손끝 하나하나까지 저릿해지는 기분이었다.

"언니, 거짓말하는 건 아니죠?"

"거짓말? 세상에! 거짓말이라고 생각하면 여기서 혼자 밖으로 걸어나가면 돼. 우린 붙잡지 않으니까."

이민자는 커피가 식을 때까지 잠시 고민했다. 그러다 간호사를 때려치우고 수상한 식모가 되기로 결심했다. 일 년여의 기간 동안 이민자는 청량리 근처에 있는 수상한 식모들의 거처에서 많은 재주를 배웠다. 약초를 다루는 일부터, 약간의 마법, 그리고 꿈을 갉는 쥐를 다루는 방법까지. 수상한 식모들의 세계는 꿀로 가득 찬 우물처럼 빠지면 빠질수록 더 깊숙이 내려가고만 싶어졌다.

"이제 식모들의 밤이 며칠 남지 않았구나."

"식모들의 밤이요? 그러면 전국의 수상한 식모들이 모두 모이는 건가요?"

"그럼, 윤년에만 있는 우리들의 행사지. 거기에는 진짜 호랑아낙인 염옥이라는 예언가도 참석하지."

"저도 갈 수 있지요?"

"그럼, 손바닥에 호박씨를 새겼으니 왜 못 가겠어."

구로동의 한 개천 근처에서 수상한 식모들의 밤이 열렸다. 하지만 이민자가 생각했던 만큼 그리 아름다운 분위기는 아니었다. 오히려 좀 어수선했다.

"저것들 다 쓰레기야. 내가 쓰레기를 낳았어."

이민자 옆에 머리를 빡빡 깎고 돋보기를 쓴 장년의 여인이 다가왔다. 여인은 다리를 좀 절었다. 이민자는 혹시 그녀가 비구니일까 생각했다.

"내가 바로 그 아름답고 찬란했던 수상한 식모 지씨라고⋯⋯"

"말씀 들은 것 같아요."

"다른 년들은 나를 욕할걸. 한때 내가 얼마나 끝내줬는지 알 테니까. 질투들이 심하지. 호랑이 새끼 예언가도 내가 키웠어. 그년이 없었으면 수상한 식모 따위가 아직까지 남아 있을 줄 알아?"

아마 다른 수상한 식모들 같았으면 슬슬 그 자리를 피했을 터였다. 하지만 이민자는 이 나이든 인간에게 인간적인 호기심을 느끼게 되었다.

"정말, 대단하셨군요."

"말해 뭐 해."

지씨는 자기의 화려했던 이야기들을 줄줄줄 풀어나갔다. 하지만 자기가 점래를 어떻게 대했는지는 말하지 않았다. 지씨 스스로도 점래와의 일은 부끄러운 일이라고 여겼기 때문이었다. 그 무렵, 지씨는 자기가 절름발이가 된 일을 인과응보라고 여기고 있었다.

"잠깐, 여기를 주목해주세요."

수상한 식모들의 지도부에서 손뼉을 쳤다. 다리 아래 모여 있는 사람들이 일순간 조용해졌다.

"우리는 혼돈을 출산합니다. 깃발 대신 식칼을 들고 부르주아 가정의 거짓 행복을 재료 삼아 마음대로 요리합니다."

"웃기시네. 내가 늙어서 하나 깨달은 게 있어."

"뭔데요?"

"혁명이란 건 임신과 출산이야. 하지만 죽은 아이를 낳는 일과 비슷하지. 살아 있는 아이는 이미 혁명이 아니야. 그건 사지요, 이데올로기가 되는 거지. 그건 수상한 게 아니야. 호랑아낙의 길도 아니지. 우리는 계속 죽은 아이를 낳아야만 해. 우리가 낳은 아이는 색동옷을 입지 못하지. 그래야 또다른 혁명을 품을 수 있으니까. 물론 그건 절망이지. 우리는 죽음의 아이를 낳고, 우리의 찌꺼기인 절망의 태반을 씹어먹어. 그래야 우리는……"

누군가 이민자의 손목을 잡아끌었다. 서울역에서 이민자를 데리고 왔던 수상한 식모였다. 그녀는 이민자의 귀에 대고 속삭였다.

"저 여자, 미쳤어. 그러니까 가까이 가지 말아요."

이민자는 자기도 모르게 수상한 식모의 팔을 뿌리쳤다. 하지만 그녀가 돌아왔을 때, 지씨는 이미 어디론가 사라진 뒤였다.

"금으로 만든 수도꼭지는 얼마나 훌륭한가요. 누구도 감히 당신을 더럽히지 못합니다."

그날 이민자는 엉겁결에 염옥으로부터 예언의 말까지 듣게 되었다.

예언이 끝나고 난 뒤, 식모들이 웅성거리는 소리가 들렸다. 누군가 개천에 몸을 던졌다고 했다. 수상한 식모 지씨였다. 예언가 염옥은 개천 앞에 쭈그리고 앉아 구슬프게 눈물을 흘렸다. 남아 있는 수상한 식모들의 지도부는 과연 누가 염옥을 데려갈 것인가 꽤 장시간에 걸쳐 논의했다.

아, 수상한 식모들이란 게 고작 이런 거라니.

다음날부터 이민자는 청량리에 나가지 않았다. 모든 비법을 다 익혔지만 막상 부르주아 가정에서 식모 생활을 하고 싶지는 않았다. 대신 이민자는 독일행을 택했다.

코리아 엔젤스.

당시 박정희 정부가 서독 정부로부터 얻어쓴 차관을 갚기 위해 선발한 간호사들이었다. 이미 오 년 넘게 간호사들은 서독으로 떠나고 있었다. 이민자 역시 그 대열에 합류했다. 특별히 나라를 사랑해서 선택한 것은 아니었다. 다른 간호사들도 마찬가지이긴 했다.

"거기 가면 큰돈을 벌 수 있대."

"서독이 얼마나 선진국인데요. 거기 손톱깎이가 얼마나 대단한지 알
지요, 언니들?"

"언니는 왜 코리아 엔젤스가 되었어요?"

"백인들 몸을 만져보고 싶어서."

다들 경악스런 눈으로 이민자를 쳐다보았다. 하지만 이민자의 말에
는 전혀 성적인 의미가 담겨 있지 않았다. 간호사로 일할 때 백인의 몸
을 다루어본 적은 없었으니까 그저 궁금했을 뿐이었다.

한국에서 떠난 간호사들은 겨우 육 주간의 독일어 교육을 받았을 뿐
이었다. 당연히 독일에서 쉽게 말이 통할 리가 없었다. 하지만 그녀들
은 말이 별로 필요 없는 곳으로 보내졌다. 결핵환자나 중환자들이 있는
병원에 한국인 간호사들은 배치되었다. 중병을 앓고 있는 독일인 환자
들은 기침을 하거나 신음소리를 내느라 제대로 된 독일어를 구사하지
못했으니까.

병원에서의 생활은 쉽지 않았다. 또 독일인 간호사들이나 의사들 또
한 한국인 간호사들을 무시하기 일쑤였다. 그들의 눈에 스치는 경멸의
빛이 너무나 환해서 눈이 부실 지경이었다. 오히려 몸을 가누기 힘든
환자들이 간호사들에게 의지했다. 물론 개중에는 예외도 있었다. 어떤
한국인 간호사는 덩치가 불곰만한 독일인 환자가 몸을 디미는 바람에
비명을 지르고 도망치기도 했다.

이민자가 일하는 병원은 결핵환자를 위해 공기 좋은 산자락에 위치
해 있었다. 어쩌다 쉬는 날이 되면 이민자는 병원 근처의 산에 혼자 올
랐다. 서독의 산에도 한국에서 보았던 약초와 비슷한 풀들이 많이 있었
다. 또 독초나 신초처럼 보이는 풀들도 제법 많았다. 이민자는 몰래 그

풀들을 뜯어보았다. 하지만 그 효능이 똑같은지 어떤지 시험해볼 방도
가 없었다.

결국 자기 스스로에게 실험해보는 방법밖에는 없었다. 한번은 눈이
맑아지고 신을 볼 수 있게 되는 신초로 보이는 풀을 산에서 씹어본 적
이 있었다. 뒷목이 뻣뻣해지더니 이민자는 뒤로 고꾸라지고 말았다.

그때 하늘에서 누군가가 검은 옷을 입고 내려오는 모습이 보였다. 머
리부터 다리까지 온통 검은 천으로 둘러싼 모습이었다. 이민자는 겁에
질려서 도망치려고 했지만 몸이 움직이지 않았다. 그런데 검은 옷을 입
은 여인은 다리를 절고 있었다.

"혹시, 당신은……"

이민자는 느릿느릿 겨우 말을 할 수가 있었다.

"네가 씹어 삼킨 신초가 너와 나를 인연으로 이어주었다."

"왜 죽은 아이를 낳으라고 했어요? 그게 무슨 의미가 있죠?"

"죽은 아이는 죄가 없는 아이. 죽은 아이는 형체가 없으나 형제를 살
릴 수 있는 아이. 죽은 아이는 물처럼 흐르기도, 다른 이의 몸 속으로
들어가기도 하지. 죽은 아이는 영롱하고 맑은 신이 되지."

지씨는 죽어서도 여전히 뜬금없는 소리만 늘어놓는다고 이민자는 잠
깐 생각했다.

"그게 어쨌다는 거예요?"

"아래를 보고 생각하려무나."

그제야 정신이 바짝 든 이민자는 벌떡 몸을 일으켰다. 수상한 식모
지씨는 어디에도 없었다. 이민자는 아래를 내려다보았다. 옷이 축축했
다. 쓰러진 사이에 오줌을 한 바가지나 지리고 말았던 것이다.

"아이, 참. 이게 무슨 꼴이람."

이민자는 얼굴을 잔뜩 찌푸리며 자리에서 일어났다. 그런데 놀랍게도 발밑에 있던 시든 풀들이 다시 푸르게 자라나는 게 눈에 들어왔다. 그뿐이 아니었다. 개미떼가 먹이로 삼으려고 운반하던 죽은 메뚜기가 몸을 비척거리다가는 푸드득 날아갔다.

이게, 지씨가 말한 죽은 아이일까?

병원으로 돌아간 이민자는 일부러 목숨이 다한 환자만 도맡았다. 병원에서도 이미 포기하고 곧 세상 뜰 날만 바라보는 환자들이었다. 의사들은 고작해야 하루에 한 번밖에 그들의 병실에 들어오지 않았다. 이민자가 환자를 데리고 무슨 일을 하든 들키지 않는 장소였다.

이민자는 우선 위와 장을 깨끗하게 만드는 약초를 먹었다. 덕분에 아침마다 화장실에서 몇 번이고 설사를 해야 했다. 또 이뇨작용에 도움이 되는 약초와 기침이나 가래 제거 등에 좋은 약초를 꼭꼭 씹어먹었다. 몇 시간이 지나지 않아 방광이 빵빵해져오면 한국에서 가져온 커다란 사기그릇(요강이었다)에 오줌을 누었다.

죽어가는 환자들은 물약이라고 하면 거부하지 않고 먹었다. 물론 이민자는 자신의 오줌이라고 말하지는 않았다. 처음에 환자들은 피를 토하거나 기침이 심해졌다. 이미 죽을 때가 가까운 환자들이었기에 의사들은 별로 걱정도 하지 않았다. 하지만 이민자는 속으로 쾌재를 불렀다. 수상한 식모들에게 약초에 대해 배운 그녀는, 좋은 약초일수록 병을 낫기까지 고통도 크다는 것을 알고 있었기 때문이었다. 이민자의 짐작대로 며칠이 지나지 않아 환자들의 혈색이 좋아졌다. 기침도 차차 멎어갔다. 의사들은 당황했고, 환자들은 이민자를 한국에서 온 천사 중의 대천사라고 말했다. 또 어떤 환자는 이민자가 건네준 신비로운 명약의 도움을 받았노라고 말했다.

"명약? 무슨 말이지요, 그게?"

"그냥 맹물이었어요. 하지만 환자분들의 힘을 돋우어주기 위해 약이라고 말했을 뿐입니다."

독일인 의사는 그다지 탐탁하게 여기지는 않았지만 이민자의 말을 우선은 믿기로 했다.

이민자의 소문은 병원에 금방 퍼져나갔다. 환자들은 아직 결핵 초기인데도 불구하고 이민자가 담당하는 입원실로 가고 싶어했다. 환자들은 이민자의 입원실을 동양의 성녀가 있는 방이라고 부르기도 했다.

하지만 이민자의 선행도 오래가지는 못했다. 의심을 품고 있던 독일인 의사가 사기그릇에 오줌을 담는 이민자의 모습을 보았다. 그리고 그 오줌을 중병 환자에게 먹이는 모습까지 고스란히 훔쳐보고 말았다. 의사는 입을 틀어막고 화장실로 달려가서 구토를 했다. 의사는 맹물로 입을 헹군 다음에 곧장 이민자를 불렀다.

"도대체 그게 뭐 하는 짓이요?"

이민자는 자신의 오줌에 대해 구구절절 설명하고 싶었지만 그러기에는 독일어가 너무 짧았다. 그저 죄송하다는 말만 연신 되풀이했다.

독일인 의사는 자기가 쇼크를 먹었다고 했다. 때마침 서독도 오일 쇼크로 쇼크를 먹었다. 실업자들이 부지기수로 늘어났고, 외국인 노동자는 눈엣가시 같은 존재였다. 많은 한국인 간호사들이 쫓겨날 지경에 이르렀다. 동양의 성녀라고 해서 특별대우를 해주지는 않았다.

이민자는 결국 하루아침에 실업자 신세가 되었다. 그녀는 병원 정문 앞에 서서 스산한 벽돌 건물과 그 뒤로 펼쳐져 있는 넓은 산자락을 쳐다보았다.

이 낯선 땅에서 뭘 먹고 살아간담.

그녀가 내리 한숨을 쉬고 있는데 녹두색 승용차 한 대가 앞에 멈추었다. 차에서 내린 이는 양잿물 빛깔의 엷은 머리카락을 지닌 독일인 남자였다. 토마스란 이름의 남자는 자기 직업이 신문기자라고 소개했다.

다양한 손짓발짓이 섞인 독일어가 오간 후에야 이민자는 왜 이 남자가 눈앞에 나타났는지 알게 되었다. 토마스는 이미 이민자의 명성을 알고 있었다. 더구나 그는 중국에 파견되어 기자로 일한 적이 있다고 했다. 당시 토마스는 다양한 민간요법을 접하게 되었고, 동양의 치료법에 관심을 두게 되었다고 밝혔다. 그래서 이민자가 오줌으로 환자를 치료했다는 사실을 믿는다고 말했다.

"함께 갑시다."

이민자는 토마스의 도움으로 일자리를 얻을 수 있었다. 다른 파독 간호사들이 생계를 빼앗기지 않기 위해 몇 년간이나 시위를 했던 것에 비하면 운이 좋은 편이었다. 더구나 이민자는 독일의 민간요법 중 하나인 약초를 이용한 허브 치료사로 일하게 되었다. 물론 이민자의 허브 치료는 조금 독특했다. 토마스는 동양식 허브 치료법이라고 사람들에게 광고를 하고 다녔다. 그녀를 찾아오는 환자들은 동양식 치료법에 대해 꼬치꼬치 캐묻지는 않았다. 어쨌든 효과는 좋았으니까.

허브 치료사가 되면서 이민자는 자연스럽게 채식주의자가 되었다. 또 소변으로 치료약을 만드는 날에는 한 끼 정도는 금식을 하기도 했다. 이민자의 살갗은 점점 투명해졌고, 얼굴에는 성녀처럼 평온함이 흘렀다. 허브 치료원의 공식적인 사업주이던 토마스는 이민자의 사적인 파트너가 되길 원했다.

몇 년 후, 이민자는 부르주아 가정의 부인이 되었고 토마스의 아이를 낳게 되었다. 입술을 옹알거리는 갓난아기는 너무나 사랑스러운 딸이었다.

이렇게 하얗고 뽀얀 꽃 같은 아이라니.

이민자는 아이들의 화사한 미소에 홀려서 수상한 식모들이 외치던 이야기를 완전히 잊어버리게 되었다. 그후 이민자는 자기가 낳은 첫딸이 열다섯이 되고 담배를 피우기 시작한 후에야, 다시 수상한 식모를 떠올리게 되었다.

"엄마가 뭘 알아! 나한테 신경 꺼."

쾅 소리가 나도록 문을 닫고 딸은 바깥으로 나가버렸다. 이민자는 창문 너머로 딸의 뒷모습을 쳐다보았다. 파도처럼 찰랑거리는 머리카락과 아직 깨끗하기만 한 맨팔과 맨다리를.

이민자는 마음을 진정시키기 위해 오랜만에 커피를 마셨다. 그 다음 이민자는 마을의 뒷산으로 산책을 나갔다. 매번 산책을 나갔던 곳인데 이상하게도 그날따라 신초가 눈에 들어왔다. 이민자는 신초를 입에 물고 우물거리다가 눈을 감았다. 자기도 모르게 눈물이 주르르 흘렀다.

누군가 다가와 손으로 눈물을 닦아주었다. 눈을 떠보니 염옥이 웅크리고 앉아 자기를 마주 보며 눈을 깜빡거렸다. 체구가 작은 염옥은 아직도 십대로 보였다.

"당신은 몸이 깨끗하고 가벼운 천사예요. 하지만 수상하지는 않답니다."

염옥은 이민자의 어깨를 밟고 머리 위로 올라가더니, 가벼운 미풍이 되어 사라져버렸다.

깊은 밤이 올 때까지 이민자는 제자리에 웅크리고 앉아 있다 집으로 돌아갔다. 집 안에는 열다섯 살짜리 딸이 혼자 식탁 의자에 앉아 있었다.

"할말이 있어."

딸은 무슨 까닭인지 자리에서 일어나지 않았다.

"나한테 뭐라고 설교해도 소용없어."

"엄마는 말이야. 수상한 식모였단다."

딸의 얼굴이 기묘하게 변했다. 이민자가 수상한 식모들과 겪었던 경험들에 대해 모두 털어놓자 딸은 울상이 되었다.

"잘못했어요, 엄마. 정신 차려요."

그후로 열다섯 살 딸의 사춘기는 조기마감되었다. 하지만 이민자는 계속해서 딸에게 수상한 식모들의 이야기를 했다. 딸은 믿지 않았다. 일생의 편안한 동반자였던 토마스도 이민자의 말을 믿지 않았다.

이민자는 날이 갈수록 가슴이 답답해졌다. 답답함은 점점 그리움으로 성질이 변해갔다. 나중에는 수상한 식모를 직접 만나기 위해 한국으로 돌아갈 계획까지 세우게 되었다. 하지만 그녀를 찾는 환자들은 끊이지 않았다. 결국 이민자는 허브 치료원의 문을 닫기로 결심했다.

이제 나도 늙어서 일을 하기 힘들어요.

하지만 오십이 넘은 나이에도 불구하고 이민자의 머리카락은 아직 칠흑같이 까맣기만 했다. 환자들은 믿지 않았다. 이민자는 어쩔 수 없이 흰색으로 머리카락을 염색했다. 하얗게 염색한 머리카락으로 이민자는 환자들에게 마지막 약을 전해주었다. 그제야 사람들은 이민자가 늙었다는 사실을 인정했다.

동양식 허브 치료법은 쉬운 게 아니거든요. 왜냐하면 자기 몸을 정갈하게 만들어야만 할 수 있는 일이니까요. 늘 몸을 정갈하게 하기엔 너무 늙었지요.

너무나 깨끗한 몸을 가진 이민자는 혼란과 혁명의 상징이었던 수상한 식모를 만나기 위해 근 삼십여 년 만에 한국행 비행기에 오르게 되었다.

26. 다이어트와 자동판매기

나는 민자씨의 도움으로 위장의 방법을 찾아냈다. 간단히 말해서 살을 뺐다. 집에서 학교까지 걸어가면 한 시간 남짓 걸렸다. 나는 매일 그 거리를 걸었다. 복학한 지 한 학기가 끝나갈 때쯤 나는 이십대 초반 남자의 평균 체중에 도달했다.

체중이 평균에 도달하자, 내 삶도 평균의 길을 지향할 수 있었다. 나는 우선 편입시험을 준비했다. 다행이 전에 다니던 학교보다 좀더 나은 학교의 경제학과로 편입할 수 있었다. 엄마는 뒤늦게 용 되었다고 기뻐했다. 안타깝게도 천재의 빛을 잃은 막내 때문에 엄마는 삶의 낙이라곤 요만큼도 없었다.

다행히 편입한 학교에서는 아무도 내가 수상한 식모의 서기였다는 사실을 알지 못했다. 나는 다른 애들을 따라 영어와 중국어 학원에 다

넜고 취업 관련 정보를 수집하기 위해 뛰어다녔다. 하지만 취업은 그리 호락호락하지만은 않았다. 결국 졸업식 때까지 여타 다른 애들과 마찬가지로 마땅한 직장을 얻을 수 없었다.

졸업식날 나는 친구들과 진탕 술을 마시고 길거리에서 밤새도록 토했다. 이제 막 대학에 들어온 것처럼 보이는 신입생들이 우리를 한심하다는 눈으로 쳐다보고는 밤거리로 사라졌다.

속았어, 만사 다 속았어.

나는 이 억울함의 기원을 알 수 없어 더욱 억울했다. 내가 처해 있는 상황은 수상한 식모들 때문은 아니었다. 나는 수상한 식모들과 결별했고 남들과 똑같이 살아보기 위해 편입까지 했다. 그러나 여전히 삶이 재미없긴 마찬가지였다.

누군가가 내 등을 문질렀다. 따뜻한 손길이었다. 나는 속을 추스르고 뒤돌아보았다. 그러나 몸을 제대로 가누지 못하는 술 취한 녀석들만 벽에 기댄 채 히히덕대고 있을 뿐이었다. 낡은 계단 아래로 쥐 한 마리가 재빠르게 지나갔다.

검은 옷의 여인들이라도 왔다 갔나?

나는 무릎에 손을 올리고 자리에서 일어났다. 술이 덜 깨서인지 매번 다니던 골목이 더 좁아만 보였다.

다음날 아침 나는 휴대폰 벨소리 때문에 잠에서 깼다.

누구지? 이 시간에 전화할 사람도 없건만.

나는 손톱으로 머리통을 벅벅 긁고는 휴대폰 폴더를 열었다. 한 번도 본 적이 없는 번호였다.

오, 이력서 중 하나가 통과가 됐나?

잠이 번쩍 깼다.

"여보세요, 저 신경호입니다."

"아직 번호가 살아 있군요."

나는 목소리의 주인공이 누구인지 쉽게 알지 못했다. 사무적인 톤이었지만, 사무적인 용건으로 전화를 한 건 아닌 게 분명했다. 더구나 나를 오래 알고 있는 사람임에 분명했다.

"그 동안 많이 원망했겠어요."

따져보니 원망하고 싶은 여자들이 많기는 했다.

"네, 실컷 원망이나 해봤으면 좋겠는데…… 그나저나 누구시죠?"

"자, 이제 약속했던 보수를 줄 때가 온 것 같군요."

인력센터 소장이었다. 나는 목구멍으로 침을 삼켰다. 무언가 따지고 싶었으나 목소리가 되어 나오지 않았다.

"오늘 오후에 만나요. 내가 그쪽으로 가서 전화할게요."

오후에 나는 집 근처에 있는 롯데리아에서 인력센터 소장을 만났다. 유치장에서 그녀를 본 게 마지막이었으니까, 거의 사 년 가까운 시간이 흐른 뒤였다.

"까맣게 잊어먹었어요, 그때 일들."

나는 소파에 몸을 밑긴 채 웅얼거렸다. 숙취가 아직 덜 풀려서인지 몸이 무거웠다.

"나는 안 잊어버렸어요."

"하긴, 매 맞은 놈보다 때린 년들이 더 불안하겠죠. 안 그래요?"

인력센터 소장은 핸드백에서 통장과 도장을 꺼내 나에게 건네주었다.

"오억 정도 돼요. 순애가 남겨놓은 돈을 내가 좀 불렸어요. 그게 더 나을 것 같다고 우리는 판단했죠."

"어떻게……?"

"대한민국에서 이억 이상의 돈을 불리는 건 쉽답니다. 땅덩이에 굴리기만 해도 눈덩이처럼 불어나죠."

"수상한 식모들이 이젠 부동산 투기까지 하는군요."

"전 이미 그 길을 포기한 지 오래였어요."

"그나저나 왜 나한테 이야기도 안 한 겁니까?"

"손을 없고 본인한테 직접 물어보세요"

나는 커피를 마저 마셨지만 아무 맛도 느끼지 못했다. 돈은 몸의 감각까지 마비시키는 모양이었다. 나는 촌스럽게도 갑작스럽게 쏟아진 돈벼락에 손이 떨리기까지 했다. 어쩌면 사람들은 그래서 금반지나 귀금속을 몸에 걸치는지도 모르겠다. 귀금속의 무게 덕에 돈 앞에서 벌벌 떠는 촌스러운 모습을 보이지는 않을 테니까 말이다.

"그렇게 멍하게 있지 말고 어떻게 쓸지나 생각해요."

"어떻게 해야 될까요?"

나는 되물었다. 생각해보니 취업과 돈을 모을 생각만 열심히 했지 정작 어떻게 써야 할지는 감이 잡히지를 않았다.

"땅에 묻지만 말아요. 돈은 씨앗이 아니니까."

소장은 커피를 마저 마시고는 자리에서 일어날 준비를 했다.

"그러면 이제 모든 게 끝난 거겠죠? 수상한 식모들과 나의 인연은 끝이겠군요."

솔직히 제법 그럴싸한 보수까지 받고 나자 나는 수상한 식모들 때문에 고생한 일들이 그다지 서럽게 여겨지지 않았다. 오히려 한참을 잊고 지냈던 순애씨와의 삶까지도 정겹게만 여겨졌다.

"경호씨, 인연이 우연이라고 생각해요?"

"네?"

"인연은 어차피 전략이죠. 가치 없는 인연은 자연히 소멸되고, 가치 있는 인연은 다시 부활할 수도 있어요."

"무슨 말?"

"수상한 식모들은 사라지지 않을 거예요. 그리고 당신의 일이 다 끝나지 않았을지도 몰라요."

소장은 의문 가는 몇 마디 말을 남기고는 떠났다. 하지만 분명 순애씨는 자기가 마지막 수상한 식모라고 했다. 그리고 그 증거로 오억의 돈이 내 수중에 들어왔다.

소장의 말대로 오억을 통장에서 썩힐 필요는 없었다. 나는 우선 마장동의 아파트를 떠날 계획부터 세웠다.

형은 대학원에 입학했고 막내는 이제 평균적인 모범생으로 전락해버렸다. 아버지는 예전에 함께 사업을 하던 지인으로부터 아파트 경비 자리를 제안받았다. 아버지는 술이 머리꼭지까지 돌아서는 집에서 고래고래 소리를 지르기 시작했다.

"우리집이 어떤 집인데…… 나보고 아파트 마당이나 돌라고. 세상, 참 많이 달라졌다. 내가 팔십년대에 어떤 사람인지 아직 모르나본데. 속 뒤집어지네. 저기 꿀물이나 타와."

엄마는 부엌에서 따뜻한 물에 꿀 대신 설탕을 넣었다.

"꿀값도 아까운 인간이 꼴값 떨고 있기는."

그러나 아버지는 설탕물을 한 대접 들이켜고는 소파에 누워 그대로 코를 골았다.

그나마 엄마는 우리 가족들 중에서 아직 희망이 남아 있는 사람 중한 명이었다. 엄마는 할아버지의 유산으로 장만한 경기도 외곽의 땅에 기대를 걸었다. 비록 휴전선 근방이기는 하지만 한반도에 평화의 시대가 도래하면 큰 폭으로 치솟을 거란 기대였다.

"거기가 얼마나 공기가 좋은지 몰라. 나중에 그런데 별장 지어서 살면 딱 좋겠더라."

그래서 엄마는 생각지도 않게 한반도의 평화를 걱정하는 평화주의자가 되었다. 혹 북이 핵을 가졌다는 식의 뉴스가 텔레비전에서 나오면 안절부절못하며 어쩔 줄 몰라했다. 어쨌든 그래도 한반도의 평화 분위기는 느릿느릿 진척되었고, 엄마가 산 땅값도 느릿느릿 올랐다.

"겨우 삼천원 올랐나?"

엄마는 나의 횡재에도 눈독을 드렸다.

"예전에는 자식들이 첫 월급 타면 빨간 내복을 해주고 그랬는데……"

"내복 사줘요?"

"아니, 나 여기 눈밑에 주름이 진해진 거 같지 않니?"

엄마가 압구정동의 성형외과에서 눈밑 지방과 주름 제거 수술을 하던 날 나는 성수동에 방을 하나 마련했다. 그리고 순애씨로부터 받은 돈을 가지고 사업 구상을 시작했다.

내가 관심을 가진 사업은 자동판매기였다. 90년대 초반부터 호황을 띤 자동판매기 사업은 이제 꽤 쏠쏠한 소득을 올릴 수 있는 아이템으로 자리잡아가는 중이었다. 이제는 부업이 아니라 생계유지 수단으로 자동판매기 사업을 하는 이들도 많다고 했다. 우선 인건비가 적게 들었다. 발로 뛰면서 관리만 하면 충분히 가능성이 있어 보였다.

나는 대학 친구 한 명과 손을 잡고 자동판매기를 구입했다. 우리는 단순한 커피자판기는 취급하지 않았다. 그쪽은 경쟁이 치열한데다 새로운 자리를 뚫기도 어려웠다. 대신 팝콘이나 감자칩 등의 간단한 간식이나, 성인용품이나 택시에 설치하는 안마자판기 등을 주 메뉴로 했다.

막상 일에 뛰어들고 보니 생각만큼 편하게 자동판매기로 돈방석에 앉기는 힘들었다. 무엇보다 자동판매기는 자리가 좋아야 했다. 좋은 목은 또 그만큼 경쟁이 치열했다. 이 사업의 관건은 아이디어보다는 주로 로비 능력에서 비롯되었다. 우리는 자동판매기를 설치하는 건물주나 사업주와의 친분관계 등을 쌓아가는 데 힘을 기울여야 했다.

자연히 유흥업소 출입도 빈번해지기 시작했다. 낮에는 서울 시내를 돌아다니면서 자동판매기를 관리하고 밤에는 관계자들과 술로 보내는 게 내 일상이었다. 자연히 몸에는 다시 살이 붙기 시작했다. 나는 세 자릿수의 몸무게를 코앞에 두게 되었다. 그러나 아무도 오 년 전의 일을 떠올리고 입에 올리는 사람은 없었다.

하지만 나를 찾아다니던 사람들이 이 땅에는 있었다. 나는 그날도 한 의류 쇼핑몰이 기획팀에게 술을 사고 있었다. 그들은 쇼핑몰을 소규모로 리모델링할 계획이었다. 나는 새로 리모델링하는 쇼핑몰의 휴게실에 감자칩자판기를 설치하고자 접근했다.

"아이, 과장님, 음료수 자판기 하나 들어내고 그 자리에 살짝 놔주면 되지 않겠습니까?"

"그런데 그게 좀 전망이 있나, 감자칩?"

"그럼요. 꽤 괜찮은 아이템입니다."

"내가 긍정적으로 생각을 해보지요."

무테 안경을 쓴 그는 여자 앞에서 쪼쪼한 모습을 보이기는 싫었는지 여유 있게 웃음으로 넘겼다. 하지만 술이 들어갈수록 그는 말을 빙빙 돌리기 시작했다.

"야, 말이 그렇지…… 사실, 자판기 그거 별거 아니긴 해요. 그런데 그거 하나에도 목매는 사람이 많아. 안 그래요?"

"아이, 그럼요. 요즘 다들 어렵지 않습니까?"

"그럼, 우리도 어려워요. 아예 휴게실을 들어내고 옷 매장을 틀까 생각도 해보고, 그게 또 아니다 싶기도 하고."

과장은 와이셔츠 단추를 두 개 정도 풀었다. 그리고 손톱으로 목울대 있는 곳을 여러 번 긁었다.

"뭐 해? 가려우시다잖아. 좀 긁어드려라."

나는 옆에 앉아 있는 호스티스의 옆구리를 툭 쳤다. 그녀는 과장의 목을 살짝 긁어주었다. 과장은 그녀의 손을 붙잡고는 바지춤으로 가지고 갔다.

"야, 여기도 가려운데? 손 말고 입술로 긁어줘라."

"아이, 오빠도 참. 못 말려, 진짜."

이제 막 스무 살이 되었을 법한 그녀는 손으로 입을 가리고 깔깔 웃었다. 눈가에 바른 펄이 초라하게 반짝였다. 나는 잔에 담긴 술을 곧장 들이켰다.

과장은 생각보다 술이 약해 일찍 정신을 잃고 고꾸라졌다. 나는 조금 취해 있었지만 호스티스 두 명과 앉아 있자니 좀 데면데면해졌다.

"아, 이거 이제 일어나야겠네."

"오빠, 나 오빠 어디서 많이 본 거 같은데?"

사장을 담당했던 호스티스가 내 옆에 앉아 팔짱을 끼면서 말했다.

"나? 네가 날 어디서 보냐. 나 여기 단골 아냐."

"아니, 봤어. 오빠, 옛날에 텔레비전에 나왔지?"

순간 술이 확 깼다.

"내가 장동건 닮았나?"

"웃기네. 오빠 담배부터 찾는 거 보니까 좀 수상하다. 웬일이야, 하느님. 내가 찾았어."

그녀는 갑자기 박수를 치더니 내 이마에 기습적으로 뽀뽀했다.

"야, 야, 왜 그래?"

"이따가 손님 보내고 나 좀 잠깐 따로 만나. 알았지? 할 이야기가 있으니까. 도망가면 안 돼."

그녀는 재빨리 내 바짓주머니에 손을 넣고는 명함을 꺼내 챙겼다.

"아이, 나 칭찬받겠다. 자, 선물로 내 맨엉덩이를 맘껏 만져도 좋아."

아무리 술이 알딸딸했지만 그 어이없는 상황에서 엉덩이를 만지지는 못했다.

나는 쇼핑몰 기획과장을 택시에 태워 보내고는 다시 그 주점으로 발걸음을 옮겼다. 나의 명함을 빼앗아갔던 그녀는 회색 반코트를 걸쳐입은 채 나를 기다리고 있었다.

"어, 왔네. 전화 받아봐."

그녀는 어디론가 전화를 걸었다. 그리고는 생뚱맞게도 곧장 나를 바꿔주었다.

"누구시죠?"

"당장 와주세요. 택시를 집어타고 내가 있는 곳으로."

"아, 누군데 나보고 오라 가랍니까?"

"나한테 팔아요."

"뭘 팔라고요?"

"나의, 아니 우리들은 호랑아낙과 수상한 식모들의 족보를 사고 싶어요. 우리에게도 뻔뻔한 이름이 필요하거든요."

"잠깐만요, 정말 날 압니까?"

"그럼요. 아주 오래 전부터 기다리고 있었어요."

27. 물 속의 집에서

　　나는 자정 가까운 시간에 택시를 잡아타고 한남동으로 갔다. 한남동의 한 단독주택에 수상한 식모의 족보를 사고 싶다는 그녀가 살고 있었다. 차고가 꽤 넓은 집이었다. 나는 택시에서 내려 초인종을 눌렀다.

　　"전화 받고 왔습니다."

　　"들어와요."

　　마당에 들어서지 기다린 개들이 깅깅 짖어댔다. 하지만 아무도 바깥으로 마중 나오거나 하지는 않았다. 나는 주머니에 손을 집어넣은 채 혼자 마당을 가로질러 현관을 향해 똑바로 걸어갔다. 정원에 있는 키가 크고 가느다란 나무는 어두워서 잘 보이지는 않았지만 바람이 불 때마다 꽤 요란스러운 소리를 내며 흔들렸다.

　　나는 현관문을 두드렸다.

"들어와요."

문은 잠겨 있지 않았다. 나는 한숨을 한 번 쉬고는 안으로 들어갔다.

"반가워요. 내 이름은 물이에요."

"네?"

"물, 워터나 미즈라고 불러도 상관없어요."

나는 신발을 벗지 않고 잠시 머뭇거렸다. 발바닥에 땀이 찼다. 세상에는 어이없는 사람들이 많다. 어쩌면 나는 또 엉뚱한 곳에 발을 들이미는지도 몰랐다.

나는 그 집의 응접실을 둘러보았다. 양탄자는 붉은색이었고 커튼은 나일론이 아니라 비단으로 되어 있었다. 그리고 중앙의 테이블은 옥으로 만들어져 있었는데, 가장자리의 곡선은 섬세한 마감 덕에 출렁이는 물결처럼 보였다.

"기다렸어요. 어서 들어와요."

보라색 비단으로 만든 나이트가운을 입은 그녀가 손짓으로 불렀다.

나는 신발을 벗었다. 그리고 바닥에 발을 댔다. 냉기로 발바닥이 아찔했다. 응접실 바닥은 단단한 대리석으로 만들어져 있었다.

"자, 옆에 앉아도 괜찮아요."

물은 소파 옆자리를 비워주었다.

목소리가 낭랑하긴 했지만 나보다 나이는 많아 보였다. 웃을 때마다 눈가에 잔주름이 자글거렸다. 하지만 그리 미워 보이지 않는 주름이었다.

"절 아신다고요?"

"실은 수상한 식모를 알고 싶은 거예요."

"아, 그녀들을 믿으시는군요."

"맞아요. 당신이 그녀들을 내게 알려줄 수 있어요."

그녀는 소파에 팔을 대고는 고개를 살짝 기울였다. 숏커트 스타일로 잘라 끝을 살짝 세운 머리카락은 동그란 그녀의 얼굴을 강하게 보이도록 만들어주었다.

"저한테 수상한 식모들의 족보를 만들어달라고요?"

"네, 그러면 나는 사랑을 만들어드릴게요."

물은 잇몸이 살짝 보이도록 깔깔거리고 웃었다. 그러고는 바로 내 입술을 훔쳤다. 나도 모르게 물의 가슴에 손이 갔다. 자연산인지 아닌지는 알 수 없지만 꽤 풍만한 가슴인 것만은 분명했다. 몇 번의 키스가 오가고 정신을 차려보니 어느새 나는 양탄자 위에 누워 있었다. 그리고 내 위로 물이 쏟아져내렸다.

"본명이 아니죠?"

정사가 끝난 후에 축축한 휴지뭉치를 쓰레기통으로 던지며 내가 물었다.

"아니, 본명이 물이에요. 하지만 한 달 전에는 불이었어요. 다음달에는 바람이 될지도 모르고, 그 다음에는 새가 될지도 모르죠."

"아니, 이름이 없어요?"

나는 얼굴을 찌푸렸다.

"아니요, 매번 새로운 이름이 생기는 거예요."

"참, 무슨 말인지……"

"남자는 매번 새로운 여자와 자고 싶어하죠. 여자는 매순간 자기를 새롭게 창조할 수 있어요."

그리고 그녀는 벌거벗은 채 깔깔거리고는 냉장고로 갔다. 그리고 냉장고에서 얼음물이 든 물병을 꺼내 입을 대고 마셨다.

"물 마실래요?"

물이 물병을 들고 물었다.

"나는 컵에다가."

물은 자기 입에 물을 머금고는 내 옆으로 다가왔다. 그리고 내 입 안에 넣어주었다.

"힘내요."

그리고 물은 내 바짓주머니에서 휴대폰을 꺼냈다. 그리고 배터리를 빼서는 가지고 달아났다.

"뭐 하는 겁니까?"

"당신은 가장이 아니에요. 남자예요. 나와 함께 있는 동안은 노동할 필요가 없어요."

나는 그날부터 물과 한 침대를 썼다. 물의 방에는 커다란 호랑이 그림이 걸려 있었다. 나는 그 그림을 보면서 호랑아낙과 수상한 식모들의 이야기를 다시 써갔다. 이번에는 억지로 거짓말을 할 필요가 없었다. 물은 이야기가 더 자극적일수록 깔깔거리고 웃어댔다.

밤이면 물은 사람들을 만나기 위해 다시 외출했다. 나는 물이 하는 일이 어떤 일인지는 제대로 알지 못했다. 물의 집에는 그녀만을 위한 옷방이 따로 있었다. 물은 그곳만은 들어가지 못하게 했다. 그러나 매번 그 방에 들어갔다 나올 때마다 그녀는 새로운 옷과 새로운 가발을 쓰고 나타났다. 그녀는 주로 다양한 컬러의 긴 생머리 가발이 많았다.

"아직까지는 남자들에겐 긴 머리카락이 먹혀요. 하지만 긴 머리는 지루해요. 매일 아무 장식 없는 흰 팬티만 입고 다니라는 말과 똑같죠."

물은 어느 날 긴 생머리 가발을 유심히 지켜보는 나에게 설명해주
었다.

하룻밤이 지난 다음부터 나는 자동판매기 사업 따위는 까맣게 잊어
먹고 말았다. 그만큼 물과의 생활은 즐거웠다. 매일 밤 물은 다른 모습
으로 침실로 들어왔다. 우리는 부부가 아니었기 때문에 물은 내 앞에서
화장을 지우는 일도 없었다. 그리고 한바탕 시끄러운 정사를 하고 난 뒤
에 나는 물의 귀에 대고 호랑아낙과 수상한 식모들의 이야기를 들려주
었다. 그녀는 이불로 앞가슴을 가린 채 깔깔거리며 그 이야기를 들었다.

"내일은 또 새로운 이야기가 있겠죠?"

"그럼, 아직도 남아 있는 이야기들은 많아."

나는 물에게 말을 놓았고, 물은 나에게 말을 높여주었다. 어느새 자
연스럽게 그렇게 되어버렸다.

하지만 내가 품고 있는 수상한 식모들의 이야기는 점점 고갈되기 시
작했다. 나는 폐광이 된 탄광촌의 광부처럼 점점 심란해져 담배만 피우
는 날이 많아졌다. 다행히 물은 그런 나에게 재촉하지는 않았다.

어느 날인가 그녀가 내가 이야기를 하는 동안 길게 하품을 했다.

"당신, 이야기를 지어내는군요."

"아니, 아니야……"

그녀는 대답 대신 양팔을 앞으로 주욱 내밀고 기지개를 켰다. 그리고
는 다시 거실로 나가버렸다.

그날 나는 밤새 제대로 잠을 이루지 못했다. 그리고 새벽녘이 되자 물의 정체에 대해 궁금해졌다. 과연 물은 무슨 일을 하는가, 어떻게 생계를 유지하는 걸까? 나는 물의 수많은 파트너 중 한 사람이 아닐까? 다른 남자들이 물을 안고 있는 모습이 떠오르자 속이 타들어갔다. 더 큰 문제는 이제는 물을 잡기 위해 내가 지닌 것이 아무것도 없다는 사실이었다. 나는 밤새 고민하다가 새벽녘에 내가 작업한 이야기들을 내 개인 메일에 넣고는 컴퓨터 하드에 저장한 내용은 삭제해버렸다. 이걸 빌미로 그녀 곁에 남아 있을 생각이었다. 나는 가슴이 제법 뿌듯해졌고 쉽게 잠자리에 들 수 있었다.

점심 무렵인가 나는 눈을 떴다. 벌거벗은 물이 내 옆에 은쟁반에 담긴 밥상을 들고 서 있었다. 나는 밥을 먹기보다 그녀를 안는 게 더 급했다. 물은 깔깔대고 웃으면서 내 품에 안겼다. 달콤한 시간이 흘러가고 쾌감은 점점 극으로 치솟았다.

그리고 그녀는 머리맡에 있는 작은 케이스에서 립스틱을 꺼냈다.

"뭐 하는 거야?"

"입술을 오므려봐요."

나는 시키는 대로 입술을 오므렸다. 그러자 물은 내 입술에 립스틱을 발라주었다. 그리고 볼 터치도 했다. 나는 이 어이없는 상황을 말리려 했지만 이상하게 몸은 더 뜨거워졌다.

나의 사정이 끝난 후에 물은 손거울을 내밀었다. 나는 붉은 립스틱을 바르고 눈가가 초록색으로 변한 내 얼굴과 마주하게 되었다. 맥이 풀렸다.

"나는 다이아몬드예요."

“무슨 소리야?”

“다이아몬드는 아름답지만 남자를 장식할 수는 없어요. 나는 다이아몬드예요. 다이아몬드의 집에 남자는 들어오지 못해요.”

“아직, 수상한 식모들의 이야기는 안 끝났다고.”

“내가 듣고 싶은 이야기는 모두 끝났어요. 이제 당신은 남자답게 퇴장하면 돼요.”

“이럴 때만 남자다운 걸 찾으시는구만.”

나는 속에서 욕설이 치밀어올랐다.

다이아몬드는 서랍에서 휴대폰 배터리를 꺼냈다. 그리고 내 손에 쥐여주었다. 나는 휴대폰 배터리를 바닥에 내동댕이쳤다.

“난 망했다고. 난 끝났어!”

“걱정 말아요. 당신의 자판기는 아직 무사해요. 당신이 여기 있는 동안 내가 고용한 대리인이 착실하게 자판기를 관리했을 테니까. 그리고 당신을 위해 새 자판기 다섯 대를 구입해놓았어요.”

그녀가 이빨이 환히 보이도록 웃었다. 그 웃음을 내 것으로 만들 수 있다면 뭐든지 할 수 있을 것 같았다.

“내 자판기를 다 줄 게. 그러니까 여기 있게만 해줘.”

“나는 자판기 따위에는 관심 없어요.”

“그럼…… 어떻게 해야 돼?”

“나는 다이아몬드예요. 물은 당신 가슴속에 살아 있어요.”

“어떻게 한 사람이 또다른 사람이 돼?”

“아이처럼 굴지 말아요.”

“날 사랑하긴 했나?”

"그럼요. 엔진이 다 되었을 뿐이에요. 엔진을 교체하느니 새 차를 사는 게 나을 거예요."

나는 그렇게 그 집에서 쫓겨났다. 그리고 현관문을 나설 때쯤에는 나를 바라보는 여자가 정말이지 낯설게만 보였다. 그녀는 내 안에 있는 물이 아니라 다이아몬드가 맞았다. 그리고 아마 수상한 식모일지도 몰랐다.

나는 택시를 집어타고 다시 성수동에 있는 집으로 돌아갔다. 택시기사는 라디오에서 흘러나오는 윤시내의 노래 〈열애〉에 맞추어 콧노래를 불렀다.

성수동 집 앞에는 한때는 물이었던 다이아몬드가 가져다놓은 자동판매기 다섯 대가 덩그러니 놓여 있었다. 손으로 두들겨보았다. 텅텅. 백원짜리 하나 들어 있지 않은 금고에서 나는 소리 같았다. 나는 주머니에서 동전을 꺼냈다. 나는 첫번째 자동판매기에 동전을 집어넣었다.

"이봐, 안녕."

하지만 자동판매기는 내 동전을 먹었을 뿐 아무것도 내놓지 않았다.

당연한 일이지. 전원이 연결되어 있지 않으니까.

나는 자동판매기에 기대서 깔깔대고 웃었다. 한참 웃다보니 머리가 멍해졌다. 순애씨의 말이 맞았다. 수상한 식모들의 이야기는 처음부터 내 것이 아니었다. 나는 그저 유능한 자동판매기에 불과했다. 그렇더라도 그리 불쾌하지는 않았다. 유능하지 못한 자동판매기들보다는 나을 테니까.

덜컹.

자동판매기 안에서 음료수가 아니라 사탕 하나가 떨어졌다.

"이건, 또 뭐람."

사탕봉지를 뜯어보니 레몬빛의 작은 쥐가 들어 있었다. 딱 꿈을 갉는 쥐만한 크기였다.

"뭐야, 이젠 귀에 넣지 말고 입에 넣어보라고?"

나는 어쨌거나 씁쓸한 마음을 달래야 했다. 어렸을 때처럼 당분을 통해 위안받으리라. 나는 쥐 모양의 사탕을 입에 넣었다. 당분이 입 안에 퍼지면서 눈앞에 반짝거리는 별사탕들이 보였다. 곧이어 내가 무엇을 보았는지는 여기에서 말하지 않겠다. 나는 더이상 기록할 의무가 없는 자유로운 몸이니까. 궁금한 사람은 나의 자판기에서 마우스 캔디를 구입하면 된다. 캔디를 구입하기 전에 겁먹지는 마시길. 달콤한 쥐 한 마리에 농락당하는 기분은 그리 나쁘지 않다.

28. 변신 곰인형

나는 지금 곰인형을 안고 있어요. 귀는 보라색이고 턱은 얼룩무늬예요. 눈의 한쪽은 진주, 나머지 한쪽은 다이아몬드예요. 가짜가 아니라 진짜 다이아몬드예요. 검은 털실로 스마일을 만들어놓은 곰의 입도 나는 뜯어내버렸어요. 대신 은반지를 갈아서 날카로운 은이빨을 달아주었지요. 몸통은 여러 가지 색색의 천을 뜯어내고 덧대었어요. 이 커다란 곰인형은 곰과 비슷하지 않아요. 그렇다고 팬더를 닮지도 않았어요. 이 화려한 빛깔의 천으로 길게 이어붙인 꼬리를 한번 보시기 바랍니다. 꼬리에 소소히 뿌린 반짝이 가루가 보이시나요?

삼십 년이 넘게 이 곰인형은 내 옆에 있었답니다. 그리고 나는 일 년에 한 번씩 곰인형을 변신시켜주었어요. 결국 변신 곰인형은 나보다 더 많은 성형수술을 하게 되었지요. 아, 그렇다고 내가 성형 중독이라는 말은 아니에요. 나는 고작 다섯 번 정도 했을 뿐입니다. 어디에 칼을 대었는지는 아무에게도 말할 수 없어요. 부끄러워서가 아닙니다. 그건 상대에 대한 예의라고 생각해요. 나와 함께 있는 남자들은 여자의 몸을 원하는 게 아닙니다. 다들 그러하듯 환상을 원합니다. 환상을 불러일으키는 데 탐스러운 육체는 필요하지만 의료시술은 별로 도움이 되지 않아요. 하지만 탐스러운 육체는 의료시술의 도움을 받을 수 있죠.

나는 요리를 하듯 금빛의 환상을 지어내서 거북이 머리를 닮은 그들의 성기에 마법의 금가루를 뿌려줍니다. 반짝반짝. 그리고 금가루를 뒤집어쓴 거북이 머리는 환상에 대한 비용을 내놓지요.

내가 천박하다고요? 혹은 순수한 사랑을 거래라는 명목하에 더럽힌다고 보시나요? 혹은 불쌍한 남자들을 거덜내는 붉은 털지갑으로 보시나요?

남자들은 돈을 모으는 데는 관심이 없습니다. 돈 자체에 집착하는 남자는 실은 별 볼일 없어요. 남자들이 돈을 모으는 건 환상을 얻는 데 지불하기 위해서입니다. 어떤 남자들은 야구경기장에 달려가 고래고래 소리를 지르지요. 또 어떤 남자들은 친구들 사이에서 영웅으로 대접받기 위해 돈을 씁니다. 자동차를 바꾸기 위해 물 쓰듯 돈을 쓰는 남자들, 오디오와 카메라에 돈을 쓰는 남자들. 신용카드가 생긴 이후로는 좀더 편리하게 되었지요. 남자들이란 의외로 깔끔한 물건을 좋아하거든요. 게다가 주머니에서 주섬주섬 지폐를 꺼내 세는 모습보다 카드 한 장을 계산대 테이블에 올려놓는 모습이 훨씬 그럴싸해 보이지 않겠어요?

하지만 무엇보다 여자를 거두고, 그 여자에게 돈을 쓰면서 남자들은 존재감과 자부심을 강하게 느낍니다. 별 볼일 없는 중년 남자의 속옷에서 나는 냄새와 오래된 만원짜리 지폐에서 나는 냄새는 약간 비슷하기도 해요. 둘 다 좀 흐물흐물하죠. 그러고 보면 중년 남자의 속주머니에 꼬불쳐둔 비상금 만원짜리만큼 안타까움을 불러일으키는 물건도 없는 셈이죠. 거래할 대상이 없는 거래의 최후.

너무 비극적이라고요? 순애보적 사랑이 세상에는 존재한다고요? 하지만 과연 거래만큼 순수한 게 또 있을까요?

그래요, 거래는 순수해요. 숫자로 계산되는 것들은 순수하죠. 숫자는 결코 자극적이지 않아요. 순수한 것은 자극적이지 않지요. 대신 순수함을 가장한 품목은 꽤 매력적으로 남자들을 끌어당깁니다. 그래서 우리는 거래하되, 거래하지 않은 듯이 행동해야 합니다. 사랑의 계약서인 연애편지만큼 절절하고 순수한 게 또 있겠어요?

나의 곰인형에서부터 시작된 이야기가 멀리 와버렸군요. 다시 곰인형으로 돌아가야겠군요. 그러니까, 지금의 변신 곰인형이 아닌 맨 처음 내가 이 곰인형을 얻었을 때의 이야기를 들려드리지요.

이 커다란 곰인형은 아주 선하게 생겼답니다. 내가 여섯 살 때였으니까 거의 나와 비슷한 키를 가지고 있었겠지요.

우리집은 이 곰인형을 사줄 만큼 유복한 가정은 아니었어요. 더구나 나한테는 관심도 없었죠. 오빠와 남동생 사이에 끼인 나는 별것 아닌 존재였죠. 나는 소꿉놀이 세트도 가지고 있지 않았어요. 지금으로 말하면 신사동 부근이었지만, 아직 개발이 되기도 전이었으니까요. 부모님은 채소 농사를 지었던 걸로 기억합니다. 질척질척한 골목에서는 항상 썩은 야채 냄새가 났답니다.

그런 우리 동네에는 완구점이 딱 하나 있었어요. 육십이 넘은 할아버지가 문방구와 함께 운영하는 작은 곳이었어요. 그곳에는 곰인형이 딱 한 마리 있었어요. 커다란 비닐포장지를 덮어쓴 곰인형이었는데 꼬마였던 내 키만큼 되었겠지요. 나는 처음부터 곰인형을 욕심내지는 않았어요. 내가 원한 건 소꿉놀이 살림 세트였습니다.

훔쳤어요. 하지만 죄책감은 없었어요. 아이들이란 원래 도덕심 이전에 욕심부터 먼저 배우는 거 아닌가요? 아이들의 도둑질이란 순수한 욕심의 발로라고 생각해요. 하지만 모든 살림살이란 것이 그렇잖아요. 한번 훔치면 다시 손대고 싶죠.

걸렸어요. 썩은 호두 냄새가 나는 노인의 주름진 손이 제 가녀린 팔목을 휘어잡더군요. 저의 분홍색 바지가 더러운 바닥에 질질 끌렸어요.

이 도둑년, 너 같은 년은 본때를 보여줘야 돼. 응, 알아?

나는 겁이 나기보다 그 노인의 입에서 나는 구취가 끔찍했습니다. 불쾌해서 나는 울었어요. 생선시장의 하수구에 빠진 기분이었어요. 노인은 내 팔목을 휘어잡고는 문방구 안쪽의 어두운 구석으로 끌고 갔습니다. 햇빛이 들지 않는 그곳에서 노인의 얼굴은 보이지 않았습니다. 시간이 어떻게 흘렀는지 기억나지 않습니다. 어쨌든 노인이 바지를 벗었던 거 같아요. 너무 어두워서 노인의 성기는 보이지 않았습니다. 하지만 보지 않아도 볼품없이 축 늘어져 있다는 것만은 인지할 수 있었어요. 그런 건 본능으로 아는 거죠. 노인의 손가락이 내 배꼽 쪽으로 왔습니다. 배꼽 위에 석쇠에 구운 왕거미 세 마리를 올려놓는 기분이더군요.

곰인형을 줘요.

나는 울음을 그치고 또박또박 말했습니다.

노인은 움직이던 손을 멈췄습니다. 그리고 뒤로 물러섰습니다.

곰인형을 내놔요.

나는 햇빛이 드는 곳으로 뒷걸음질치며 말했습니다.

그럼, 다시 올 테냐?

우선 곰인형을 주세요.

나는 내 몸집만한 곰인형을 안고서 집으로 돌아왔습니다. 혹 부모님이 훔쳤다고 의심할까봐, 일부러 진흙 바닥에 굴렸습니다. 아마 발로 몇 번 밟았던 것도 같아요. 안타깝게도 부모님은 어디서 인형을 얻어왔는지 묻지 않았어요. 늘 그런 식이긴 했어요. 그들은 딸을 원하지 않았고, 나는 태어난 뒤부터 주욱 나의 부모들을 객관적으로 관찰하기만 했습니다. 그들은 한 달에 한 번 정도는 지루한 섹스를 했던 거 같아요.

어쨌거나 그후로 나는 완구점에 가지는 않았습니다. 다행히 초등학교 앞에 새로운 문구점이 생겼으니까요.

나는 훔쳐온 소꿉놀이 장난감을 다른 아이들에게 나누어주었습니다. 특히 사내아이들한테요. 어떤 아이들은 제법 커다란 솥을 구슬 그릇으로 쓰더라고요. 하여튼 사내들의 수집벽이란. 그때부터 나는 남자아이들을 다루는 일을 좋아했는지 몰라요.

이제 곰인형만이 나의 유일한 장난감이 되었습니다. 나는 맨질맨질한 플라스틱으로 만들어진 곰인형의 눈을 자주 들여다보았어요. 그 눈에는 나의 얼굴이 비칩니다. 얼굴은 약간 일그러져 있어요. 눈은 더 커져 있고 턱은 뾰족합니다. 그 얼굴은 겁에 질려 있거나, 혹은 탐욕스럽게 보입니다. 하지만 종종 완구점에서의 불쾌한 일이 떠올라 나는 그 눈을 들여다보는 일이 싫어졌습니다. 나는 한쪽 눈을 후벼팠어요. 이제 눈이 있던 자리는 움푹 패어 있는 상태 그대로 남아 있었지요. 나머지 한쪽 눈까지 차마 떼어내지는 못했습니다. 내가 처음 진주목걸이를 선물받을 때까지 나의 곰인형은 외눈박이였어요.

그러다가 나에게 수많은 인형들이 쏟아져들어오기 시작했습니다. 그뿐인가요. 어느새 내 방이 생기기도 했어요. 나에게는 공주들이 입는 새옷들도 생겨났어요.

곰인형이 마법을 부린 건 아닙니다. 우리가 살던 동네의 땅값이 훌쩍 뛰었던 거예요. 우리는 새로 건축된 아파트로 들어갔고, 빌딩도 하나 가지게 되었습니다. 보라색 타일을 붙인 그 빌딩 안에는 나이트클럽과 주점, 그리고 레스토랑이 들어섰습니다. 우리집 수입의 대부분은 그 건물에서 나오는 전세금이었죠. 그러나 부모님은 그곳에 나를 들어가지 못하게 했어요.

나는 갑자기 귀한 딸이 되었습니다. 아마 머리에 서캐가 허옇게 긴 딸이 부끄러웠던 모양이지요. 욕설을 입에 달고 살며 사내아이들과 몰려다니는 이 계집애가 영 마음에 안 들었는지도 모릅니다. 나는 욕설을 입에 지껄일 때마다 어머니에게 손바닥으로 맞았어요. 욕설과 구타 중 과연 무엇이 더 잘못된 걸까요?

여름이었을까? 소나기가 쏟아졌고, 나는 그 빗소리에 두들겨맞는 양재기가 된 기분이었어요. 오빠와 남동생은 나를 비웃었습니다.

어유, 저 꼴통.

나는 중학교에 올라가고 또래친구들과 담배에서 위안을 찾았어요. 통금이 풀린 이후 밤거리는 수많은 소음들과 색깔들이 쏟아져들어왔죠. 우리는 청재킷을 입고 스프레이로 동글게 만든 앞머리를 날리며 불량스럽게 밤거리를 돌아다니곤 했죠. 가끔 내 스타일의 남자애가 나타나면 풍선껌을 소리나게 씹다가 최대한 크게 풍선을 만들었어요.

안타깝게도 나의 친구들은 고등학교에 올라갈 때가 되자 모두 책상 앞으로 돌아갔습니다. 혹은 아예 학교를 떠나버렸어요. 나는 이도 저도 아닌 길에 서 있었어요.

대학에 가서였나?

나는 그때 어울리던 한 친구를 만났어요. 너풀거리는 라일락 빛깔의 치마를 입고 있더군요. 옆에는 사관학교 생도가 서 있었습니다. 그녀는 내 눈길을 피했습니다. 나는 반갑게 손을 들었지만 외면하고 가버렸습니다. 완구점 노인이 냄새나는 혀를 내밀어서 내 목덜미를 문지르는 듯한 기분이었어요.

집에 돌아오니 어머니가 날 다짜고짜 안방에다 앉혀놓았지요.

밤거리를 싸돌아다니지 말고 조신하게 집에 앉아 있으라는 이야기였어요.

하지만 아버지는 일 주일에 반은 외박하잖아요?

아버지가 두 집 살림을 하고 있다는 건 우리 식구들의 쉬쉬하는 비밀이었습니다. 어머니는 대뜸 내 뺨을 갈겼습니다. 그러고는 좋은 남자가 나타날 때까지 간수를 잘 하라고 했습니다.

뭘 간수하라는 건가요?

그 옷차림 좀 보렴. 이제 우리집에도 명예가 필요하단다.

나는 낮에 만났던 옛친구의 옷차림을 떠올렸습니다. 그리고 생각했지요.

그래, 속이면 어때? 어차피 모든 게 다 거짓인걸.

그날 이후 나는 더 많은 옷들을 사들였어요. 요술공주 밍키가 아닌

이상 변신을 위해선 현금이 필요하죠.

그리고 나는 내 이름을 바꾸었습니다. 나이트클럽에서, 헌팅당한 자리에서, 그리고 혼자 기차여행을 떠났을 때 만난 남자 앞에서. 어떤 남자도 나에게 주민등록증을 원하지는 않았어요. 나이를 속이거나, 이름을 속이거나 상관없었어요. 그리고는 나 스스로도 속아 넘어가는 거죠.

연애의 방식은 그렇게 진행됩니다. 어떤 이유로든 불꽃이 튀게 되죠. 그러면 나는 잊어버려요. 앞서 내가 거래라고 한 말을 기억하시나요? 아, 제가 그랬어요? 저는 그런 말 자체는 까맣게 태워버려요. 연인을 사랑하고, 연인을 위해 불타고, 연인을 불태워버리죠. 연인을 사랑하고, 연인을 위해 넓은 호수가 되고, 연인을 익사시키죠. 연애를 위해선 마음의 분신자살은 필수랍니다.

하지만 호르몬이란 묘한 존재예요. 단순히 갱년기 증상을 완화시켜주는 에스트로겐을 말하는 게 아닙니다. 나의 호르몬은 자명종과 비슷해요. 부활의 시기를 알려주죠. 나는 눈을 뜨고 다른 여자가 되어요. 그러면 상대에게 바이바이 작별인사를 해요.

나는 부활 기념 의식으로 곰인형을 수술시켜주었어요. 첫 애인에게 선물받은 진주목걸이의 진주알을 꺼내서 곰인형의 눈을 만들었어요. 그후로 나의 곰인형은 수많은 변신을 거듭했답니다. 털은 얼룩덜룩 화려해지고 꼬리는 길어졌어요. 변덕쟁이 주인을 만난 곰인형도 변덕쟁이로 변해갔습니다.

그러던 중에 우리집 화수분인 빌딩이 휘청거리는 일이 일어났죠. 부모님의 기대주였던 오빠가 족족 사업을 말아먹었어요. 결국 빌딩까지 저당잡혔죠. 오호, 이런. 똑똑한 남동생은 부모님의 강요로 의대에 진학했지만 적응하지 못하고 매번 술과 여자에 절어 살았습니다. 이제 남동생의 마지막 고지는 약물이 될 것 같네요.

그나마 내가 제대로 된 사람이라고 생각해요. 나는 사랑에 빠질 때마다 수없이 죽었지만 다시 부활했습니다. 그리고 집안이 거덜나기 전에 우리집 재산의 일부를 챙겨서 떠났어요. 부모님이 권하는 남자와 맞선을 보겠다는 약속을 하고서요.

맞선에서 만난 남자를 나이트클럽에서 만났다는 이야기를 할 필요가 있을까요? 맞선에서 헤어졌던 남자가, 몇 년 뒤 유부남이 된 후에 저를 못 잊어 쫓아왔다는 이야기를 덧붙이면 형편없어지겠군요. 좋아요, 솔직히 고백하죠. 저는 원래 형편없는 사람이랍니다. 자기 스스로를 알고 있는 사람만큼 소박한 사람은 없는 거죠.

어떤 여자들은 나이트클럽에서 만난 남자들과 결혼을 꿈꾸기도 하더군요. 차라리 장례식장에서 만난 남자와 결혼할 확률이 높다고 말씀드리고 싶군요. 사랑의 거래는 나이트클럽에서 이루어지지만, 결혼의 거래는 제발이지 좀 경건한 곳에서 하세요.

하지만 남자들은 결혼이란 미끼를 자주 내겁니다. 단단하고 넓은 가슴, 시트가 젖혀지는 안락한 자동차의 실내, 잘 차린 저녁식사, 허니문처럼 달콤한 밤, 약속의 낙인처럼 뜨거운 키스, 키스, 키스. 너와 내가 샴쌍둥이처럼 하나라는 일체감. 하지만 그 미끼가 혼인서약으로 이어지는 경우는 많지가 않습니다. 반대로 여자들은 남자에게 환상이란 마법을 걸어요. 스스로가 최고의 남자라고 느껴지는 자부심을 지니게 하는 거죠. 뭐, 그리 어려운 건 아니에요. 상대를 황홀하게 할 정도로 매력적인 여자가 옆에 있다면 남자의 자부심은 극도로 올라갑니다. 아,

물론 천박해 보이면 안 돼요. 청순함이라는 자물쇠를 스스로 몸에 채우세요. 부담스럽지만 그냥 별 볼일 없는 액세서리라고 생각하세요.

알다시피 나는 미끼를 무는 여자입니다. 하지만 나의 입은 마법의 입이에요. 나는 낚싯바늘을 걷어버리고 더 많은 미끼를 원하지요. 남자들은 미끼를 던지는 데는 아까워하지 않습니다.

홀라, 홀라.

미끼가 떨어지고 나서야 텅 빈 지갑을 바라보며 머리카락을 쥐어뜯는 거죠. 남자가 여자보다 탈모증이 심한 이유는 그래서랍니다.

나는 그런 남자들이 좀 불쌍했어요. 그래서 마지막 잠자리에서 그들의 얼굴에 화장을 시켜주었습니다. 립스틱을 발라주고, 마스카라를 칠해주었어요.

거울 속의 당신을 봐요. 그 얼굴 속에 당신 마음에 각인된 내가 있답니다. 하지만 당신이 알던 여자는 벌써 죽었어요. 그러니 당신의 가슴 속에 묻으세요. 그러면 그 여자의 시체를 양분 삼아 추억이라는 아름드리 나무가 자랄 테니까요.

남자들만 불행하지는 않아요. 낚싯바늘에 걸려 갈기갈기 찢어지는 여자들도 많습니다. 상처가 나을 때까지는 시간이 오래 걸리죠. 술이나 쇼핑이라는 항생제가 필요하기도 합니다. 물론 최고의 항생제는 수다죠. 수다의 경지에 다다르면 버림받은 스스로를 영화 속 비련의 주인공처럼 객관화시킬 수 있습니다. 그리고 잊어버리는 거죠.

나는 불쌍한 이십대의 파릇한 아이들을 많이 만났어요. 나는 그 아이들을 다독이며 달래주었습니다.

그만 울어라. 대한민국 남자들 눈물에 빠져 다 익사하겠다. 너희들 나중에 영혼결혼식 할래?

그 아이들은 두려워했습니다. 혼자라는 것, 소속감이 없는 것. 유대감이 없는 것.

그러고 보니 결혼이란 소속감을 채워주기는 하겠군요. 나는 물어보았습니다. 나의 소속감은 무엇일까요?

어느 날 나보다 다섯 살 어린 파트너에게 물어보았어요. 그는 페르시아 고양이처럼 내 젖가슴 아래에서 갸르릉대는 소리를 내고 있었지요.

나쁜 년.

솔직히 상처받았어요. 나쁘다, 라는 단어 하나에 매도되기에는 내 인생이 뭔가 허무했습니다. 나는 자기 무덤을 파고 싶어하는 종류의 수행자는 아니니까요. 아무도 타인의 인생을 '삽질'이라고 비하할 수는 없으니까요.

나는 다른 표현들을 찾아보았어요. 그러던 중에 호랑아낙과 수상한 식모에 대해 지껄이는 한 사내에 관한 이야기를 텔레비전에서 보게 되었습니다.

수상한 식모?

궁금했어요. 수상한 식모란 무얼까?

나는 언젠가 꼭 그 남자를 손에 넣고 그 남자가 안고 있는 미끼를 마음대로 꺼내리라 마음먹었지요. 하지만 서두르지는 않았지요. 나는 운명론을 믿어요. 내가 간절히 원하는 건 언젠가 내 영역으로 들어오게 되어 있으니까요.

그리고 나는 앞서 읽으신 대로 수상한 식모들에 대해서 알게 되었답니다.

여러분, 나를 수상한 식모라고 불러도 좋아요. 수상하다는 수식은 나쁘다는 말보다는 꽤 마음에 들어요. 손에 잡히지 않는 마법과도 일맥상통하는 면이 있으니까요.

자, 여기까지 보신 뒤 제가 누구인지 궁금할 거예요. 제 인생에 대해 말한 것 같지만 솔직히 저는 아무 말도 하지 않은 셈입니다. 주민등록번호를 말한 적도 없고요. 내 부모의 이름과 내가 나온 학교나 학과도 말하지 않았어요. 나의 직업도 말하지 않았고요. 세상에, 저는 놀고먹으며 나이트클럽을 전전하는 불나방은 아니랍니다. 그랬으면 벌써 눈가엔 기미가 끼었을지 몰라요. 어쩌면 저는 유부녀인지도 몰라요. 유부녀라고 수상한 식모가 되지 말라는 법은 없지 않겠어요? 만일 트랜스젠더라면 여러분은 뒤통수를 맞은 기분인가요? 혹은 저는 이십 년 전에 이미 어느 깊은 골목에서 살인되어 매장된 가련한 유령인지도 모릅니다.

하지만 여러분은 어떤 것도 밝혀내지 못하시겠죠? 짐작조차 하기 어려울 거예요. 그게 바로 수상한 식모들의 모습이랍니다. 여러분이 알고 있는 물증이 있긴 하죠. 내가 변신 곰인형을 가지고 있다는 것. 안타깝게도 변신 곰인형은 지금 이 순간에도 변하고 있답니다. 수상한 세상의 이야기는 날이 갈수록 수상해지죠.

아마 제가 지금 쓰고 있는 이야기도 날이 갈수록 수상해지겠지요. 여러분은 이 길고 긴 이야기를 수상한 식모들에 대해 겨우 주워들었던 한 애송이가 썼다고 믿으시는 건 아니겠지요? 물론 그는 성실한 택배직원이긴 했습니다. 모 아니면 도인 한국 사회 속에서 바스러질 뻔했던 우리들의 이야기를 주워왔으니까요.

그럼 수상한 식모들의 이야기를 제가 쓴 걸까요? 설령 제가 썼다고 해도, 원래 충격고백, 이런 걸 스스로 쓰지는 않잖아요. 저는 이야기를 맛깔나게 만들 줄 아는 대필작가를 고용할 만한 능력 정도는 되는 사람입니다. 그는 이야기에 옷을 입히고, 화장을 시키고, 마지막으로 날카로운 식칼을 쥐여줄 겁니다. 그리고는 이야기 뒤에 숨어버리지요.

자, 어쨌든 이 이야기를 만든 대필작가는 '수상함' 정도라고만 해두지요. 너무 많이 떠들어버리면 수상한 이야기는 결국 허무맹랑한 이야기가 되어버리니까요.

신선하고 웃기고, 섬뜩하다 | 박범신(소설가)

『수상한 식모들』은 발상이 신선하고 접지하는 방법이 아주 웃긴다. 읽고 나면 어딘지 모르게 섬뜩해진다. 혹시 '수상한 식모들'이 내 주변에도 있는 게 아닌가, 옆에서 잠든 아내 얼굴도 새롭게 꼼꼼히 들여다보게 만드는, 그런 이상한 힘을 이 소설은 가지고 있다. 물론 결함이라고 지적해야 할 것이 없는 것은 아니다. 가령 소박하고 어눌한 진술력이 그렇고, 사건 진개에서, 인과적 판세에 내한 습관석인 유기 때문에 밀도를 깊이 있게 확보하지 못한 것도 그렇다. 어떤 묘사는 지나치게 소박하고 서툴다. 그럼에도 불구하고 『수상한 식모들』은 역사에 대한 전복적인 해석 때문에 새롭고, 발상의 불온함 때문에 신선하고, 뜨거운 것들을 짐짓 감추면서, 그러나 음험하게, 상식성을 벗어난 상상력 때문에 웃기고, 그리고, 최종적으론 섬뜩하고 무섭다.

낡은 의미를 새롭게 전환시키는 힘 | 신경숙(소설가)

『수상한 식모들』은 어떻게 생각하면 이야기 같지도 않은 이야기를 시침 뚝 떼고 이야기라고 펼쳐놓고 있는 능청스럽고 의뭉스럽고 수상하기 짝이 없는 작품이다.

이 작품은 기존 소설 독법을 배반한다. 쓸데없는 허튼 상상으로부터 출발하는 것 같은데 다 읽고 나면 의외로 묵직한 울림을 준다. 결코 만만한 얘기가 아니라는 증거다. 한참 읽다보면 인간이 되지 못한 호랑이를 시조로 출발한 여성의 계보학이 문학적으로 처음 발표되고 있는 진풍경을 목격하게 된다. 우리가 과거의 삶 속에서 겨우 기억하고 있거나 이미 잊어버린 식모라는 존재에 대해 깊은 의미를 가지고 천착해들어가 익살과 기지와 상상을 동시에 유발시킨 작품은 아직 없었다. 이 작가 덕분에 이제 식모라는 존재는 이전의 식모가 아니다. 낡은 의미를 새롭게 전환시키는 것도 문학의 힘이라고 본다면 이 작품은 그에 이바지한 셈이다. 시종일관 웃으며 읽다가 다 읽고 나서 돌연 주변이 수상하게 여겨지는 느낌을 이 작품을 읽은 사람들은 경험케 될 것이다. 더불어 아무렇지도 않게 진행되는 우리 일상이 아주 낯설게 느껴지는 순간 또한 동시에 체험할 것이다. 이 작품을 수상작으로 합의하는 것이 쉬웠던 건 아니다. 작품이 아주 얼른 읽히기 때문에 이 작가의 자유로움이 가볍게 느껴질 수도 있다는 것을 염려했다. 비슷한 맥락으로 여백이 많아 보이는 서사와 문장에 대한 논의도 있었다. 그러나 우리의 뿌리에 내장되어 있던 일개 설화를 단초 삼아 이처럼 발랄하고 유연하게 가상의 세계를 구축할 수 있었던 작가라면 그 안에 또다른 모의들이 가

득 차 있을 거라는 기대 쪽으로 기울었다. 비어 있는 듯이 보이는 여백
이 해석하기에 따라 무궁무진한 의미를 부여할 수 있는 자리가 되기도
한다는 점에 의견을 같이했다. 수상자는 먼저 작품을 읽었던 이들의 염
려가 한낱 기우였음을 앞으로의 행보에서 보여주기를 희망한다. 축하
드린다.

농담의 역사, 혹은 역사적 농담 | 류보선(문학평론가)

박진규씨의 『수상한 식모들』은 무엇보다 경쾌한 발상이 눈에 띄는
소설이었다. 여기, 신이 요구하는 절대적인 복종을, 또는 남자들이 요
구하는 모럴을 그대로 수용하여 여자가 된 곰이 있다. 권위적인 남성들
은 순종적인 여성을 알리바이 삼아 남성들을 위한 로고스를 만들었고,
이 남성들과 남근 달린 여성들은 자신들의 로고스에 위배되는 계층이
나 욕망, 염원들을 억압하며 역사를 지배해왔다. 그런데, 여기, 또 신의
복종을 거부하고 자기 스스로 여성이 된 호랑이가 있다. 그 호랑아낙들
은 자신의 생존을 위해 남성들의 거대한 억압체계와 맞서왔다. 이 호랑
이낙의 후예들이 있으니, 그들이 바로 '수상한 식모들'이나. 그녀들은
견고한 질서를 유지하는 가정으로 잠입해서 그녀들을 억압하는 사회적
시스템과 적극적으로 투쟁한다. 그녀들은 남편들을 유혹하고 어린아이
귀에는 쥐를 집어넣어 그 아이들의 초자아를 약화시켜 그들을 백일몽
의 상태로 살도록 한다. 남성들과 남근 달린 여성이 결탁해 만든 가정
을 균열시키는 것이야말로 오랜 역사를 통해 고착된 남성 중심적인 질

316

서, 또는 로고스 중심주의적 질서를 해체시키는 가장 유효한 방법이라 믿는 까닭이다. 이를 통해 『수상한 식모들』은 말한다. 혹시 자신의 몸이, 가정이 정상적이지 않다면 '수상한 식모'를 의심해보라. 아니, '수상한 식모'가 잠행할 정도로 금욕적이고 자기 중심적인 삶을 살았는가를 반성해보라. 이것이 바로 『수상한 식모들』의 발상법이고 역사지리지이다. 이 얼마나 발칙한 상상인가. 또 얼마나 유쾌한 농담인가. 그리고 또 우리가 애지중지 모시고 있는 역사상에 대한 얼마나 신랄한 풍자인가. 한마디로 『수상한 식모들』은 호랑이도 자기 스스로 여자가 되었다는 유쾌한 상상 하나로 저 신화시대부터 이어져내려오던 남근 중심주의적이고 로고스 중심주의적인 사회 모럴의 허구성과 억압적 성격을 여지없이 묘파해낸 소설이라 할 수 있거니와, 이는 기존의 권위주의적 담론을 의심하고 탈영토화하려는 자유의지가 만들어낸 하나의 쾌거라 할 만하다. 『수상한 식모들』로 인하여 우리 소설사도 이제 농담의 역사, 혹은 역사적 농담이라는 희귀한 변종을 갖게 되었다고나 할까.

그렇다고 해서 『수상한 식모들』이 '호랑아낙'에서 '수상한 식모들'로 이어지는 탈영토화된 여성상의 계보를 추적하고 있는 소설은 아니다. 『수상한 식모들』은 두 개의 축을 씨줄과 날줄로 하여 구성되어 있다. 하나는 수상한 욕망들을 추구하는 여성들의 역사이고 다른 하나는 그 조직의 현대적 후예인 '수상한 식모'에게 복수를 당한 한 가족의 이야기이다. 이중 『수상한 식모들』이 집중적으로 묘사하고 있는 부분은 바로 후자이다. 여기, '수상한 식모'에게 복수를 당한 한 가족이 있다. 이들은 어느 날부터 '수상한 식모'의 복수 때문에 대타자의 권위를 거부하고 수상한 욕망들을 지닌 채 살아간다. 할아버지와 아버지는 하녀

혹은 식모에 대한 백일몽적 환상에서 헤어나오질 못하고, 작중화자인 경호와 형은 식모가 귀에 집어넣은 쥐 때문에 도대체가 자신만의 유쾌한 놀이에 빠져 있을 뿐 현실원칙을 준수하질 못한다. 이 때문에 이들 가족은 내내 현실적인 질서로부터 비난받고 배제되는 고통을 경험한다. 하지만 『수상한 식모들』은 이들의 고통을 오히려 통쾌하고 유쾌한 것으로 그려낸다. 『수상한 식모들』은 이들의 유쾌한 고통, 고통스러운 유쾌를 통하여 대타자에 예속된 삶이 얼마나 자기가 없는 삶인가를 통렬하게 제시한다. 『수상한 식모들』에 따르면 현존재들이란 자기 자신이 없는 삶을 살기 위해 자신의 자연스러운 욕망들을 스스로 부정하며 살아가는 욕망 없는 기계일 뿐이다.

『수상한 식모들』은 이처럼 유쾌하고 발칙한 상상을 통하여 이제까지와는 전혀 다른 역사상을 발명해내고 있는 문제적인 소설이다. 하지만 아쉬움이 없는 것도 아니다. 지나치게 경쾌하고 유쾌해야 한다는 강박증 때문이었을까, 『수상한 식모들』에는 종종 치기 어린 발상과 표현법이 자주 눈에 띄었다. 또 가상의 역사를 통해 실제의 역사를 반성적으로 재구성하고 있음에도 불구하고 역사에 대한 나름대로의 맥락화나 식견 같은 것이 미약한 듯이 보였다. 이런 이유 때문에 『수상한 식모들』은 앞서 언급했듯 대단한 이미를 지니고 있음에도 불구하고, 그것이 작가의 치밀한 의도에 의한 것인지 아니면 우연적인 결과인지를 판별하기가 쉽지 않았다. 『수상한 식모들』에 선뜻 손이 가지 않았던 것은 이 때문이다.

하지만 결국 『수상한 식모들』을 당선작으로 결정했다. 우선 문학동네소설상이 작품을 보고 뽑는 것이지 작가를 보고 뽑는 것은 아니라는 생각 때문이었다. 또 돌이켜보니 한 작가, 또는 한 작품의 내적 모순은 한계가 아니라 그것이 바로 작품의 긴장을 유발시키고 밀도를 유지시키는 힘이며, 그러한 모순을 병합하여 새로운 지양을 향해 가는 작품만이 다음의 작품을, 그것도 문제적인 작품을 불러온다는 생각도 들었기 때문이었다. 부디 더 밀도 있는 작품으로 이 우려가 쓸데없는 것이었음을 보여주길……

질주하는, 전복적인, 쾌활한 환상성

이문재(시인)

키가 컸다. 키가 커서 일부러 잔등을 구부리는 것처럼 보였다. 문학동네 회의실로 들어서서 꾸벅 인사를 하는가 싶었는데, 얼굴이 동안이었다. 달리기를 잘하는 초식동물이 떠올랐다. 수상 소식을 들은 지 채 열흘이 안 되던 지난 10월 27일 오후, 2005 문학동네소설상 수상자 박진규씨와 마주 앉았다. 올해 스물아홉. 그야말로 신인이었다. 눈동자를 자주 내리까는데다 목소리가 작고 대화 도중 자주 웃음을 섞어서 나이보다 더 어려 보였다. 눈이 크고 팔과 다리가 긴 초식동물. 흰자위에 푸른빛이 비쳤다. 체력이 조금 떨어질지도 모른다는 생각이 들었다.

수상작가가 궁금했다. 심사 과정에서 '재미는 있지만, 소설을 처음 써본 사람 같다'는 소리를 얼핏 들었기 때문이다. 꼭 한 번 만나보고 싶다는 심사위원도 있었다. 또하나는 이른바 패자부활전을 통과했다는 것이었다. 박진규씨는 지난해 문학동네소설상 최종심에 올랐다가 아쉽게 고배를 마신 경력이 있다(이날 인터뷰가 끝나고 저녁을 먹는 자리에 지난해 문학동네소설상 수상작가인 『고래』의 천명관씨와 문학동네소설상 제1회 수상작가 은희경씨가 찾아와 밤늦도록 축배를 건넸다). 지난해 한 심사위원은 심사평에 (박진규씨의 작품을) 언젠가 다시 만날 것이라고 써놓았다. 박씨는 지난해 투고했던 원고를 한 자 한 자 다시 타이핑하며, 한 해를 보냈다.

수상작 『수상한 식모들』은 제목부터 수상하다. 식모라니? 식모는 일제시대를 거쳐 1960~70년대, 근대화가 가속페달을 밟던 시기, 농어촌이 대도시로 빨려들어가는 한 형식이었다. 가정부라고도 불리던 식모의 형제자매 가운데 일부가 구로공단의 '공돌이' '공순이'였다. 농촌이 무너지고, 가족이 해체되고, 성 역할까지 모호해지는 이 21세기 초입에 식모를 호출한 것보다 더 수상한 것은, 발상법, 즉 전복적인 상상력이다. 작가는 단군신화가 신화로 기능한 이후 최초로 단군신화를 뒤집는다. 해는 동쪽에서 뜨고, 월급은 사장이 준다는 사실을 우리가 의심하지 않듯이, 우리는 우리가 곰의 자녀라는 신화적 혈통에 대해서 왈가왈부하지 않았다. 다시 말해 곰과 함께 쑥과 마늘을 들고 동굴로 들어갔다가 참지 못하고 뛰쳐나온 호랑이에 대해서는 아무도 주목하지 않았다. 단군 시절의 호랑이는 참을성이 없는 고약한 상징이었다. 곰은 상징계에서 우리 민족과 더불어 줄곧 생명을 유지해왔지만, 호랑이는 동굴 밖으로 나오는 순간 잊혀졌다. 최근 몇 년 동안 '호랑이 꿈을 자주 꾼' 젊은 소설가가 없었다면, 호랑이는 아직도 민담이나 민화에서 뻐끔뻐끔 담배나 피워물고 있을 것이었다.

그렇다면 『수상한 식모들』은, 우리가 아무도 거슬러올라가려 하지 않았던, 설령 거슬러올라갔다 하더라도 기왕의 탐사 루트를 벗어나지 않았던, 우리의 신화적 연대기의 발원지까지 거슬러올라가, 그 물줄기를 바꿔버린 것이다. 모든 것을 뒤엎어버린 것이다. 단군이 버린 아내는 아닐지언정, 우리에게는 우리가 상상조차 하지 못했던 이모, 호랑아낙이 있었다, 라고 이제 막 데뷔한 젊은 작가가 밝힌 것이다. 호랑아낙에서 식모로 이어져내려온 음모와 저항의 역사가 있었으니, 모든 역사는 절반의 역사이며, 은폐된 역사다, 그러므로 신화와 역사는 다시 씌어져야 한다! 신인의 탄생은 이토록 도발적이고 전복적인 것이었다.

『수상한 식모들』은 황당하고 기이하고 기발하고 경쾌하다. 동시에 안타깝고 우울하고 쓸쓸하고 슬프다. 호랑아낙의 후예인 수상한 식모들이 (천박한) 부르주아 가정을 붕괴시키기 위해 침투한 전사들이라는 설정부터가 황당해 보인다. 이들은 기이한 방법들을 동원해 가족을 교란시킨다. 그 가운데 하나가 특수 처방한 생쥐이다. 이 새끼쥐를 인간의 귓구멍 속으로 집어넣어 감정과 기억을 뒤바꿔놓는다.

뿐만 아니다. 소설의 시공간은 멀리 단군시대에서부터 광해군과 동학혁명을 거쳐, 10·26 사건은 물론 현재 대학의 풍속에 이르기까지 종횡무진 가로지른다. 이 기발한 발상과 경쾌한 화법은 곳곳에 환상(판타지)적 요소를 배치한다. 동굴에서 뛰쳐나온 호랑이가 호랑아낙으로 다시 태어나는 모습은 물론, 1980년 5월 남쪽에서 비극적 사건이 일어났을 때에도 검은 옷을 입은 여인들이 나타나 후에 마지막 식모가 될 한 소녀를 구출한다. 아니, '천장이 무너질 법한 쥐떼가 달려드는 소리가 들린다' 는 소설 첫 장면부터가 환청이다. 어린 시절, 식모가 자기 귓속에 몰래 귀를 집어넣는 바람에 고통스러워하는 소설의 화자는 현실과 환상의 경계에서 자기 존재의 근거를 확보하지 못해 난감해한다.

소설에 등장하는 모든 인물들은 가상의 세계에서 기이하게 전개되는 환상의 그늘 속에 있다. 호랑아낙의 후예인 식모를 비롯해, 역시 귀에 쥐가 들어가 이상행동을 하는 화자의 형, 젊은 시절의 사랑이었던 식모를 못 잊어 며느리를 모델로 누드화를 그리는 시아버지, 역시 옛 식모를 잊지 못해 온라인 게임이라는 가상현실로 들어가 과거를 살아가는 중년의 아버지, 영재라는 이유 하나만으로 집안의 가장으로 군림하는 패륜적인 막내 등등, 소설은 온통 환상에 들씌워진 기이한 인물들이 난투극을 벌인다.

환상성(판타지)을 전복의 문학이라고 규정한 영국 학자 로지 잭슨의 『환상성—전복의 문학』(서강여성문학연구회 옮김, 문학동네, 2001)에 따르면, 환상성은 사회적 맥락의 한계들에 대한 투쟁이며 사회의 억압된 욕망의 표현이자 현실에서 접근할 수 없는 어떤 경계를 해체하는 사회적 위반이다. 사르트르는 근대 자본주의의 세속적이고 물질 중심적인 세계 속에서 환상문학의 고유성을 찾았고, 프로이트는 낯익은 것을 섬뜩한 낯선 것으로 뒤바꿔놓는 기이함의 문학으로서 환상문학이 갖고 있는 무의식적 욕망에 주목했다. 로지 잭슨은 문학의 환상성을 장르나 미학의 차원에서 끌어내, 이데올로기적 차원, 사회 정치적 함의와 접목시킨다. 환상성 그 자체를 문학적 구성요소의 수준에서 파악하지 않고, 현실의 모순을 비판하고 타개해나갈 수 있는 정치적 힘으로 보는 것이다.

그러므로 진정한 환상성은 '단순히 초월적이고 신비한 세계에 대한 상상이나 공상이 아니라 오히려 현실세계 속에서 드러나는 낯설고 이

질적인 것과의 충돌에서 야기되는 기이함 혹은 모순을 안고 그 모순 안에서 불가능해 보이는 통일성을 가지고 있는 일종의 모순어법'이라는 것이다. 소설에서 환상성이 활동하는 영역은 현실 너머에 존재하는 공간이 아니라 현실 이면에 감춰진 틈새 공간이라고 로지 잭슨은 강조한다. 이 틈새 공간에서 현실에서 소외되고 억압된 존재들이 현실 질서를 위반하면서 출몰한다. 이처럼 『환상성―전복의 문학』이 규정하는 환상성은 마치 박진규의 『수상한 식모들』을 기다리고 있었던 듯하다.

박진규의 『수상한 식모들』은 신화와 역사의 모든 국면에서 억압받아온 식모들의 정치적 저항을 기이한 상상력으로, 불가능해 보이는 통일성으로 복원한다는 점에서 환상성의 주요 특징을 점유하고 있다. 신화와 역사 그리고(그리하여) 현실에서 소외된 식모뿐 아니라 소설의 거의 모든 등장인물이 현실을 교란하고 있지 않은가. 『수상한 식모들』은 환상성이 내장하고 있는 전복적 기능을 발휘하고 있는 것이다.

수상작가를 앉혀놓고 들어가는 말이 길어졌다(서두에서 언급할 수 있는 주제는 이외에도 얼마든지 있다. 가상현실, 비만, 가족의 해체, 소설쓰기에 대한 소설, 문체 등등. 그러나 예심과 본심을 본 소설가와 평론가의 예리한 심사평이 앞에 있다). 자, 이제 처음 쓴, 아니 일 년에 걸쳐 고쳐 쓴 첫 장편으로 커다란 상을 받으면서 작가로 태어난 박진규씨의 육성을 들어볼 차례다.

―신인이기 때문에 당연히 개인사에 대한 정보가 전무하다. '조서'를 작성하듯이 캐묻는 것을 이해해달라. 독자들을 대신하는 '기자'와 만났다고 여겨달라.

올해 스물아홉이다. 2002년 동국대 문예창작과를 졸업한 뒤 이 년
동안 작은 잡지사 몇 군데에서 일했다. 그뒤 집에서 쉬면서 소설을 쓰
고, 틈틈이 위인전이나 과학동화 같은 아동문학 관련 일을 했다.

—주소가 이 근처(문학동네와 같은 파주시이다)인데.

1977년 경기도 파주에서 태어나 지금까지 살고 있다. 대학을 다닐
때에도 집에서 통학했다. 아버지는 파주시청 공무원으로 정년퇴임했
다. 내 위로 형이 하나 있다.

—소설을 보면, 아버지와 불화가 있었을 것 같은데.

그렇지 않았다. 문예창작과에 입학하려 했을 때, 아버지께서 국문과
나 문예창작과에 가면 밥 굶지 않겠느냐고 가볍게 만류한 정도다.

—유년기를 어떻게 지나왔는가.

만화를 즐겨 그렸다. 초등학교 때 스토리가 들어간 만화를 그려 팔기
도 했다. 로봇이 프로레슬링을 하거나 삼총사가 나오는 만화였다. 고학
년에 올라가서는 그림 그리기가 귀찮아서 그만뒀다. 명랑소설이 유행
이어서 장난 삼아 몇 번 써보았다.

—중학교 때는?

문산에 있는 중학교를 다녔는데 글짓기를 잘한다는 소리를 들었다.
불조심, 저축, 반공 글짓기를 해서 상을 많이 받았다. 중학교 때 같은
반에 주먹들이 있었는데, 애들이 선생님한테 적발되어 반성문을 길게

써내야 했다. 그 친구들이 하도 부탁하길래 정말 긴 반성문을 대신 써줬더니, 그걸 보신 선생님이 감동했다고 했다. 그런데 그 친구가 고등학교 때에도 찾아와 반성문을 써달라고 해서 또 써준 적이 있다.

—이번 수상작의 주인공이 마지막 식모의 구술을 받아 대필하는 작가인 것이 우연으로 보이지 않는다. 이야기꾼으로서의 재능을 타고난 모양이다.

어려서부터 약골이었다. 초등학교 일, 이학년 때 결석을 많이 했다. 친구들과 놀 수가 없어 혼자 상상을 많이 했다. 중학교 때 『다락방의 꽃들』이라는 책을 재미있게 읽었다. 미국 여류작가가 쓴 하이틴로맨스인데 근친상간, 독살 등이 나오는 야한 소설이었다. 동화 같은 제목이어서 손에 잡았던 기억이 난다. 고등학교는 문산종고(현 문산제일고)를 다녔다. 학교에 가기가 싫었지만 말썽 피우지 말자며 조용히 소설을 읽으며 지냈다.

—동국대 문예창작과를 선택했는데.
서울예대나 중앙대는 집에서 멀어, 동국대에 입학했다.

그럼 대학에 들어가서 본격적으로 소설을 썼나?
희곡분과에 들어가 재미있게 놀았다. 방학 때에는 내 희곡을 무대에 올리기도 했다. 처음 쓴 희곡이 「그 남자? 빠져 죽었어」였다. 「공무도하가」에서 아이디어를 따왔다. 백수광부가 물에 빠져 죽은 원인을 파헤치며 원한을 풀어주는 내용으로 해피엔딩이다. 이 연극에서는 무당 역을 맡아 직접 무대에 오르기도 했다. 마요네즈, 케첩, 간장 등이 등장

326

하는 「소스야, 소스야, 뭐 하니?」라는 희곡도 썼다. 사학년 때에는 「요리사 신랑」을 쓰고 무대에 올렸다.

— 희곡을 쓰고 배우로 출연한 것이 소설쓰기에 도움을 줬을 텐데.

장면을 만드는 법, 대화하는 법을 익혔다. 희곡에서 인물이 스스로, 자연스럽게 말하게 하는 법은 소설 쓸 때 도움이 되었다. 배우 경험은 나를 객관적으로 보게 했다.

— 소설은 언제부터 썼는가.

희곡 쓸 때 같이 썼는데 희곡에 더 열정이 있었던 것 같다. 소설은 친구 같아서, 쓸 때 편안했다. 희곡 작가로는 체호프나 테네시 윌리엄스, 장 주네 등을 좋아했는데, 소설은 특별한 작가를 좋아했다기보다는 모든 소설이 다 재미있었다. 하지만 긴 역사소설이나 감정이 짙게 배어 있는 소설은 읽기 힘들었다. 어떤 소설을 읽어도 공감하려 했지, 분석하려 들지 않았다.

— 그래도 영향을 받은 작가가 있을 텐데.

고등학교 3학년 때 박완서와 오정희 소설을 탐독했다. 입심과 감정 묘사를 배웠다. 1996년 대학에 처음 입학했을 때는 배수아, 백민석 소설을 자주 읽었는데, 지금 생각하면 그때 영향을 많이 받은 것 같다. 군에 입대하기 전에는 교수님들이 요구하는 모범적이고 전형적인 소설을 썼다. 군에 갔다가 몸이 안 좋아 일찍 제대하고 난 뒤, 단편이라도 내가 하고 싶은 말을 하자고 결심했다. 그런데 교수님들이 내 작품을 보고

난 뒤, 너무 가볍다, 작품이 성기다, 황당하다, 이해가 안 간다, 처음 써 본 작품 같다고 평하는 것이었다. 그래서 졸업작품도 희곡으로 냈다. 사실 대학 시절에는 내면을 파고드는 섬세한 소설을 쓰고 싶었다.

　—제대 이후 작품은 어떤 작품들이었나.

　내가 쓴 희곡과 비슷했다. 부조리한 상황을 밝은 문체로 표현하려고 했다. 발랄하고 아주 잘 읽히지만, 그 안에 어둡고 가슴 아픈 이야기를 담으려 했다. 졸업 이후에는 대학 때 쓴 단편을 경장편으로 확대해 문예지 공모에 냈다. 문학동네작가상 예심에 통과한 적이 있고, 다른 문예지 공모 본심에 오른 적도 있었다. 대학 시절, 우연히 무속과 신화, 종교 관련 서적을 읽고 그쪽 분야 책들을 많이 보아서 그런지, 유령이나 신이 내린 동자승이 나온 소설들이었다.

　—『수상한 식모들』은 어떻게 쓰게 되었나.

　어느 날 우연하게 ‘수상한 식모들’이라는 제목이 먼저 떠올랐다. 몇 번 중얼거려보았더니 생각이 떠오르기 시작했다. 당시 문예창작과 친구들과 함께 공부 모임에 참여했는데, 마침 철학이론서적을 읽자고 결의한 직후여서 벤야민을 읽기 시작했다. 참 좋았다. 문상노 그렇고 산책자 같은 느낌도 좋았다. 특히 종교적 상징 부여에 매혹되었다. 그 무렵 여자 후배가 모딜리아니의 〈하녀〉라는 그림에 나오는 하녀의 눈빛이 도도하다고 해서, 그 눈빛이 궁금했다. 하녀가 곧 식모 아닌가. 그리고 그 무렵 호랑이가 꿈에 자주 나타났다. 이런 것들이 모여 소설을 쓰게 만든 것 같다.

―지난해에 투고했던 원고를 얼마나 수정했나.

지난해 투고 원고를 놓고 다시 타이핑을 했다. 절반 이상 고쳤다. 전반부는 거의 그대로이고, 후반부는 다 개작했다. 원래는 식모 이야기가 영화사에 팔려서 영화가 만들어지는데, 그걸 보고 실망해서 이야기를 다시 쓴다는 내용이었다. 이번처럼 고치길 잘했다고 생각한다.

―소설에서 식모의 기억을 받아적는 주인공이 비만이고, 그 애인 역시 뚱보인데, 이렇게 설정한 이유는?

비만은 자본주의의 상징이다. 그러나 아무도 비만을 추구하지 않는다. 비만은 아이러니다.

―호랑아낙을 발명한 것은 '쾌거'로 보인다.

호랑이 꿈 덕분인데, 이번 소설의 핵심 중의 핵심이다. 곰이 여성의 시조라면, 그때 호랑이는 어떻게 되었을까, 라는 의문을 풀어나간 것이다. 가족의 해체도 그렇지만, 소설을 통해 내 의견을 제시할 생각은 없다. 보여주는 것이 더 중요하다고 생각한다.

―장편소설을 처음 써보았는데, 어렵지 않았나.

단편소설을 쓰기가 더 어렵다. 장편은 나무가 있고, 분수와 계곡이 있는 넓은 정원 같은 느낌이다. 공중에서 설계가 가능한. 그래서 어떤 사람은 그 정원 안에서 일부만 보고, 또 어떤 사람은 산책하는 기분으로 정원을 거닐 것이다. 하나의 방향을 가진 소설은 없다고 본다. 보는 이에 따라 달라지는 소설, 이론이나 주장을 강요하지 않는 소설을 쓰고 싶다. 내가 만든 정원에 들어와 느끼고 갔으면 한다. 장편이 인공적인 정원이라면, 단편은 살아 있는 나무 한 그루 같아서 훨씬 쓰기 어렵다.

—어떤 작가가 되고 싶은가?

멕시코 인디언들은 환각효과가 있는 선인장을 먹는다고 한다. 사막에서 여럿이 그 선인장을 먹고 신과 짐승의 영혼 등을 만난다고 한다. 내 소설을 읽으면서 독자들이 환각상태를 경험했으면 한다. 내 소설을 읽으며, 롤러코스터를 탔을 때처럼 자기 가치관이 흔들리는 그런 상태를 느꼈으면 한다.

—작가라면 누구나 신화나 역사를 다시, 새로 쓰는 것 아닌가.

역사가 잘못된 것이라는 사실은 누구나 다 안다. 나는 쇼크보다는 소설적 재미를 위해 쓴 것이다.

—지금, 여기에서 소설가는 누구, 혹은 무엇이라고 생각하는가.

소설가가 사회를 바꾸는 영향력을 갖고 있다고는 생각하지 않는다. 떠돌이 보부상에서 나는 소설가의 모습을 찾는다. 대규모 상인이 아니고 짭다한 이야기와 이미지를 보따리에 싸서 들고 나니는.

—신인작가로서 소설의 힘, 소설가의 위력을 보여주고 싶은 '야망'은 없는가?

영화나 드라마와 달리 소설만이 전달할 수 있는 특유의 방식이 있을 것이라고 믿는다. 영화는 화면 그 자체가 한계이고 드라마는 윤리의 제약을 받는다. 아직 잘은 모르지만, 소설의 이야기나 이미지는 한계가 없다. 소설은 오래된 사이버 공간이다. 소설 역시 독자와 쌍방향 교류를 한다. 소설의 문장을 따라가다가 자기 나름대로 머릿속에 그림을 그리며 딴 생각을 할 수 있는 것, 그것은 소설의 힘이다.

박진규씨는 '손으로 쓴다'. 생각이 떠오르는 대로 '초고속으로' 타이핑을 한 뒤, 다른 사람에게 한 번 보여준 뒤, 가다듬어나간다. 하지만 문장에 관해서는 타이핑을 하는 단계에서부터 신경을 쓴다. 구비문학처럼, 읽기에 편리한 템포와 리듬을 고려한다. 글은 집에서 쓰는데, 글 쓰는 컴퓨터에는 인터넷을 연결하지 않았다. 글쓰기에 집중하기 위해서다.

그는 『수상한 식모들』이 갖고 있는 전복적 상상력에 대해 다음과 같이 말했다. "곰의 시대를 뒤엎고 진정한 호랑이의 시대가 오리라는 생각은 하지 않는다. 호랑이의 시대가 이뤄지는 순간, 호랑이의 시대는 부패하기 시작한다. 어떤 꿈이든 굳어지면 이데올로기가 되는 것 같다." 그는 전복적 상상력이 갖고 있는 한계를 알고 있었다. 그런데 역설적이게도 그 한계가 바로 전복적 상상력이 갖고 있는 유일한 에너지인 것을 어찌겠는가. 그리하여 전복적 상상력은 계속된다. 작가와 독자에게는 행운이고, 인간과 세계에게는 불행인지 모르지만, 전복적 상상력은 계속될 수밖에 없다.

　　다섯 살 무렵에 그림을 잘 그리는 녀석으로 친척들 사이에 소문이 났다. 손에 연필이 잡히는 대로 아무거나 그려도 제법 괜찮은 모양새가 나왔던 모양이었다. 아직도 어른들이 옆에서 박수를 치며 신기해하던 일이 기억이 난다. 물론 내가 그린 그림이 어땠는지는 도통 아리송하다. 표범무늬 깃털을 가진 새가 어렴풋이 떠오르는 듯도 하고.

　　일곱 실이 되니까, 집에서 태권도장에 보냈나. 원래 그 나이 노래의 사내애들은 다 태권도를 배우는 거라고 했다. 세상에, 내 나이 또래 애들이 지르는 기합 소리가 그렇게 큰지 처음 알았다. 나는 삼 일 만에 도망쳤다. 솔직히 허연 고쟁이 같은 도복이 마음에 안 들기도 했다. 최소한 도복에 예쁜 무늬 정도만 넣어줬어도 참아보련만. 집으로 돌아와 빨간 색연필로 도복 위에 해바라기와 살모사를 정성껏 그렸다. 해바라기를 삼키는 건전한 채식주의자 살모사였다.

스무 살 때는 새로운 재능을 발견했다. 현대 음률 속에서 리듬을 잘 탔다. 그러고 보니 초등학교 때 꼭두각시 춤도 잘 췄던 것 같다. 아마 초등학교 때부터 발레를 배웠으면 니진스키 못지않은 현대무용가가 됐을지도 모르겠군, 이런 생각도 아주 잠깐 했다. 그런데 결정적으로 몸이 프로페셔널하게 유연하지 못했다. 처음으로 태권도장에서 도망쳤던 일을 후회했다. 그때 도장에서 열심히 다리를 찢으며 유연성을 길렀으면 좋았을 텐데.

대학 졸업 때쯤 되니까 내게 특별한 재능이 없음이 명명백백 드러났다.

넌 뭐 할 거냐?

다들 꼼꼼하게도 물었다.

그러니까, 친구, 혁명을 꿈꾸는 충실한 노예 정도면 잘할 수 있지 않을까?

혁명을 꿈꾸는 충실한 노예는 꽤 적성에 맞고 재능도 있는 것 같았다. 가끔 주인님이 따분해하면 손뼉치고 춤도 춰주면서 광대짓도 하고, 그러면서 뒤에서 바지춤 추켜올리며 주인님 욕도 구성지게 하고. 이래저래 재미있는 직분이었다.

주인님 주인님 제 모습이 싫증나시면 단칼에 목을 치세요. 하지만 바라옵건대 초라하게 묘장(貓葬)이나마 치러주세요. 깊은 밤, 종량제봉투 여러 곳에 꾹꾹 눌러담아 도둑고양이들 맛난 밥으로 던져주세요. 자비로운 제 몸뚱이 포식한 도둑고양이들이 산 쥐는 주인님 곳간에, 죽은 쥐는 주인님 베갯머리에 놓아두고 경찰서 앞에서 새벽까지 울어댈 테니까요.

몇 년간 이러저러한 직장을 전전했다. 알고 보니 다들 혁명을 꿈꾸는 충실한 노예들이었다. 게다가 우리가 모시는 주인은 멋대가리도 없고 몸뚱이도 없고 답답하기만 한 요상한 존재였다. 그러나 정말 신기한 게 유령은 또 아니었다는 말씀이다.

이거 차라리 저승과 이승 사이의 삼도천나이트클럽에서 밤새 노닥거리는 유령님들을 모시는 게 나을 거 같구만.

그렇게 마음먹자마자, 서럽게 죽은 노인들이, 미처 꽃피지 못하고 사라진 아이들이, 저승부터 이승까지 붉은 혀 길게 내밀고 헉헉대는 외로운 처녀총각들이 밤마다 꿈속으로 들어와 놀다 가시었다. 그들은 때로 거대한 들짐승들로 변해 우르르 싸우다간, 바람으로 달빛으로 햇빛으로 노름판을 벌이며 새벽까지 징글징글한 시간을 보냈다.

유령을 모시는 일도 생각보다 쉽지는 않았다. 나는 타구를 들고 뛰어다니는 노예가 되어 유령들이 뱉어버린 일곱 빛깔 무지개 각혈들을 모으고 또 모아야만 했다. 그것은 어느새 글자로 굳어지고, 문장으로 나불대고 그림으로 살랑거리다가, 이야기새끼줄로 비비 꼬더니, 돌연 춤사위로 손을 뻗어 키보드를 두드렸다.

그러다보니 어느덧 타락하여 능청스러워진, 그러면서도 옛날 옛적 이솝보다 약간 귀염성 있고 애련한 이 노예는 소설가라는 이름을 슬쩍 바짓주머니에 집어넣게 되었다. 폼은 안 나더라만 '슬쩍' 이 또 노예의 습성이었다.

내 낯이 얼마나 부끄러운지 한 스푼 정도라도 아는 서른 살이 되어서 다행이다.

새삼스레 더 소중함을 깨닫게 되는 부모님과 형과 형수와 조카, 버릇없는 제자를 이리저리 굴리며 둥글게 만들어주신 은사님들, 다행히 모두 안녕한 동국대학교 96학번 한국어문학부 친구들, 예술철학 및 합평 전문 기획사 Paroxysm, 깊은 밤 날아오는 철새에게 늘 잠자리를 제공해주신 전부장님, 어느 곳에나 있는 수상한 생물과 무생물, 아직 미숙하고 덜 자란 미역 같은 이야기를 선뜻 손으로 거두어주신 심사위원 여러분들.

내가 쓴 글 위에 아름답게 날아다니는 사금파리들이 조금이나마 보인다면, 그건 모두 그분들의 힘 덕택이라고 생각한다.

문학동네 장편소설

수상한 식모들
ⓒ 박진규 2005

1판 1쇄 │ 2005년 12월 22일
1판 10쇄 │ 2017년 9월 29일

지은이 박진규
펴낸이 염현숙
책임편집 조연주 김경미
마케팅 정민호 박보람 우상욱 | 홍보 김희숙 김상만 이천희
제작 강신은 김동욱 임현식 | 제작처 영신사

펴낸곳 (주)문학동네
출판등록 1993년 10월 22일 제406-2003-000045호
주소 10881 경기도 파주시 회동길 210
전자우편 editor@munhak.com | 대표전화 031)955-8888 | 팩스 031)955-8855
문의전화 031) 955-3576(마케팅) 031) 955-8864(편집)
문학동네카페 http://cafe.naver.com/mhdn

ISBN 89-546-0073-5 03810

* 이 책의 판권은 지은이와 문학동네에 있습니다.
  이 책 내용의 전부 또는 일부를 재사용하려면 반드시 양측의 서면 동의를 받아야 합니다.
* 이 도서의 국립중앙도서관 출판예정도서목록(CIP)은 서지정보유통지원시스템 홈페이지
  (http://seoji.nl.go.kr)와 국가자료공동목록시스템(http://www.nl.go.kr/kolisnet)에서
  이용하실 수 있습니다.(CIP제어번호: CIP2005002672)

www.munhak.com

문 학 동 네 작 가 상　수 상 작

제1회 나는 나를 파괴할 권리가 있다 **김영하**

비범하고 충격적인 신예의 탄생을 알린 문제작. 매혹적인 죽음의 미학을 탁월하게 형상화하여 한국문학의 새로운 장을 열었다.

제1회 식빵 굽는 시간 **조경란**

식빵 굽는 냄새와 함께 펼쳐지는 서른을 앞둔 여성의 황량한 내면 엿보기. 미혹으로 가득찬 인간관계의 부조리함을 탄탄하고 세련된 문체로 드러낸다.

제2회 마요네즈 **전혜성**

붕괴해가고 있는 우리 시대 가족의 현주소를 적나라하게 파헤친 문제작. 가족과 모성애, 사랑의 이름으로 희생된 '여자' 어머니에 대한 새로운 발견과 통찰이 빛난다.

제4회 기대어 앉은 오후 **이신조**

삶의 다의적 진실을 꿰뚫어보는 섬세한 감성, 연민과 관용, 정밀한 심리 묘사 등과 같은 여성적 미학으로 현대사회에서 훼손된 영혼들 사이의 교신을 형상화한다.

제5회 모던보이—망하거나 죽지 않고 살 수 있겠니 **이지민**

통념을 깨뜨리는 발상과 거침없고 재치 넘치는 표현으로 삶의 권태를 가로지르는 한바탕 백주의 활극.

제6회 동정 없는 세상 **박현욱**

야하면서도 건전하고 불순하면서도 순수한 젊은 호흡으로 성장 없는 독특한 성장소설, 동정童貞/同情 없는 우리 시대의 뛰어난 우화를 완성해냈다.

제8회 지구영웅전설 **박민규**

과연 우리의 상상력은 어디까지가 온전히 우리의 것인가, 되묻게 만드는 엉뚱하고 기발하고 유쾌한 만화적 상상력과 독특한 구성력이 돋보인다.

제9회 어느덧 일주일 **전수찬**

발랄하고 상쾌한, 연상녀＋연하남 커플의 유쾌한 일주일. 생을 쿨하게 바라보는 시선, 물 흐르듯 자연스러운 경쾌한 입담, 인물들에 대한 야릇한 호기심이 읽기의 충동을 유지시킨다.

제10회 악어떼가 나왔다 **안보윤**

날카로운 시선으로 인간 본성의 모순, 우리 사회의 병리적 현상을 풍자하고 조롱해나간다.

제11회 내 머릿속의 개들 **이상운**

희극적인 상황 설정과 풍자적인 어법에서 시대 상황을 관통해 지나가는 힘이 느껴진다. 적당히 과장된 인물들이 벌이는 한바탕의 소란은 우리 시대의 흥미로운 우화가 되어준다.

제12회 달의 바다 **정한아**

인물들이 빚어내는 따뜻함이 생에 대한 냉정한 통찰과 어우러져 균형을 이룬다. 아픔을 부드럽게 감싸는 긍정, 가볍게 뒤통수를 치는 듯한 반전의 경쾌함이 돋보인다.

제14회 아무도 편지하지 않다 **장은진**

여운을 남기는 압축적 구성과 작품 곳곳에 따뜻하게 배어 있는 명징한 유머가 묘한 아픔을 수반하고 있다.

제15회 사라다 햄버튼의 겨울 김유철

관계의 가능성이란 그 불가능성을 받아들이는 것에서부터 시작된다는, 이 역설적 진실은 소박하지만 잔잔한 울림을 남긴다.

제16회 죽을 만큼 아프진 않아 황현진

삶의 진창을 넘어서고자 애쓰는 한 소년의 고독한 성장기를 과장된 상처 없이, 자기연민 없이, 신선한 리듬이 살아 있는 위트 있는 문장으로 이야기한다.

제18회 시간 있으면 나 좀 좋아해줘 홍희정

거침없이 살기에는 너무 거친 이 시대를 자기만의 속도로 살아가는 나이든 소년/소녀들의 자화상. 타인의 고통에 민감하게 반응하고 그것을 따스하게 감싸안는 공감력은 이 소설만의 힘이라 하기에 충분하다.

제20회 그믐, 또는 당신이 세계를 기억하는 방식 장강명

고작 패턴으로 존재하는 인간은 어떻게 그 밖으로 나갈 수 있을까? 이 소설은 시간을 한 방향으로, 단 한 번밖에 체험하지 못하는 인간 존재의 한계를 근본적으로 성찰하고 있다.

문학동네 대학소설상 수상작

제1회 코끼리는 안녕, 이종산

말하지 않은 채로 무엇인가를 강조할 줄 아는 소설. 저 매력적인 대화들은 우리가 아직 잘 모르는 새로운 스타일의 이야기가 시작되고 있는 것이라는 강력한 예감을 갖게 한다.

제1회 아프리카의 뿔 하상훈

탁월한 이야기꾼의 자질이 고스란히 드러난 작품. 치밀하게 자료조사를 하여 소설로 빚기까지의 노고와 작가의 공력이 고스란히 느껴진다.

제2회 브라더 케빈 김수연

읽는 내내 능청스러운 문장에 속수무책이고, 각 장이 매듭지어질 때마다 작은 감탄이 새어나온다. 매력적인 캐릭터 구축 능력, 자기 세대의 문제를 포착하는 시선 모두 남다르다.

제3회 초록 가죽소파 표류기 정지향

이 시대 대학생이 할 법한 고민 대부분을 정교한 플롯과 다양한 에피소드를 통해 매우 설득력 있게 전개한다. 작가가 서사를 장악하고 있기에 가능한 작품이다.

제4회 최선의 삶 임솔아

강렬하고 파괴적인 사건과, 그것을 바라보는 무감한 시선이 섬뜩한 충격을 안겨주는 소설. 불합리와 모순, 그리고 분노를 느끼며 경험하는 잔인한 성장의 일면을 지독히 사실적으로 그려낸다.

제5회 환상통 이희주

'빠순이'의 시선에서 들려주는 아이돌 팬덤에 대한 생생한 증언과, 그 사랑의 특수성에 대한 섬세한 기록을 만날 수 있게 해준다.